Diogenes Taschenbuch 20603

de
te
be

Werkausgabe

Band 2

Eric Ambler

Ungewöhnliche Gefahr

Roman

Aus dem Englischen von Walter Hertenstein und Werner Morlang

Diogenes

Titel der englischen Originalausgabe:
›Uncommon Danger‹

Umschlagzeichnung von
Tomi Ungerer

Deutsche Erstausgabe

40/92/8/8
ISBN 3 257 20603 8

Meiner Mutter

»Heute, da Europa einem Pulverfaß gleicht, das jeden Augenblick, beim geringsten Anlaß, in die Luft fliegen und vielleicht sogar einen Weltbrand auslösen kann, da die Sicherheit aller Länder hauptsächlich von der Stärke und Wirksamkeit der Armeen abhängt, sind Rohstoffe, und ganz besonders Petroleum, überlebenswichtig.«

World Petroleum

Inhalt

Vorspiel

In der Gracechurch Street

An einem schönen Julimorgen rollte Mr. Joseph Balterghens blauer Rolls-Royce lautlos vom Gehsteig des Berkeley Square weg, überquerte Piccadilly in Richtung St. James und glitt dann mit zunehmender Geschwindigkeit ostwärts, zur City of London.

Mr. Balterghen war ein sehr kleiner Mann, und die paar Leute, die auf der Nordseite von Trafalgar Square auf den Bus warteten, hätten ihre Hälse ganz schön recken müssen, um ihn zu sehen, da er in seinem großen Rolls-Royce fast versank. Daß sich keiner diese Mühe machte, war schade. Denn bei aller äußeren Unansehnlichkeit war Mr. Balterghen immerhin Präsident der Pan-Eurasischen und fünfzehn anderer Ölgesellschaften, sowie Aufsichtsratsmitglied von weiteren dreißig, eine Bank nicht zu vergessen. Er war folglich, um in der Sprache jener zu reden, die Bankreferenzen ausstellen, »in hohem Maße vertrauenswürdig«.

Ein Blick auf sein Gesicht, und es wurde einem klar, daß dieses Prädikat nichts zu tun hatte mit Kirchgängen, Früh-zu-Bett-Gehen und säuberlich gerollten Regenschirmen. Ein mürrischer Geschäftspartner hatte es einmal mit einer »ausgespachtelten wächsernen Traube« verglichen. Er hätte auch auf die verschrumpelten Beeren hinweisen müssen, und auf den schwarzen Zahnbürsten-Schnurrbart, der in surrealistischer Manier die untere Traubenhälfte zierte.

Als der Wagen die Northumberland Avenue hinunterglitt, kaute Mr. Balterghen nachdenklich an diesem Schnurrbart. Der Chauffeur ertappte ihn dabei im Rückspiegel, murmelte: »Das Aas geht sicher zu einer Direktorenkonferenz«, beschleunigte das Victoria Embankment entlang und schaute nicht mehr in den Rückspiegel, bis er vor dem neuen Geschäftshaus der Pan-Eurasischen Oelgesellschaft in der Gracechurch Street hielt.

Sobald Mr. Balterghen das Gebäude betrat, hörte er auf, an seinem Schnurrbart zu kauen, setzte seine übliche ausdruckslose Geschäftsmiene auf und fuhr im verchromten Lift in den sechsten Stock. Dann ging er in sein Büro.

Für den zweiten Sekretär von Mr. Balterghen war das Büro seines Vorgesetzten eine unerschöpfliche Quelle der Verwunderung. Blundell war von der Pan-Eurasischen von der Universität weg rekrutiert worden, als Mr. Balterghen den Akademikerfimmel gehabt hatte. Als Mr. Balterghen später den Schlachtruf: »Erfahrung statt Bildung!« ausstieß, gehörte Blundell zu den wenigen verblüfften Überlebenden des Massakers. »Dieses Zimmer«, hatte er einmal seiner Frau erzählt, »gleicht eher dem Salon einer Dirne als einem Büro. Denn stell dir vor: ein roter türkischer Teppich und punktierte grüne Tapeten, ein Second-Empire-Schreibtisch und eine chinesische Lacktruhe, ein neobyzantinisches Büchergestell und sechs Barock-Stühle, und als Clou eine drage-aztekische Hausbar, die mittels Knopfbedienung aufspringt und diverse Flaschen offenbart. Man braucht sich nur dieses Zimmer anzusehen, und man weiß, was für ein Mensch der Mann ist.«

An diesem schönen Julimorgen machte sich Mr. Balterghen zuallererst an der Bar zu schaffen. Er entnahm ihr eine große Flasche Magenpulver und mischte sich einen Trank. Dann zündete er sich eine Zigarre an, um den üblen Geschmack loszuwerden, und drückte auf den fünften Knopf des Second-Empire-Tisches. Nach kurzer Zeit kam Blundell herein.

»Wann fängt die Konferenz an, Blundell?«

Mr. Balterghens Englisch klang, als habe er eine heiße Kartoffel im Mund.

»Um elf Uhr, Mr. Balterghen.«

»Also in fünf Minuten. Sind die anderen Herren schon da?«

»Ja. Nur Lord Welterfield fehlt noch.«

»Wir fangen auch ohne seine Lordschaft an.«

»Sehr wohl, Mr. Balterghen. Ich werde es Mr. Wilson sagen. Hier sind Ihre Unterlagen.«

»Legen Sie sie auf den Tisch. Noch etwas: sollte etwa um viertel vor eins ein gewisser Colonel Robinson nach mir fragen, dann führen Sie ihn in ein leeres Büro im untern Stock. Unter gar keinen Umständen in dieses Zimmer. Haben Sie verstanden?«

»Sehr wohl, Mr. Balterghen.«

Er verließ das Büro.

Die Traktandenliste wurde diesmal nicht ohne genüßliche Erwartung in Angriff genommen, denn sie versprach einen Leckerbissen. Mr. Balterghen hatte ihn sich allerdings für den Schluß aufgehoben. Um viertel vor zwölf Uhr erschien Lord Welterfield und erging sich in Entschuldigungen, auf die aber niemand hörte. Offensichtlich spielte es keine Rolle, ob Lord Welterfield anwesend war oder nicht.

Endlich sagte Mr. Balterghen: »Der nächste Punkt betrifft anscheinend meine Verhandlungen in Rumänien.«

Er sagte das in erstauntem Ton, der von niemandem ernst genommen wurde. Die Direktoren setzten sich in ihren Stühlen zurecht, und der Vorsitzende fuhr fort.

»Da Lord Welterfield, wenn ich mich nicht irre, bei der Konferenz, die sich mit dieser Angelegenheit befaßt hat, nicht anwesend war, will ich die Sachlage kurz darstellen. Wie Sie wissen, erteilte die rumänische Regierung 1922 unserer Gesellschaft eine Bohrkonzession. Diese galt für das Gebiet östlich von Jassi, und wir glaubten damals, daß es dort große Erdölvorkommen gebe. Wie Sie sich bestimmt noch erinnern werden, wurden die Hoffnungen unserer Gesellschaft in keiner Weise erfüllt. In den Jahren 1924/25 betrug die Ausbeute nur 5000 Barrels, und anfangs 1925 versiegte das scheinbar ergiebigste Bohrloch ganz. Da sich nach Ansicht unserer Geologen weitere Bohrungen vom kommerziellen Standpunkt aus nicht lohnten, wurde die Konzession als Verlustgeschäft abgeschrieben. Das hat uns indes nur wenig betroffen, denn unsere Oelquellen in Venezuela, Mexiko und im Nahen Osten flossen reichlich. Daran hat sich übrigens bis heute nichts geändert.«

Es erfolgte beifälliges Gemurmel.

»Die Entwicklung der politischen Lage in Europa in den Jahren 1935 und 1936 zwingt uns aber, uns noch einmal Rumänien zuzuwenden. Aus den gegen Italien ergriffenen Sanktionen hat Mussolini zumindest gelernt, daß Italiens Ölbedarf von den Karibischen Inseln nicht voll gedeckt wird. Iran und der Irak werden von Großbritannien kontrolliert. Rußland ist in den Händen der Sowjets. Die italienische Flotte fährt mit Öl, die starke italienische Luftwaffe nützt nichts, wenn sie kein Öl hat, und das motorisierte Heer ist auf Treibstoff angewiesen. Es gab nur eine Lösung – die rumänischen Ölfelder. Zum jetzigen Zeitpunkt bezieht Italien große Mengen rumänischen Öls, und wird dies auch weiterhin tun. Das neue Rüstungsprogramm – darüber bin ich genau informiert – basiert nicht auf mehr Soldaten, sondern auf mehr U-Booten für die Marine, schweren Bombern für die Luftwaffe und einem neuen Panzerwagentyp für das Heer. Das ist wichtig, denn« – er schlug einen fetten Finger auf den Tisch – »alle diese Waffen werden mit Dieselmotoren betrieben.«

Die Direktoren waren beeindruckt. Der Vorsitzende befeuchtete seine Lippen und fuhr fort:

»Meine Herren, ich brauchte Ihnen damals nicht zu erklären, daß hier ein gutes Geschäft zu machen war. Auch Lord Welterfield wird das sogleich einsehen. Vor zwei Monaten wurden wir bei der rumänischen Regierung vorstellig. Wir ersuchten sie um eine Revision der bestehenden Konzessionen und teilten ihr mit, daß wir einen guten Preis bezahlen würden. Alles, was wir wünschten, sei ein gerechter Anteil am Erdölgebiet, das gegenwärtig unter unsere Konkurrenz verteilt ist. Unsere Agenten in Bukarest wandten sich an die richtigen Leute. Es wurden Schritte unternommen – die Einzelheiten dürften die Herren nicht interessieren –, damit unsere Vorschläge in Regierungskreisen günstig aufgenommen würden. Alles war arrangiert. In der Novembersession der Rumänischen Deputiertenkammer sollte ein Regierungssprecher unseren Vorschlag bezüglich der Neuverteilung der Konzessionen als das darstellen, was er ist: als Schritt zu einer notwendigen Reform.«

Die Versammlung stimmte dieser Auslegung zu.

»Vor zehn Tagen nun«, fuhr Mr. Balterghen ruhig fort, »erhielt ich die Nachricht, daß unser Reformvorschlag in der Novembersesssion abgelehnt werden würde.«

Einen Augenblick lang war es totenstill. Dann redeten alle aufs Mal. Der Vorsitzende hob die Hand.

»Ich kann Ihre Gefühle sehr gut verstehen, meine Herren«, sagte er freundlich, »denn ich war auch nicht gerade begeistert, als ich das hörte. Gestatten Sie mir, Ihnen die Gründe für diesen Rückschlag darzulegen. Vorausschicken will ich, daß unsere Agenten in Rumänien keine Schuld trifft. Sie haben großartige Arbeit geleistet. Schuld am Mißerfolg hat einzig und allein ein unflätiger Artikel, der in Bukarest veröffentlicht wurde.« Er nahm ein zerlesenes Exemplar einer Zeitung aus dem Ordner, der vor ihm auf dem Tische lag, und hielt es empor. »Dies ist das Blatt. Es nennt sich – ich übersetze sinngemäß – *Das arbeitende Volk*, und es wird von der Vereinigten Sozialistischen Partei Rumäniens herausgegeben.«

»Kommunisten!« rief Lord Welterfield empört.

«Die Vereinigten Sozialisten«, sagte Mr. Balterghen, »gehören zwar nicht der Kommunistischen Internationale an, aber sie stehen tatsächlich sehr weit links.«

»Ich sehe da keinen Unterschied«, fauchte Lord Welterfield.

»Da ich nicht annehme«, fuhr der Vorsitzende fort, »daß einer der Herren Rumänisch kann, will ich, da ich dieser Sprache mächtig bin, Ihnen einen oder zwei Abschnitte aus dem Artikel vorlesen. Er trägt den schönen Titel DIE AAS-

GEIER KREISEN. In einer ziemlich wortreichen Einleitung verbreitet sich der Verfasser über kapitalistische Machenschaften im allgemeinen, aber dann kommt er schnell zur Sache. Wer, so fragt er, sind die Direktoren der Pan-Eurasischen Oelgesellschaft? Die Frage ist leider rhetorisch gemeint, denn nun folgen unsere Namen, mit einem verleumderischen biografischen Anhang versehen. Die Übersetzung dieser offensichtlichen Lügen möchte ich mir ersparen.«

Unvorsichtigerweise fragte Lord Welterfield: »Was sagt denn dieser Lumpenkerl über mich?«

Mr. Balterghen warf einen Blick in die Zeitung.

» ›Lord Welterfield ist Kohlengrubenbesitzer und Millionär. Er ist bekannt als Sportmäzen, weniger aber als der Mann, der *agents provocateurs* einsetzte, die während eines Streiks in einer Kohlengrubenstadt Unruhen anzettelten, und der mehrmals gegen die Fabrikgesetze verstieß.‹ «

»Das ist eine Lüge«, brüllte Lord Welterfield. »Es wurde nie nachgewiesen, wer die Männer bezahlte. Ich war es bestimmt nicht.«

Der Vorsitzende seufzte.

»Aber Lord Welterfield, wir wissen doch alle, daß das ein sozialistischer Propagandaartikel ist. Meine Herren, ich glaube, wir können diesen Teil auf sich beruhen lassen.«

Hastiges Beifallsgemurmel erhob sich.

»Danke. Dann geht's weiter. ›Es sind Kräfte am Werk, die eine umfassende Reform der Konzessionserteilung anstreben. Was heißt das nun in der Praxis? Nicht mehr und nicht weniger, als daß der Regierung zugemutet wird, ihre Verträge mit den derzeitigen Ölkonzessionären aufzulösen, damit die Pan-Eurasische Oelgesellschaft den Löwenanteil am zunehmenden Handel mit Italien erhält. Dieses Geschäft ist aus drei Gründen dubios: erstens dürften gewisse Regierungskreise ganz saftige Bestechungssummen kassiert haben, weil anders dieser plötzliche Wunsch nach Revision nicht zu erklären ist. Zweitens versuchen ausländische Kapitalisten wie eh und je, auf dem Rücken des rumänischen Volkes ihre unsauberen Geschäfte zu tätigen. Drittens ist eine solche Revision der Konzessionen ganz einfach gefährlich. Die Pan-Eurasische Oelgesellschaft ist ziemlich sicher liiert mit britischen und amerikanischen Interessengruppen, die schon in unserer Heimat operieren. Wie steht's aber mit den anderen Ländern? Nicholas Titulescu, den die faschistische *Eiserne Garde* zuerst mit Intrigen um Amt und Würde und schließlich mit Gift ums Leben gebracht hat, kann unsere Interessen nicht mehr wahrnehmen. Aber das Volk muß auch ohne ihn weiterkämpfen. Unsere Verträge mit anderen Nationen sind zu wertvoll, als daß wir sie von bestochenen Beamten und kapitalistischen Strohmännern gefährden lassen dürfen ...‹ Hier artet der Artikel in Beschimpfungen aus«, sagte Mr. Balterghen. »Die ganze Geschichte ist natürlich eine schamlose Verdrehung der Wahrheit. Tatsache ist, daß wir Geschäftsleute sind, die mit der Rumänischen Regierung Geschäfte machen wollen. An Politik sind wir nicht interessiert.«

»Hört! Hört!« riefen einige Direktoren.

Mr. Balterghen fuhr fort: »Dennoch, um es gleich zu sagen, hat der Artikel uns Ungelegenheiten bereitet. Zwar wurde die Zeitung konfisziert, und Redaktion und Druckerei wurden von Jugendlichen mit Handgranaten zerstört, aber das geschah leider zu spät. Der Artikel hatte schon weiteste Verbreitung gefunden, und der Staatsanwalt sah sich genötigt, gegen mehrere unserer Freunde Anklage wegen Annahme von Bestechungsgeldern zu erheben. Die Öffentlichkeit ist empört, und obwohl eine Reform der Konzessionserteilung beantragt worden ist, wird sie nicht durchkommen.«

Am Ende des Tisches räusperte sich ein untersetzter Herr vernehmlich.

»Wenn ich Sie recht verstanden habe, können wir also nichts mehr tun?«

»Im Gegenteil, Sir James«, erwiderte Mr. Balterghen, »wir können sehr viel tun. Ich habe, die Zustimmung der Herren voraussetzend, mir die Dienste eines Mannes gesichert, der in solchen Dingen nicht unerfahren ist. Er hat schon früher für mich gearbeitet. Er ist nicht billig, aber ich kann Sie versichern, daß er sein Geld wert ist.«

»Und was soll er denn tun?« fragte der untersetzte Herr scherzend. »Die Sozialisten erschießen? Einfach das ganze Pack zusammenkartätschen?«

Die Konferenzteilnehmer lachten herzlich, und die Stimmung hob sich.

Mr. Balterghen verzog leicht den Mund. Es war dies seine Art zu lächeln.

»Ich halte solche extremen Maßnahmen für überflüssig. Der besagte Mann ist wohl am treffendsten mit dem Wort ›Propagandist‹ zu charakterisieren.«

»Von mir aus kann er sich nennen, wie er will, solange er kein Kommunist ist«, sagte Lord Welterfield.

»Dann nehme ich an, daß Sie nichts dagegen haben, meine Herren, wenn ich diesen Mann engagiere. Ich möchte noch hinzufügen, daß ich im Moment über die Natur der zu unternehmenden Schritte nichts Näheres verraten will.«

Die Direktoren nickten verständnisvoll, versicherten den Vorsitzenden ihres vollen Vertrauens und begaben sich nach Erledigung einiger Formalitäten mit wichtiger Miene zum Mittagessen.

Mr. Balterghen kehrte in sein Büro zurück. Blundell trat hinter ihm ein.

»Colonel Robinson wartet im Büro Nr. 542, Mr. Balterghen. Darf ich Ihnen den Weg zeigen?«

Sie fuhren im Lift hinunter und gingen den Korridor entlang.

»Hier bitte.«

Mr. Balterghen öffnete die Türe und ging hinein. Blundell hörte seinen Boss ›Ah, Stefan!‹ sagen, und als sich die beiden die Hand gaben, schien ihm, als sei der Arm von Colonel Robinson ein wenig steif. Blundell verstand die Sprache nicht, in der die Unterhaltung geführt wurde. Sie klang für ihn wie eine Mischung aus Russisch und Italienisch.

»Colonel Robinson, daß ich nicht lache!« sagte er beim Abendessen zu seiner Frau. »Wenn dieser Kerl Robinson heißt, will ich Hitler heißen. Gib mir bitte das Salz.«

1. Kapitel

Der Zug nach Linz

Eine dicke Wollschärpe zweimal um den Hals geschlungen, die Schultern hochgezogen, die Hände tief in den Manteltaschen, wartete Kenton in Nürnberg auf den Zug nach Linz. Ein eiskalter Novemberwind fegte durch den fast menschenleeren Bahnhof; die emaillierten Reflektoren schwangen hin und her und auf dem Bahnsteig tanzten Schatten wie verrückt. Da es ihn fröstelte, ließ er seinen Koffer stehen und vertrat sich auf der windgeschützten Seite des kleinen Stationsgebäudes die Füße.

Der schlanke Mann mit dem gescheiten Gesicht war dreißig, sah aber älter aus, was an der Mundpartie liegen mochte. Die eher vollen Lippen verrieten Sinn für Humor und Besonnenheit. Er glich eher einem Amerikaner als einem Engländer, war aber keins von beiden. Sein Vater stammte aus Belfast, seine Mutter aus einer bretonischen Familie, die in Lille lebte.

Als er den Bahnsteig abschritt, nahm im selben Maße wie sein Kältegefühl in den Füßen seine Selbstverachtung zu. Eigentlich war er ja keine Spielernatur. Das Spiel langweilte ihn sogar. Nur steckte leider in ihm jener Leichtsinn, der den von ihm Befallenen anstiftet, so lange zu spielen, bis alles Geld draufgegangen ist. Es war ihm übrigens schon einmal passiert; aber da er an einer der beiden Berufskrankheiten des Journalisten, an chronischer Geldverlegenheit – die andere ist Leberschrumpfung –, litt, war's nicht schlimm gewesen. Heute war der Fall allerdings gravierender, da er seine gesamte Barschaft, über vierhundert Mark, verspielt hatte.

Kenton galt als guter Journalist. Das heißt nicht, daß er

jenen wunderbaren Instinkt für Schlagzeilen gehabt hätte, der hinter einer Sonnenbrille und einem schmutzigen Regenmantel den Filmstar wittert. Seine Fähigkeiten waren anderer Art.

Die Nachrichten aus dem Ausland stammen in der Regel von ständigen Zeitungskorrespondenten oder Agenturen. Gegen solche Konkurrenz hat der freie Journalist wenig zu bestellen. Kenton aber hatte drei gewichtige Vorzüge: Er lernte sehr schnell Fremdsprachen und sprach sie ohne englischen Akzent. Er kannte sich vorzüglich in der europäischen Politik aus; und er konnte wichtige Nachrichten von nebensächlichen unterscheiden. Seine Sprachbegabung nützte ihm am meisten. Fast alle englischen Auslandkorrespondenten sprechen die jeweilige Landessprache zwar fließend, aber sie werden ihren Akzent nicht los. Kenton indes konnte reden wie ein Einheimischer, und genau deshalb ergatterte er gelegentlich einen exklusiven Brocken.

In der Hoffnung, daß vom Tisch der hohen Nazi-Funktionäre, die sich in Nürnberg versammelt hatten, einige Brosamen abfallen würden, war er hierher gekommen. Bedeutsame Entscheidungen, so hieß es, sollten getroffen werden. Genaueres wußte man nicht. Man wußte nur, daß die Entscheidungen von jener unangenehmen Art sein würden, die Schlagzeilen macht.

Politische Berichterstattung besteht zu neun Zehnteln im Warten auf das Konferenzende. Die Zeit wird gewöhnlich in einer Bar totgeschlagen. In Nürnberg war es die Bar des Hotels Kaiserhof. Als Kenton eintraf, waren die anderen Korrespondenten schon dort, und der Vertreter der Agentur Havas, ein Pole, den Kenton sehr mochte, hatte Pokerwürfel aus der Tasche gezogen und ein Spielchen vorgeschlagen.

Kenton verlor in einer Tour.

Wer nicht weiß, wann er aufhören muß, soll die Finger von den Pokerwürfeln lassen. Denn in diesem Spiel verbinden sich die gefährlichsten Aspekte des Pokers mit der

Schlichtheit der Würfel. Im Handumdrehen kann man dabei ein Vermögen gewinnen, oder verlieren.

Als bekannt wurde, daß an diesem Tag kein Pressecommuniqué herauskommen und die Konferenz am nächsten Morgen fortgesetzt würde, besaß Kenton noch ganze fünf Pfennige. Bei einer Runde hatte er seinen Mitspielern auseinandergesetzt, daß er nicht insolvent sei, sondern bloß momentan nicht liquid. Er müsse nur schnell nach Wien fahren, um das Geld zu holen, das dort auf ihn warte. Freundliches Bedauern war ihm zuteil geworden, und der Korrespondent der Agentur Havas hatte ihm prompt 100 Mark angeboten. Kenton hatte die peinliche Situation so gut wie möglich überspielt, das Geld angenommen, noch eine Runde spendiert und war dann zum Bahnhof gegangen. Der direkte Zug nach Wien führte nur Luxuswaggons 1. und 2. Klasse. Wenn der Herr 3. Klasse zu reisen wünsche, so fahre ein Bummelzug bis nach Linz in Oberösterreich, wo der Herr nach Wien umsteigen könne. Resigniert hatte er sich für den Zug nach Linz entschieden.

Nachdem er 45 Minuten gewartet hatte, fuhr der schneebedeckte Orientexpreß von Ostende ein. Hinter den dampfbeschlagenen Fenstern der Waggons sah Kenton livrierte Kellner zum Speisewagen 1. Klasse eilen und hörte Tellergeklapper und Gläsergeklirr. Von seinem windgeschützten Standort aus konnte er an einem Schlafwagen die Tafel lesen: WIEN–BUDAPEST–SOFIA–ISTANBUL. Der Orientexpreß strömte Wärme und Luxus aus, und Kenton war froh, als der Zug abfuhr. Denn in diesem Augenblick bedeutete er für Kenton jene physische, finanzielle und gastronomische Sorgenfreiheit, die er so ersehnte. Er suhlte sich in Selbstmitleid.

Alles wäre freilich halb so schlimm gewesen, wenn seine Prahlerei der Wahrheit entsprochen hätte. Tatsächlich hatte er aber gar kein Geld in Wien. Er fuhr bloß dorthin in der schwachen Hoffnung, daß ein Bekannter, ein jüdischer Werkzeugmacher, ihm welches leihen würde. Kenton hatte der

Familie dieses Mannes in den gefährlichen Tagen von 1934 die Flucht aus München ermöglicht, und der Werkzeugmacher war sehr dankbar gewesen. Allerdings war gar nicht sicher, ob der Mann überhaupt noch in Wien lebte. Oder aber, er hatte kein Geld, das er ihm leihen konnte, und das war noch schlimmer. Kenton würde dann sagen müssen, daß es keine Rolle spiele, und der kleine Mann würde sich sehr unglücklich fühlen. Juden waren in solchen Dingen empfindlich. Dennoch war dies seine einzige Chance, und schließlich konnte er in Wien nicht schlechter dran sein als in Nürnberg.

Er steckte die Fäuste noch tiefer in die Manteltasche. Na, wenn schon! Er war ja auch früher schon blank gewesen, wenn auch nicht aus eigenem Verschulden, und stets war im letzten Augenblick irgendetwas geschehen, was ihm aus der Verlegenheit geholfen hatte. Einmal war er auf eine gute Story gestoßen, ein anderes Mal war von seinem New Yorker Agenten ein Scheck gekommen, aus Zweitveröffentlichungsrechten für einen längst vergessenen Artikel. Und dann war doch der bulgarische König eines schönen Tages mit unbekanntem Ziel aus Sofia abgereist, und Kenton hatte auf dem Bahnhof eine Bemerkung, die ein Billettkontrolleur zu einem Handlungsreisenden gemacht hatte, aufgeschnappt, war zum Telefon gerannt und hatte als erster die Nachricht vom bevorstehenden Treffen zwischen Boris und Carol durchgegeben. Wer weiß, vielleicht saß Hitler im Bummelzug nach Linz, um sich mit dem Führer der österreichischen Sozialdemokraten zu treffen. Kenton war von seinem Einfall so hingerissen, daß er sich mit Vorstellungen amüsierte, die ein solch unwahrscheinliches Treffen möglich machen könnten, und als der Zug einlief, war er bester Laune.

Der Zug war schwach besetzt, und Kenton hatte ein Abteil für sich allein. Die Bänke waren zwar hart, aber weit angenehmer als der Nürnberger Bahnsteig. Kenton warf seinen Koffer ins Gepäcknetz, machte es sich, so gut es ging, in einer Ecke bequem und versuchte zu schlafen.

Die Kälte weckte ihn, als der Zug die Station Regensburg verließ. Ein Passagier war ins Abteil gekommen und hatte das Fenster einen Spalt breit geöffnet. Eiskalte Luft, vermischt mit dem Rauch der Dampflokomotive, vollendete, was Hunger und die harte Bank begonnen hatten. Kenton wurde hellwach. Er fror, fühlte sich zerschlagen und hungrig, und sein mühevoll gezüchteter Optimismus war verflogen. Er begriff zum ersten Mal, wie schlecht seine Sache in Wirklichkeit stand.

Wenn Rosen nicht in Wien war, was dann? Er konnte natürlich an eine englische Zeitung telegrafieren und sie um Geld bitten, würde aber vermutlich abgewiesen. Der Spärlichkeit seiner Beiträge ließ sich nun mal kaum abhelfen. Und wenn er dem angenehmen, geregelten Job eines Gerichtsberichterstatters in London das hektische Leben eines freien Ausland-Journalisten vorzog, so war das seine Sache. Während düsteren Grübelns verfiel er gar auf den Beistand des Konsulats. Welche Voraussetzungen mußten erfüllt sein, um als gestrandeter englischer Staatsbürger gelten zu können. Ein englischer Matrose in Kapstadt hatte ihm einmal verächtlich von einer »Ladung gestrandeter englischer Staatsbürger« erzählt, und Kenton sah sich schon als Gepäckstück, Etikette am Hals, Frachtgebühr bezahlt, von Wien nach London verschickt. Um sich mit etwas anderem zu beschäftigen, schaute er auf und bemerkte seinen Mitreisenden.

Kenton war oft mit europäischen Zügen gefahren, und jeder, der ein Fenster auch nur einen Spalt breit öffnete, war ihm verdächtig. Der Täter war ein kleiner, dunkelhaariger Mann mit einem mageren Gesicht und starkem, schlecht rasiertem Bartwuchs. Er trug einen schwarzgestreiften zerknitterten Anzug und dazu eine riesige grau-geblümte Krawatte. Der gestärkte Kragen war schmutzig. Auf den Knien hatte er eine Aktentasche aus biegsamem Stoff, aus der er oben zwei Papiersäcke hervorholte und ihnen Brot und Wurst entnahm. Auf dem Sitz neben ihm stand eine Flasche Vichywasser.

Seine dunkelbraunen, glänzenden Augen begegneten Kentons Blick. Die Hand, die ein Stück Wurst hielt, zeigte auf das offene Fenster.

»Sie haben doch nichts dagegen?«

Kenton verneinte. Sein Gegenüber stopfte sich ein Stück Wurst in den Mund.

»Fein. Ich reise nämlich gern *à l'anglaise.«*

Er mampfte. Dann schien ihm etwas einzufallen. Er zeigte auf seine Aktentasche.

»Darf ich Ihnen etwas Wurst anbieten?«

Kenton brachte das automatische »Nein, danke« nicht über die Lippen. Er war hungrig.

»Ja, gern. Vielen Dank.«

Er bekam Brot und ein Stück Wurst, die nach Knoblauch schmeckte, was ihn aber nicht störte. Sein Mitreisender bot ihm noch mehr an, und Kenton nahm es dankbar entgegen. Der Braunäugige stopfte sich ein Stück Brot in den Mund, goß einen Schluck Vichywasser nach und ließ sich dann über Magenprobleme aus.

»Die Ärzte sind Stümper. Wenn Sie mich hier so essen sehen, würden Sie nicht glauben, daß diese Kerle mir vor zwei Jahren geraten haben, ein Zwölffingerdarmgeschwür operieren zu lassen. Und doch ist es so. Ich habe heute einen eisernen Magen« – er schlug sich beweiskräftig drauf und rülpste heftig – »aber das verdanke ich nicht den Ärzten. Ich sage Ihnen nochmals, das sind alles Stümper. Die wollen einen nur unters Messer kriegen und beschnüffeln. Aber ich habe Nein gesagt. Bei mir wird nicht gepröbelt und geschnüffelt. Da kenne ich ein besseres Mittel. Sie wollten es aus mir herauskriegen, aber da sind sie an den Falschen geraten. Ich lasse mir nicht von schnüffelnden Ärzten mein Geheimnis abschnorren. Sie sind aber kein Arzt, mein Herr, und drum verrate ich es Ihnen. *Pasta* ist das Wundermittel. Nur *pasta.* Sechs Monate lang habe ich nichts als *pasta* gegessen, und dann war ich geheilt. Ich bin kein italienischer Quatschkopf, aber ich sage Ihnen, daß *pasta* gesund für den Magen ist. *Maccheroni, fettucine, tagliatelle, spaghetti,* was Sie lieber haben, es kommt auf dasselbe hinaus, nämlich auf *pasta,* und *pasta* ist gut für den Magen.«

Er sang weiter sein Loblied auf Mehl und Wasser. Kentons Gesicht mußte seine Geistesabwesenheit verraten haben, denn der Mann mit dem eisernen Magen unterbrach sich plötzlich und sagte, daß er ein Schläfchen machen wolle.

»Bitte wecken Sie mich, wenn wir zur Grenze kommen«, fügte er hinzu.

Er nahm den Hut ab, bedeckte sich zum Schutz gegen die Rauchpartikel mit einer Nummer des *Völkischen Beobachters,* kuschelte sich zusammen und schien einzuschlafen. Kenton trat in den Gang hinaus, um eine Zigarette zu rauchen.

Nach seiner Uhr war es 22 Uhr 30. In ungefähr einer Stunde würden sie in Passau sein. Als er seine Zigarette ausdrückte, bemerkte er, daß er nicht allein im Gang war. Einige Abteile weiter lehnte ein Mann am Fenster und schaute zu den fernen Lichtern eines bayrischen Dorfes hinüber. Es schien Kenton, als habe der Mann ihn beobachtet und eben erst den Kopf weggewandt. Nun kam er näher, öffnete jedes Abteil und guckte hinein. Kenton fielen die stumpfsinnigen Äuglein auf, die wie Kieselsteine im aufgedunsenen Gesicht staken, und er drückte sich ans Fenster, um den Mann vorbeizulassen. Der guckte aber bloß ins Abteil, in dem Kentons Mitreisender schlief, murmelte dann »Verzeihung«, drehte sich um und verschwand im nächsten Wagen. Kenton dachte nicht weiter über ihn nach und kehrte in sein Abteil zurück.

Die Zeitung war dem kleinen Mann vom Kopf gerutscht. Seine Augen waren geschlossen, und es sah aus, als schlafe er fest. Aber als Kenton sich ihm gegenüber hinsetzte, sah er, daß die Stirne vor Schweiß glänzte. Er betrachtete den Mann, der langsam die Augen öffnete und ihn anblinzelte.

»Ist er fort?«

»Wer?«

»Er – der Mann im Gang.«

»Ja.«

Der Mitreisende setzte sich auf, fummelte in seinen Taschen, zog ein großes schmutziges Taschentuch hervor und wischte sich Stirn und Handflächen trocken. Dann schaute er Kenton an.

»Sie sind doch Amerikaner, nicht wahr?«

»Nein, Engländer.«

»Natürlich. Es war nicht die Sprache, es war Ihre Kleidung, die mich vermuten ließ ...«

Seine Stimme versickerte in unverständlichem Flüstern. Plötzlich sprang er zum Schalter und löschte das Licht im Abteil. Kenton, der nichts begriff, blieb vorsichtshalber in seiner Ecke sitzen. Wenn der Mann ein Verrückter war, so war eine teilnahmslose Haltung wahrscheinlich sicherer. Sein Blut erstarrte, als er spürte, wie der Mann sich neben ihn setzte. Er konnte seinen keuchenden Atem hören.

»Sie brauchen keine Angst zu haben, mein Herr.«

Seine Stimme tönte gehetzt, als sei er gerannt. Er fuhr fort, erst langsam, dann schnell und atemlos.

»Ich bin Deutscher.«

»Ja«, sagte Kenton, aber glaubte es nicht. Er wußte bloß nicht, wo er den Akzent des Mannes einordnen sollte.

»Ich bin deutscher Jude. Mein Vater war ein Goi, aber meine Mutter war Jüdin. Deswegen werde ich verfolgt und beraubt. Sie können sich nicht vorstellen, was es heutzutage bedeutet, als Deutscher eine jüdische Mutter zu haben. Sie haben mir mein Geschäft ruiniert. Ich bin Hüttenfachmann, müssen Sie wissen. Sie werden sagen, der Mann sieht nicht aus wie ein Hüttenfachmann, aber Sie irren sich. Ich bin wirklich Hüttenfachmann. Ich habe in den Giessereien von Essen und Düsseldorf gearbeitet. Ich hatte ein eigenes Geschäft, eine eigene, wenn auch kleine Fabrik, aber als Engländer werden Sie bestimmt verstehen, daß eine kleine Fabrik manchmal besser ist als eine große. Das alles ist nun vorbei. Ich habe ein wenig Geld auf der Seite und möchte das Land meines Vaters und meiner jüdischen Mutter verlassen, um draußen in der Fremde ein neues Geschäft anzufangen. Ich will mein Geld mitnehmen, aber diese Nazischweine sind dagegen. Ich darf mein eigenes Geld nicht mitnehmen, wohin ich will. Also bringe ich es halt heimlich ganz ruhig über die Grenze. Alles geht gut. Ich treffe einen englischen Freund, wir essen zusammen und unterhalten uns wie Gentlemen. Dann sehe ich plötzlich diesen Nazispitzel, und er sieht mich. Jetzt ist alles aus. Sie werden mich an der Grenze durchsuchen und ausziehen. Dann werden sie mich in ein KZ stecken, und dort werden sie mich prügeln. Sie haben doch diesen Nazispitzel gesehen, nicht wahr? Er hat mich angesehen, er hat mich erkannt. Ich hab's ihm angemerkt. Hier in meiner Brieftasche sind 10 000 Mark in guten deutschen Wertpapieren – es ist alles, was ich habe. Wenn Sie mir nicht helfen, werden sie es mir in Passau wegnehmen.«

Er machte eine Pause, und Kenton sah, wie er sich wieder den Schweiß von der Stirne wischte.

Der Mann log, daran gab es keinen Zweifel. Vielleicht war er Hüttenfachmann, vielleicht war er auch Jude. Deutscher war er sicher nicht. Erstens war sein Deutsch schlechter als das Kentons, und zweitens wußte jeder deutsche Geschäftsmann, daß man nur Bargeld aus Deutschland hinausschmuggeln konnte, da zur Zeit alle deutschen Wertpapiere gesperrt waren und im Ausland nicht gehandelt wurden. Und was den Spitzel anbetraf, nun, so wie Kenton die Nazis kannte, würden sie keine Leute einsetzen, die in Drittklassabteilen nach nichtarischen Hüttenfachleuten suchten. Sie hätten den Mann schon festgenommen, als er in Regensburg den Zug bestieg. Gleichwohl: die Sache war ziemlich undurchsichtig. Der Mann im Gang hatte sich jedenfalls seltsam benommen, und Braunauges Furcht hing offensichtlich mit seinem Erscheinen zusammen. Kenton witterte eine Story.

»Ich sehe nicht, wie ich Ihnen helfen könnte«, sagte er.

Der Mann beugte sich nach vorn, und Kenton spürte seinen Atem im Gesicht.

»Indem Sie meine Wertpapiere durch den Zoll schmuggeln.«

»Und wenn sie mich auch durchsuchen?«

»Das werden sie nicht. Schließlich sind Sie Engländer. Sie riskieren bei der ganzen Sache überhaupt nichts.«

Kenton war nicht so sicher, aber ließ es dabei bewenden.

»Ich weiß nicht, ob ich die Verantwortung dafür übernehmen kann.«

»Aber Sie müssen es doch nicht umsonst tun, mein Herr.« Er unterbrach sich, durchwühlte schnell seine Tasche und zeigte Kenton im Licht, das aus dem Gang hereinfiel, seine Brieftasche. »Hier! Ich zahle Ihnen hundert, zweihundert, dreihundert Mark, wenn Sie mir meine Wertpapiere aus Deutschland hinausschmuggeln.«

In diesem Augenblick wurde der neutrale Berichterstatter Kenton zum zeitweiligen Mitspieler. Dreihundert Mark! Wenn er die hundert Mark dem Korrespondenten der Agentur Havas zurückgab, blieben ihm noch ganze zweihundert. Mit diesem Geld konnte er nach Berlin zurückkehren, und es bliebe erst noch viel übrig. Braunauge mochte jemand ganz anders sein, als er behauptete, und Kenton mochte in einem deutschen Gefängnis landen – dreihundert Mark waren das Risiko wert.

Er zögerte etwas, ließ sich erst inständig bitten und dann überreden. Tränen der Rührung kullerten aus den braunen Augen, als er Kenton hundertfünfzig Mark im voraus zahlte. Der Rest würde folgen, sobald er die Wertpapiere wieder in seinem Besitz hatte. Sie lauteten, so setzte er schnell hinzu, auf seinen Namen, Hermann Sachs, und seien für jeden anderen völlig wertlos.

»Mein Herr«, fuhr er fort und legte seine Hand auf Kentons Arm, »ich vertraue Ihnen meine ganze Habe an. Sie werden mich nicht verraten?«

Seine glänzenden braunen Augen blickten unsäglich traurig

und baten um Mitleid, aber der Griff seiner Hand war erstaunlich kräftig.

Kenton beteuerte seine Ehrenhaftigkeit, und der Griff lockerte sich. Nachdem Sachs sich vergewissert hatte, daß vom Gang her keine Gefahr drohte, übergab er Kenton einen länglichen bauchigen Umschlag. Kenton befühlte ein zusammengerolltes, steifes Papierbündel. Er steckte den Umschlag in die Tasche.

Sachs atmete tief ein, fiel in seinen Sitz zurück und stieß einen Seufzer der Erleichterung aus.

Kenton fand diese Vorführung etwas verwirrend, und mit wachsendem Ärger, den er sich nicht recht erklären konnte, beobachtete er Sachs, der ihn völlig vergessen zu haben schien. Dieser zündete sich eine kleine schwarze Zigarre an und öffnete seinen großen abgenutzten Wachstuchkoffer.

Von seinem Platz aus konnte Kenton in den Koffer sehen, der zum Bersten mit schmutziger Wäsche vollgestopft war. Aber Sachs schien sich darin auszukennen. Seine Hand verschwand in einer Ecke des Koffers und erschien wieder mit einer großkalibrigen automatischen Pistole, die er wie selbstverständlich in die Pistolenhalfter unter seinem linken Arm schob.

Hinter Herrn Sachs steckte offensichtlich mehr, als der erste Augenschein vermuten ließ.

Zur Erledigung der Zollformalitäten trennten sie sich.

Sachs eilte voraus. In unauffälligem Abstand folgte Kenton. In der rechten Socke hatte er die Wertpapiere, im linken Schuh die deutschen Banknoten. In der Magengegend hatte er ein ungutes Gefühl.

Während er am deutschen Zoll wartete, sah er, wie Sachs mit der Routinefrage nach Devisen durchgelassen wurde. Niemand untersuchte den ›Deutschen‹, niemand hielt ihn zurück. Kentons Zweifel an Sachsens Geschichte wurde bestätigt, und er gratulierte sich zu seinem Scharfsinn. Bevor er an der Reihe war, sah er noch den ›Nazispitzel‹ über einen beleuchteten Hof zum österreichischen Zoll hinüberhuschen.

Obschon man auch Kenton ohne weiteres durchließ, war er doch heilfroh, als er wieder zum Zug zurückging. Ein äußerst aufgeregter Sachs erwartete ihn.

»Ach, da sind Sie ja endlich! Haben Sie's noch? Sehr gut. Nein, nein, bitte nicht!« sagte er, als Kenton den Umschlag hervorzog. »Verstecken Sie ihn wieder. Wir haben es noch nicht überstanden. Stecken Sie es schnell in die Tasche.« Er schaute verstohlen nach dem Gang. »Er ist auch im Zug, der Spitzel. Die Gefahr ist noch nicht vorüber.«

Nun reichte es Kenton. Er fror und war schlechter Laune; Herr Sachs und seine Geschäfte gingen ihm schrecklich auf die Nerven. Die Zerreißprobe am Zoll hatte ihn arg mitgenommen. Er fand das Gerede von Spitzeln und Gefahr schlicht melodramatisch. Zudem war ihm unterdessen klar geworden, daß die ›Wertpapiere‹ entweder Rauschgift oder gestohlene Inhaberobligationen, ein Bericht über die Möglichkeiten des Mädchenhandels in Westfalen oder sonst etwas Verbotenes waren. Im übrigen mißtraute er Sachs. Mochte der Mann seine zwielichtigen Geschäfte alleine tätigen. Er, Kenton, wollte damit nichts mehr zu tun haben.

»Es tut mir leid«, begann er, »aber ich muß Sie bitten, Ihre Wertpapiere zurückzunehmen. Ich habe Ihnen versprochen, sie sicher über die Grenze zu bringen. Das habe ich getan. Wenn ich mich nicht irre, sind Sie mir noch hundertfünfzig Mark schuldig.«

Sachs antwortete zunächst nicht. Sein Blick verschleierte sich. Dann beugte er sich vor und berührte Kentons Knie.

»Herr Kenton«, sagte er hastig, »stecken Sie bitte das Kuvert wieder ein. Ich erhöhe mein Angebot. Sie kriegen nochmals dreihundert Mark, wenn Sie meine Papiere im Hotel Josef in Linz abgeben.«

Kenton hatte den Mund schon geöffnet, um das Angebot

abzulehnen, als ihn wieder der Leichtsinn befiel, der ihn heute schon so viel gekostet hatte. Sechshundert Mark! Wenn schon, denn schon: an seinem Vergehen änderte das nicht viel.

»In Ordnung«, sagte er.

Aber noch während er dies sagte, wußte er, daß es mit der Ordnung nicht zum Besten stand und daß er diesmal nicht so glimpflich davonkommen würde.

2. Kapitel

Zaleshoff und Tamara

Die Büros der Firma Kissling & Pieper, Maschinenbau G.m.b.H., Zürich, sind nicht leicht zu erreichen. Man geht durch eine ruhige Straße in der Nähe des Zürcher Hauptbahnhofes, biegt in ein enges Seitengäßchen ein, öffnet eine verwitterte, aber massive Tür und erklimmt fünf kahle Holztreppen. So gelangt man vor eine weitere Tür mit aufgemaltem Firmennamen. Ein Pfeil zeigt auf eine Glocke mit dem schriftlichen Hinweis »Bitte läuten«, die aber nicht funktioniert. Daneben gibt es ein anderes, durchaus funktionstüchtiges Glockenwerk, das beim Einführen eines Schlüssels ins Türschloß läutet, aber das wissen nur wenige. Die Firma Kissling & Pieper drängt sich niemandem auf.

Obwohl die Firma ihren ursprünglichen Namen beibehalten hat, sind Kissling und Pieper schon lange nicht mehr am Geschäft beteiligt. Herr Kissling starb 1910, Herr Pieper 1924. Das Unternehmen hat seither nicht sonderlich prosperiert; die Nachfolger hatten nämlich meistens wichtigere Geschäfte zu tätigen, als Vertikalbohrer, Fräsmaschinen und Revolverdrehbänke profitabel zu verkaufen. Vergilbte Fotografien solcher Dinge verzieren wohl noch die Bürowände, aber sie sind die einzige Verbindung der Firma mit dem Handel, den zu treiben sie vorgibt.

An einem Nachmittag, spät im November, saß der Geschäftsinhaber von Kissling & Pieper an seinem Schreibtisch und starrte nachdenklich auf eine der vergilbten Fotografien. Sie zeigte eine Spindeldrehbank mit geraden Backen, S.S. und S.C., konstruiert von Schutte und Eberhardt, aber das wußte Andreas Prokovitch Zaleshoff nicht.

Der inoffizielle Vertreter der UdSSR in der Schweiz war ein breitschultriger Mann von achtunddreißig Jahren, mit braunem, lockigem Haar, das in einem Winkel von fünfundvierzig Grad von seiner Stirne abstand. Sein glattrasiertes Gesicht war häßlich, ohne unangenehm zu wirken; »knotig« wäre eine unfreundliche Bezeichnung dafür, »durchfurcht« eine Spur zu romantisch. Er hatte eine große Boxernase und die Gewohnheit, sein Kinn hervorzuschnellen, um seinen Worten Nachdruck zu verleihen. Seine Augen waren ungewöhnlich blau und verschmitzt. Nach leerer Kontemplation vor der Schraubenschneidebank wanderte ihr Blick zu einem Blatt Papier auf dem Schreibtisch, fixierte es kurz und richtete sich dann auf die Vorzimmertür.

»Tamara, komm doch bitte her.«

Einige Augenblicke später trat eine junge Frau ins Büro.

Tamara Prokovna Zaleshoff war nicht, was man gemeinhin eine Schönheit nennt. Ihr Gesicht war das idealisierte Ebenbild ihres Bruders. Die Gesichtsfarbe war makellos; die Gesichtszüge waren regelmäßig, traten aber etwas zu männlich hervor. Ihre Hände waren sehr schön.

»Hast du die Briefe dechiffriert?«

»Ja, Andreas. Es waren nur zwei.«

Die Briefe kamen nicht direkt zu Kissling & Pieper. Die Geschäftspartner pflegten ihre Korrespondenz an Fräulein Rosa Neumann, *poste restante*, zu richten. Zweimal am Tag verwandelte sich Tamara in Rosa Neumann und ging zur Post, um die Briefe abzuholen. Dann machte sie sich an die Aufgabe, das Durcheinander von Buchstaben und Zahlen zu entwirren und die Berichte in ein harmlos aussehendes ›Einkaufsbuch‹ einzutragen, bevor sie sie ihrem Bruder weitergab. Die meisten Mitteilungen waren unspektakulär, und die Arbeit langweilte sie entsetzlich.

Sie zog ihren Mantel aus und hängte ihn an den Kleiderhaken hinter der Tür. Dann schaute sie ihren Bruder fragend an.

»Was ist los, Andreas?«

»Petroff hat aus Berlin telefoniert, während du die Briefe abgeholt hast.«

»Petroff? Was wollte denn der?«

»Er hat gestern nacht aus Moskau die Meldung bekommen, daß Borovansky übergelaufen ist.«

»Borovansky?«

»Ja. Sie haben in der Zentrale herausgefunden, daß er alle B2-Mobilmachungsbefehle fotografiert hat und damit nach Deutschland geflüchtet ist. Petroff sagte, daß Borovansky heute nachmittag den Zug nach Regensburg genommen hat. Er hat eine Fahrkarte nach Linz gelöst, und es sieht so aus, als wolle er die Fotografien dort abliefern.«

»Hat er sie bei sich?«

»Ja. In der inneren Manteltasche.«

»Kann man ihn nicht aufhalten?«

Zaleshoff lächelte matt.

»Doch. Aber das eilt nicht. Petroff hat Ortega auf ihn angesetzt.«

»Ortega?«

»Diesen spanischen Messerstecher, den Petroff sich hält. Petroff, der für mein Gefühl alles andere als zimperlich ist, bezeichnet den Mann als ›widerlich‹. Aber er sei tüchtig.«

»Kann man einem solchen Menschen denn trauen?«

»Zuverlässigkeit ist, nach Petroff, einer seiner Vorzüge. Ortega wird wegen Mordes gesucht – er hat vor zwei Jahren in Lissabon einer Frau die Kehle durchgeschnitten. Wenn er nicht mehr zuverlässig ist, übergibt ihn Petroff der Polizei.«

Tamara schaute nachdenklich drein.

»Ich habe Borovansky nie gemocht.«

Zaleshoff nickte.

»Ich auch nicht. Ich habe stets befürchtet, daß sie ihm zu sehr vertrauten. Aber sie behaupteten, er sei nützlich, weil er viele Jahre in deutschen Fabriken gearbeitet habe und deshalb die Deutschen gut kenne. So etwas Blödes! Borovansky könnte ein Leben lang in einem fremden Land arbeiten und würde nicht einmal die Sprache der Leute lernen, geschweige denn ihre Mentalität verstehen. Übrigens arbeite ich lieber mit einem Dummkopf, der mir treu ist, als mit einem Fachmann, der mich verrät.«

Er zündete sich eine große Pfeife an und legte sie dann wieder auf den Tisch.

»Es hat keinen Zweck, Tamara«, brummte er, »ich werde mich nie ans Pfeifenrauchen gewöhnen. Es wird mir nur schlecht davon.«

»Aber es ist viel gesünder als das Kettenrauchen. Du mußt es nur probieren.«

Zaleshoff nahm die Pfeife ungeduldig in die Hand, aber er klopfte bloß mit dem Stiel nervös gegen seine kräftigen, weißen Zähne. Er dachte offensichtlich an etwas anderes. Seine Schwester betrachtete ihn schweigend eine Weile. Dann fragte sie:

»Wie schlimm ist die Sache eigentlich, Andreas?«

Zuerst glaubte sie, er habe ihre Frage nicht gehört. Doch dann zuckte er mit den Achseln:

»Das weiß man, bis jetzt, eben nicht. Wir wissen bloß, daß Borovansky nur Fotografien bei sich hat. Wir könnten also behaupten, daß es sich um Fälschungen handle. Leider können wir vorläufig sehr wenig unternehmen. Wäre uns wenigstens der Geldgeber bekannt, dann hätten wir einen Anhaltspunkt. Weißt du, dieser B2-Mobilmachungsbefehl ist keine gewöhnliche militärische Information. Wenn es sich um Berichte über Geschützbestückung oder Einzelheiten von Festungen handelte, kämen sie früher oder später ins Büro nach Brüssel, und wir wüßten, woran wir sind. Hier handelt es sich aber um etwas anderes, und ich werde das ungute Gefühl nicht los, daß etwas Politisches dahintersteckt. Wenn Borovansky bloß etwas hätte verkaufen wollen, hätte er sich an profitablere Dinge heranmachen können. Warum mußte er gerade auf diese Instruktionen verfallen? Warum nur, frag ich mich.«

»Nun, ich denke mir, daß er entweder in der Eile das Erstbeste fotografiert hat oder daß ihm jemand für diese Fotografien Geld offeriert hat.«

»Genau! Wenn er nun die Absicht gehabt hätte, irgendetwas Verkaufsträchtiges zu stehlen und zu fotografieren, hätte er bald herausgefunden, daß die B2-Dokumente für seinen Zweck wertlos waren. Würde er sein Leben aufs Spiel setzen für etwas, von dem er wußte, daß es keinen Marktwert hat? Sicher nicht. Jemand wollte dieses B2-Material, und Borovansky wurde damit beauftragt, es zu beschaffen. Das Schlimmste ist, daß wir nichts tun können, bis er in Österreich ist. Berlin lauert auf einen Vorwand, um eine antisowjetische Kampagne zu starten, und den wollen wir nicht liefern. Wir können nur hoffen, daß er seine Ware nicht schon in Deutschland übergibt.«

»Aber warum zum Teufel hat man ihn nicht geschnappt, als er noch auf russischem Boden war?«

»Niemand wußte, daß etwas nicht stimmte. Borovansky war der Verbindungsmann zwischen Moskau und unseren Leuten in Riga. Wenn der Mann, der die Fotografien machte, nicht mißtrauisch geworden wäre und die Polizei informiert hätte, wüßten wir wahrscheinlich auch jetzt noch nichts von der Sache. Aber auch Borovansky war ein Dummkopf. Niemand hätte zunächst Verdacht geschöpft, wenn er sich in Riga gemeldet hätte, bevor er nach Deutschland floh.«

»Nun gut. Aber die ganze Geschichte geht uns ja nichts an.«

»Nein, wahrscheinlich nicht.«

Aber er schaute immer noch nachdenklich drein. Plötzlich stand er auf, ging zum Schrank in der Ecke, holte ein dickes Dossier heraus und blätterte zerstreut darin.

»Heute Mittag ist vom Basler Agenten ein Bericht gekommen«, sagte Tamara. »Der englische Agent sei umgezogen. Der Engländer arbeitete früher in einem Büro an der Badenstraße, das unter dem Decknamen ›The Swiss

Central Import Company‹ eingetragen war. Jetzt ist er an den König-Gustav-Platz umgezogen, und zwar in die Praxis eines Zahnarztes namens Bouchard. Eine sehr gute Idee. Man kann ja nicht jeden kontrollieren, der zu einem Zahnarzt geht.«

Tief ins Dossier versunken brummte Zaleshoff Zustimmung.

»Oh, und der Genfer Agent berichtete heute morgen, daß die Schmiergelder, die die Italiener zur Bestellung von Haubitzen überredeten, nicht von Skoda, sondern von Nordenfeldt stammten. Die Haubitzen werden in Hamburg verladen und nach Genua geschifft«, fuhr Tamara fort. »Er weiß auch zu melden, daß einer der Delegierten der Südamerikanischen Liga eine Frau zu besuchen pflegt, die sich Madame Fleury nennt. Sie sei in Wirklichkeit eine Ungarin namens Putti, die 1916 in bulgarischen Diensten gestanden habe. Er sagt nicht, für wen sie jetzt arbeitet, und ich verstehe sowieso nicht, wie er von uns erwarten kann, daß wir all den Seitensprüngen dieser Südamerikaner nachgehen.«

Der Bruder las weiter im Dossier.

»Hier kommt aber etwas Interessantes. Er schreibt, daß sich die Engländer mit den Deutschen und den Italienern in einem kleinen Hotel am See getroffen haben, um darüber einig zu werden, was die Deutschen und die Italiener auf die Note antworten sollen, die ihnen die Engländer in der nächsten Woche übermitteln werden. Dem Vernehmen nach beanstanden die Italiener einen Punkt in dieser Note – soviel er weiß, handelt es sich um die italienischen Pläne im Sudan –, und die Engländer sind bereit, diesen Punkt fallen zu lassen, wenn die Italiener ein englisches Darlehen aufnehmen und versprechen, daß sie es für die italienische Schwerindustrie verwenden werden. Das bedeutet, daß England die Lira leicht senken will.« Sie unterbrach sich und sagte vorwurfsvoll: »Aber du hörst mir ja gar nicht zu, Andreas Prokovitsch.«

»Natürlich höre ich dir zu, Tamara. Lies bitte weiter.«

Dann wandte er sein ganzes Interesse wieder dem Dossier zu.

»Der Genfer Agent berichtet dann noch, daß es der Pan-Eurasischen Oelgesellschaft in London nicht gelungen sei, von der rumänischen Regierung eine Bohrkonzession zu bekommen. Er erinnert uns daran, daß die Pan-Eurasische Oelgesellschaft ein englisches Unternehmen ist, das eigentlich Joseph Balterghen, Gracechurch Street, London, gehört, der auch 35 % der Nominalaktien der englischen Waffenfabrik Cator and Bliss Limited besitzt und Aufsichtsratsmitglied des Imperial Armour Plating Trust (Panzerplattenkonzern) ist. Ich habe Balterghens Personalakte nachgeschlagen. Gebürtiger Armenier, 1914 in England naturalisiert. Verkaufte von 1900 bis 1909 Waffen für die Nordenfeldtwerke, hatte aber seine Finger schon ab 1907 im Ölgeschäft. 1917 war er drauf und dran, Kerensky eine Konzession für die Ölfelder in Baku abzuluchsen. Es heißt, daß er kurz vor dem Sturz Kerenskys mit der Provisorischen Regierung handelseinig wurde. Im drauffolgenden Jahr war er in Odessa und hatte es wieder auf die Ölfelder von Baku abgesehen. Diesmal verhandelte er mit General Almazoff, dem weiß-russischen Befehlshaber jenes Gebietes. Sein Unterhändler war ein gewisser Talbot. Er ...«

Zaleshoff war durchs Zimmer gesprungen und hatte sie am Arm gepackt.

»Wie hieß jener Unterhändler, Tamara?«

»Talbot.«

»In Odessa 1918? Und Balterghen war dort?«

»Ja.«

»Dann schau dir das mal an.«

Er drückte ihr das Dossier in die Hände und rannte ins Vorzimmer. Ein paar Sekunden später hörte sie, wie das Telefon rasselte.

Sie setzte sich, zündete sich gemächlich eine Zigarette an, legte sich das Dossier im Schoß zurecht und las die maschinengeschriebenen Streifen, die auf dickes gelbes Papier geklebt waren.

Dossier S8439 *Kopie 31, Zürich*

Name: Stefan Saridza.

Geburtsort: (vermutlich) Adrianopel.

Geburtsdatum: (zirka) 1869.

Eltern: unbekannt.

Politische Sympathien: keine bekannt.

Bemerkungen: keine brauchbare Fotografie verfügbar. Dieser Mann ist seit 1904 bekannt. Siehe unten.

Die folgenden Einzelheiten 1917/1918 aus den Ochrana-Archiven (Kiew) übernommen: 1904 Kriegsgerichtsverfahren gegen General Stessel wegen Übergabe der Festung Port Arthur an die Streitkräfte des japanischen Generals Nogi. Stessel brachte zu seiner Verteidigung vor, die Festung sei verraten worden. Befragung von Verdächtigen erfolglos. Stessel bezichtigte einen Bulgaren namens Saridza oder Sarescu. Nachforschungen nach Saridza erfolglos. Soll im Januar 1905 in Athen gesehen worden sein.

Verfahren gegen Heinrich Grosse, Assisengericht Winchester, 1910, wegen Spionage. Während des Prozesses wurde ein gewisser Larsen als Grosses Arbeitgeber erwähnt. Vermutlich Saridza. (Identifizierung von D.24 behauptet.)

Verfahren gegen Hauptmann Bertrand Stewart (engl. Staatsbürger), 1911, in Berlin, wegen Spionage. Stewart, Opfer eines *agent provocateur* namens Arsène Marie Verrue, alias Frédéric Rue (siehe Dossier R77356), sagte aus, er sei auf Veranlassung der deutschen Abwehr durch R. H. Larsen, alias Müller, alias Pieters, alias Schmidt, alias Talbot, eingesetzt worden. Vermutlich Saridza.

Die folgenden Einzelheiten vom Kommissariat für Innere Angelegenheiten, Odessa. Dezember 1918. Bericht von K. 19, daß ein Agent namens Talbot (siehe oben) wegen einer Bohrkonzession im Gebiet von Baku mit General Almazoff verhandelte. Es wird angenommen, daß er im Dienste englischer Ölinteressen arbeitete.

Kommissariat für Auswärtige Angelegenheiten. März 1925.

Bericht von V. 37 (Barcelona), daß ein Agent namens Luis Gomez an antisowjetischer Propaganda maßgeblich beteiligt war, besonders im Zusammenhang mit sowjetischen Öllieferungen nach Spanien. Es wird angenommen, daß er im Dienste englischer Ölinteressen arbeitete.

Wichtig: Der erwähnte Agent 1929 als Saridza identifiziert. Siehe Bemerkungen unten.

Februar 1930. Handelsgericht New York City. In Sachen Joshua L. Curtice (Kläger) gegen Cator and Bliss, Inc., New York (Beklagte) macht Curtice vor Richter Mahoina geltend, daß ihm für seine Arbeit bei der zweiten Abrüstungskonferenz in Genf Auslagen im Betrage von 100 000 Dollar nicht ersetzt worden seien. Art der Arbeit: angeblich Propaganda gegen die Abrüstung. Die Auftraggeber von Curtice waren die Londoner Direktoren von Cator and Bliss Limited. Gerichtsverfahren in New York vom Kläger beantragt. Entscheid: Verfahren infolge Vergleichs zwischen den Parteien als gegenstandslos geworden abgeschrieben. Curtice berief sich auf schweizerische Staatsbürgerschaft. Von B. 71 als Saridza identifiziert.

Bemerkungen: Es kann als sicher gelten (Bericht ZB356/28), daß Saridza über eine starke Organisation verfügt, vor allem in Europa und im Nahen Osten. Er betreibt jetzt zur Hauptsache politische Propaganda für Industrieunternehmen und Großbanken. Glänzender Organisator. Skrupellos. Spricht Englisch (mit leichtem Akzent), Französisch (mit starkem Akzent), Deutsch, Russisch und Slowenisch.

Aussehen: Größe mittel, Körperbau hager. Haare grau und schütter. Gesichtsfarbe fahl. Gestutzter kleiner Schnurrbart, grau, mit Nikotinflecken. Trägt manchmal Schußwaffe.

Sehr wichtig: Saridza wurde jedesmal auf Grund der Tatsache identifiziert, daß sein linker Ellbogen nicht voll beweglich ist. Der Gebrauch des linken Armes wirkt deshalb unbeholfen.

Dienstanweisung: (Mai 1926) Alle Informationen über

Saridzas Aktivitäten (auch solche aus unzuverlässiger Quelle) sofort weiterleiten.

Tamara schloß das Dossier und drückte die Zigarette aus. Aus dem Vorzimmer hörte sie ihren Bruder aufgeregt telefonieren.

»... die Pan-Eurasische Oelgesellschaft, da gibt's keinen Zweifel, Petroff. Jetzt sehen wir etwas klarer, mein Lieber, nicht wahr? Du hast doch gehört, daß Balterghen sich mit Rumänien verspekuliert hat? Ja, so ist es... aber ich überlasse es dir, es denen in Moskau beizubringen... nein... ja... ich fahre jetzt direkt nach Linz... ja... Tamara kommt mit... ich lasse J 12 aus Bern hierherkommen... und vergiß nicht, Wien zu warnen...«

Dann hörte sie eine Weile nichts, nur ihr Herz klopfte hörbar.

»Ortega?« fragte Zaleshoff dann. »Natürlich erinnere ich mich an sein Gesicht. Wer das einmal gesehen hat, vergißt es nie mehr. Schlangenaugen in einer Elefantenhaut. *Au r'voir.*«

Wieder rasselte das Telefon, und Zaleshoff trat beschwingt ins Zimmer. Tamara tat, als läse sie im Dossier.

»Hast du es gelesen? Hast du gehört, was ich zu Petroff gesagt habe?« Er war sichtlich erregt.

»Ja. Aber was sollen wir in Linz?«

»Du hast doch eben das Dossier gelesen, nicht? Ich habe Saridza damals in New York identifiziert. Ich kenne sein Gesicht. Sehr gut sogar.«

«Aber unsere Leute in Wien?«

»Die kennen ihn nicht so gut wie ich. Wir haben Glück. Saridza ist ein wichtiger Bursche, ein großer *Coup* für uns. Aber würdest du mich jetzt bitte mit Bern verbinden, Tamara.«

Während er im dunklen Vorzimmer auf den Anruf wartete, hörte sie, wie er wild in seinem Schreibtisch rumorte und dabei leise *Tschubtschik* vor sich hin summte. Dann unterbrach er sich und fluchte. Sie fragte ihn, ob sie ihm beim Suchen helfen könne, aber er hatte bloß Munition für seinen Revolver gesucht und sie jetzt gefunden. Dann sagte sie:

»Nicht wahr, Andreas, im nächsten Monat fahren wir nach Moskau?«

»Ja, Tamara, im nächsten Monat.«

»Und wir bleiben drei Monate?«

»Vielleicht.«

Sie schwieg einen Augenblick. Mit einem Finger zog sie eine lange gerade Linie über das staubbedeckte Regal neben ihr. Als sie wieder sprach, war die Enttäuschung ihrer Stimme anzumerken.

»Andreas, müssen wir eigentlich unser Leben lang diese Arbeit machen?«

»Ich hoffe es. Wir können sie doch so gut.«

Sie hörte ihn eine Schublade zuknallen und verschließen. Den Telefonhörer am Ohr, starrte sie auf die unförmige, altmodische Schreibmaschine, die vor ihr auf dem Tisch stand, und fuhr dann fort:

»Ich nehme an, Borovansky ist tot, wenn wir in Linz ankommen?«

»Ortega hat den Befehl erhalten, ihn nicht zu töten, doch die Fotografien muß er um jeden Preis haben. Aber ich würde mir an deiner Stelle darüber keine Gedanken machen. Um Borovansky ist es nicht schad. Es ist da in Essen eine Geschichte passiert, in der er eine wenig sympathische Rolle gespielt hat.«

Sie drückte nachdenklich auf die Umschalttaste der Schreibmaschine.

»Kannst du dich noch an seine Augen erinnern, Andreas? Man würde nicht glauben, daß jemand mit so sanften braunen Augen ein Verräter sein könnte.«

»Die Augen eines Menschen, seine Nase, seine Stirn, seine Ohren – all das hat nichts mit dem Gehirn dahinter zu tun.

Kleine Männer haben große Köpfe, und große Männer haben kleine Köpfe. Kein Mensch kann aus dem Gesicht des andern dessen Gedanken lesen.« Er unterbrach sich, und sie hörte, wie er einen Schrank öffnete. »Geht das heute aber lang, bis die Verbindung mit Bern klappt. In zwanzig Minuten fährt unser Zug.«

»Du mußt ein warmes Halstuch mitnehmen, Andreas, es ist kalt.«

Zaleshoff kam wieder ins Zimmer. Er trug einen schweren grauen Ulster. Um seinen Hals war ein Wollschal geschlungen. Er beugte sich vor und küßte sie leicht auf die Wange.

»Hast du deine Pfeife eingepackt, Andreas?«

»Nein.«

Plötzlich rasselte das Telefon.

»Der Berner Agent«, sagte Tamara.

3. Kapitel

Zimmer Nr. 25

Von der Grenze bis nach Linz, drei geschlagene Stunden lang, hörte Herr Sachs nicht auf zu reden.

»Menschenkenntnis«, sagte er und bewegte einen schmutzigen Zeigefinger hin und her, »darauf kommt's an. Als ich Sie sah, Herr Kenton, da habe ich sofort gewußt, daß ich mich auf Sie verlassen kann. ›Diesem Mann‹, so sagte ich mir, ›kannst du seelenruhig dein ganzes, sauer verdientes Geld anvertrauen.‹ «

Er machte eine Kunstpause.

Kenton wurde nun klar, daß ihn Sachs für einen ausgemachten Dummkopf hielt, der weiterhin an die jüdische Flüchtlingsgeschichte glaubte.

»Aber warum soll ein ehrlicher Mann leer ausgehen?« fuhr er fort. Die braunen Augen rundeten sich erstaunt. »Es ist mir ein Vergnügen, für eine verdiente Belohnung aufzukommen.«

Er stocherte in seinen Zähnen.

Kenton fühlte sich unbehaglich. Eigentlich hatte er sich seine sechshundert Mark redlich verdient. Aber im Augenblick wußte er nicht so recht, ob sich Herr Sachs in sanften Drohungen erging oder durch Schmeichelei die Selbstachtung seines Boten wiederherzustellen suchte. Letzteres würde ihm jedenfalls nicht gelingen. Rätselhaft an der Sache blieb, daß Sachs einem wildfremden Menschen sechshundert Mark zahlte, bloß dafür, daß dieser ein Kuvert in einem Linzer Hotel abgab.

Dieses Rätsel machte Kenton aber so neugierig, daß er sich in seiner Rolle als Söldling weniger verächtlich vorkam. Offensichtlich fürchtete sich Sachs vor etwas oder vor jemandem, und sein Redeschwall war nur ein Versuch, die Angst zu unterdrücken. Fragte sich nur, wovor. Sicher war vorerst nur das eine: was er da von Wertpapieren, jüdischen Flüchtlingen und Nazispitzeln erzählt hatte, war blanker Unsinn. Kenton hatte im Verlauf seiner Karriere die größten Lügenbolde Europas interviewt. Neben ihnen nahm sich Sachs geradezu peinlich phantasielos aus. Aber es ist einfach, aus einer Geschichte klug zu werden, wenn man die Hintergründe kennt. Kennt man jedoch weder den Erzähler noch seine Motive, wird's schon schwieriger. Die ganze Angelegenheit war äußerst verwirrend.

»Es geht nichts über Psychologie«, sagte Sachs. »Ich kenne mich aus in der Psychologie.«

Er nickte zweimal mit dem Kopf und schneuzte sich.

»In Essen, in der Giesserei, da hatten wir einen Mann, der verstand auch etwas von Psychologie. Es war ein merkwürdiger Fall, höchst merkwürdig. Es gibt kleine, unterwürfige Männer, die den Eindruck machen, als hätten sie immer Angst. Hoff war so – klein und verängstigt. Waren Sie schon einmal in einer Gießerei, mein Herr? Nein? Schade! Es ist großartig. Da hängt eine Gießpfanne an einem Kran, gefüllt mit flüssigem Stahl, viele tausend Kilogramm, und bewegt sich auf die Gießform zu. Dann wird die Kippvorrichtung betätigt, und der Stahl spritzt heraus wie das Blut aus einem Schwein. Das muß man gesehen haben.«

Er schloß die Augen, in Erinnerung verloren. Als er sie wieder öffnete, blickten sie erschreckt.

»Vielleicht langweile ich Sie, mein Herr? Das tut mir wirklich leid.« Er war ganz Zerknirschung.

»Aber gar nicht«, sagte Kenton höflich.

»Sie sind zu liebenswürdig.« Er tätschelte Kentons Knie. »Sie sind ein Mann von meinem Schlag. Wir beide schätzen die Psychologie. Sie ist eine große Sache.«

Kenton nickte zustimmend.

»Der Fall Hoff«, fuhr Sachs fort, »ist seltsam und auch sehr interessant. Hoff überwachte die Gießpfanne. Er war ein zuverlässiger Arbeiter, der genau tat, was ihm befohlen wurde, und der genau aufpaßte, daß der Guß gelang. Der Vorarbeiter hieß Bauer, und er haßte Hoff. Ein Gerücht wollte wissen, daß es wegen Hoffs Freundin war, und vielleicht war das auch wirklich der Grund, denn sie sah attraktiv aus und mochte Männer. Und Hoff war, wie ich schon sagte, klein und ängstlich. Bauer frozzelte Hoff, wo er konnte, brüllte ihn an und machte ihn beim Direktor schlecht. Aber er entließ ihn nicht, er machte ihm bloß das Leben in der Gießerei zur Hölle. Andere hätten gekündigt oder zumindest aufbegehrt. Hoff aber lächelte bloß sein verängstigtes Lächeln und sagte, Bauer sei im Grunde genommen ein netter Kerl. Manche nannten Hoff einen Feigling, aber Hoff lächelte bloß und sagte, es wäre ihm gleich. – Und Sie, Herr Kenton, halten Sie Hoff auch für einen Feigling?«

Kenton antwortete taktvoll: »Solche Fälle sind nicht einfach.«

Sachs machte ein schlaues Gesicht.

»Ja, der Meinung bin ich auch. Ich habe viel über diesen Fall nachgedacht. Aber ich will Ihnen die Geschichte genau erzählen«, fuhr er fort. »Sie dauerte mehrere Monate. Eines Tages wurde Bauer wirklich wütend und schlug Hoff mit einem Stahlstab ins Gesicht. Der Anlaß war geringfügig, aber es war das erste Mal, daß Bauer tätlich wurde. Einige Arbeiter wollten Bauer auflauern und ihn verprügeln, aber Hoff lächelte bloß sein verängstigtes Lächeln, wischte sich das Blut vom Gesicht und sagte, es wäre ihm gleich. Am Tag darauf gossen wir einige schwere Stücke, und Hoff überwachte die Gießpfanne, in der zehntausend Kilo glühendes Metall waren. Bauer stand neben der Gießform und wartete auf die Gießpfanne. Langsam näherte sich der Kran, und die Gehilfen standen unten bereit. Plötzlich stoppte der Kran, gerade über Bauer. Dann schwappte die Gießpfanne über. Die Männer riefen Bauer eine Warnung zu, aber es war zu spät. Das Metall rann herab. Die Männer rannten weg. Bauer schrie auf, fiel zu Boden, blieb stöhnend liegen. Er starb am selben Tag im Spital. Hoff sagte, daß das Steuerungsgetriebe nicht funktioniert hätte, und viele der Arbeiter hatten Bauer so gehaßt, daß sie schworen, es wäre ein Unfall gewesen. Das Steuerungsgetriebe war aber in Ordnung.« Er strahlte. »Sie sehen also, Herr Kenton, Hoff war kein Feigling.«

»Was war er denn?« Die Frage entschlüpfte Kenton.

»Hoff», sagte Sachs und lachte verschmitzt, »Hoff war gescheit, sehr gescheit sogar. Warten, lächeln, Angst haben, sich Unverschämtheiten gefallen lassen. Demütigungen einstecken – und dann zuschlagen, im richtigen Moment natürlich, das nenne ich gescheit sein.«

Er wurde plötzlich ernst. Die braunen Augen verengten sich, die Lippen wurden schmäler und legten die Zähne bloß. »Es war ein köstlicher Augenblick, als Bauer emporschaute und über sich den Tod schweben sah – verabreicht vom armen Narren Hoff. In dieser letzten Sekunde, bevor er vom Metall getroffen wurde, wußte Bauer Bescheid; das konnte man sehen.« Sachs stimmte ein Gelächter an. »Das nenne ich Rache! Hoff war sehr gescheit, finden Sie nicht auch, Herr Kenton?«

»Oh, doch!«

»Warten, lächeln, und dann zuschlagen. Das nenne ich psychologisch raffiniert.«

Sachs lächelte selbstgefällig. Dann wischte er mit dem Ärmel rasch über das beschlagene Fenster und plierte hinaus. »Ich sehe Lichter am Ufer der Donau», sagte er. »Wir werden bald in Linz ankommen.«

Kenton sagte nachdenklich: »Übrigens Herr Sachs, Sie haben mir noch nicht erzählt, was aus Hoffs Freundin wurde. Das würde mich noch mehr interessieren.«

Zuerst dachte er, der andere habe ihn nicht gehört. Doch dann hob Sachs den Kopf. Kenton gewahrte ein seltsames Glühen in seinen Augen.

»Ach ja, Hoffs Freundin«, sagte er bedächtig. »Sie starb auch, wenig später.« Die folgenden Sätze sprach er ganz langsam. »Ein Unfall mit irgend einer Säure. Ihr Gesicht war schrecklich entstellt. Es war ein Glück für sie, daß sie sterben konnte. Aber Pech für Hoff, denn er war dabei, als der Unfall geschah. Und da gab es viel Gerede, Nachforschungen, Schnüffeleien und Lügen.«

Kenton sah, daß Sachs zur Türe blickte.

»Eine seltsame Geschichte«, murmelte er.

Aber Sachs interessierte sich nicht mehr dafür und gab keine Antwort. Er hatte alle zehn Finger mit Spucke naß gemacht und pappte eine schwarze Strähne über eine kahle Stelle auf seinem Kopf. Dann setzte er den Hut auf, knöpfte den Kragen seines Überziehers bis über die Nase zu, zerrte seinen zerknautschten Koffer aus dem Gepäcknetz und sagte, daß er bereit sei.

»Das Hotel Josef ist ganz nahe am Fluß, hinterm *Weinzinger,* in der Altstadt. Sie werden es leicht finden. Aber kommen Sie bitte erst in einer halben Stunde. Ich muß vorher noch etwas erledigen.«

Kenton nickte.

»Gut. Ich traue Ihnen wie meiner Mutter. Sie werden kommen, und ich werde Ihnen das versprochene Geld geben. Auch ich bin zuverlässig, Sie werden sehen. Bitte« fügte er hinzu, »schauen Sie im Gang nach, ob die Luft rein ist.«

Als Kenton ihm versichert hatte, daß er unbehelligt weggehen könne, trottete er den Gang entlang zur Tür. Einige Minuten später fuhr der Zug in Linz ein, und bevor er hielt, war Sachs schon verschwunden. Kenton blickte ihm von seinem Coupé aus nach, als er sich zwischen Packkisten durchwand und im Dunkeln verschwand. Eine andere Gestalt erschien kurz im Licht und eilte hinter Sachs her. Kenton stutzte zunächst, als er sich zum Gehen anschickte. Dann zuckte er die Achseln. Der Mann mit dem aufgedunsenen Gesicht und den kleinen Augen mußte den Bahnhof auf dem selben Weg verlassen wie die anderen Passagiere, ob er nun ein Nazispitzel war oder nicht. Daß er hinter Sachs her ging, hatte nichts zu bedeuten. Kenton nahm seinen Koffer und verließ den Zug.

Es gibt kaum etwas Deprimierenderes als den Bahnhof einer fremden Stadt kurz nach Mitternacht. Als Kenton den Bahnsteig entlang ging, schwor er sich, daß er die Nacht um jeden Preis in einem bequemen Bett verbringen werde. Der Himmel war sternklar, und es war bitter kalt. Hinter ihm hustete jemand in einem fort, und dieses Geräusch bedrückte hin.

Ein Café in der Nähe des Bahnhofs war noch offen. Er ging hinein und bestellte eine Tasse heißen Kaffee.

Man sagt, daß die Vitalität des Menschen um zwei Uhr früh ihren Tiefstand hat. In diesen dunklen Stunden erreicht die Verzweiflung der Selbstmörder ihren Höhepunkt. Aus dem Gedanken wird die Tat, und der Schuß kracht. Das mag stimmen. Die paar Minuten, die Kenton warten mußte, bis der heiße Kaffee sich etwas abgekühlt hatte, so daß er ihn trinken konnte, gehörten zu den trostlosesten seines Lebens. Hier saß er, fast dreißig, ein nicht unbedeutender Vertreter eines ehrwürdigen Berufsstandes, verspielte sein Geld wie ein Student und war gezwungen, dubiose Botengänge für bewaffnete Unbekannte mit einer Vorliebe für mörderische ›Psychologie‹ zu machen. Er spann den Gedanken weiter: Angenommen, er wäre an der Grenze erwischt worden? Ganz recht wäre ihm geschehen. Das mußte aufhören. Er würde seinen Auftrag ausführen, das Geld kassieren, direkt nach Berlin fahren und sich ernsthafter Arbeit widmen. Da war aber immer noch das Kuvert. Er schaute es näher an.

Es war aus billigem, grauem Papier, fest zugeklebt, unbeschriftet und, wie in Europa üblich, dunkel gefüttert, so daß er nichts sah, als er es gegen das Licht hielt. Er griff den Inhalt sorgfältig ab. Obschon er nicht wußte, wie sich Interimsaktien anfühlten und welche Form sie hatten, so schien ihm doch der Inhalt des Kuverts für solche Bankpapiere zu steif und elastisch zu sein.

Nachdem er das Kuvert wieder eingesteckt hatte, trank er seinen Kaffee, rauchte eine Zigarre, ließ seinen Koffer in der Obhut des Cafetiers zurück und machte sich auf den Weg zum Hotel Josef.

Er kam zuerst durch breite Straßen, deren Häuser zumeist in dem speziellen Barockstil gebaut waren, auf den die Österreicher unverständlicherweise so stolz sind. Als er über eine kleine Eisenbrücke gegangen war und sich den Landungsstegen, dem ›Hafen‹ von Linz näherte, wurden die Straßen schmal und schmutzig. Ein allein stehender Polizist, den er nach dem Weg fragte, musterte ihn scharf, bevor er Auskunft gab. Nachdem Kenton durch dunkle, verlassene Gäßchen gegangen war, kam er endlich zu einer kurzen Straße mit alten Häusern. Als er in der Mitte angelangt war, sah er ein schlecht beleuchtetes Kästchen und las, daß ein Doppelzimmer im Hotel Josef fünf Schilling koste. Er war zwanzig Minuten zu spät, aber er war am Ziel.

Der Eingang des Hotels Josef war alles andere als imponierend. Über zwei ausgetretene Steinstufen kam man zu einer schmalen Tür, deren obere Hälfte aus einer Milchglasscheibe bestand, auf der in abgebröckelter schwarzer Schrift HOTEL JOSEF stand. Dahinter war ein schwacher Lichtschein. Kenton stieß die Tür auf und trat ein.

Er befand sich in einem engen Flur. Links, in einer flachen Nische, war ein Schalter, über dem AUSKUNFT stand. Rechts hingen ein Schlüsselbrett und ein Brieffach an der Wand. Fast alle Schlüssel hingen an ihrem Nagel; das Hotel schien nicht gerade überlaufen zu sein.

Hinter dem Schalter war niemand, und Kenton überlegte eben, wie er die Aufmerksamkeit auf sich lenken sollte, als er ganz in der Nähe ein Schnarchen hörte. Das Geräusch schien aus einem Zimmer zu kommen, das auf den Flur hinaus ging.

Zögernden Schrittes ging Kenton zur halboffenen Tür und schaute ins Zimmer. Eine heruntergebrannte Kerze, deren Docht jeden Augenblick im Wachs ersticken konnte, warf ihr flackerndes Licht auf einen Mann, der in voller Länge ausgestreckt auf einem roten Plüschsofa lag. Er trug Hausschuhe und eine Schürze. Der Nachtportier hatte es sich bequem gemacht.

Kenton klopfte an die Tür, und der Mann brummte und bewegte sich im Schlaf. Kenton klopfte nochmals, und nun setzte sich der Mann auf und rieb sich die Augen.

»Herr Sachs?« fragte Kenton.

Der Mann stand unsicher auf und schwankte auf Kenton zu. Als er bei der Tür angelangt war, lehnte er sich schwer gegen die Wand, warf den Kopf zurück und stierte Kenton aus halbgeschlossenen Augen an. Er roch stark nach abgestandenem Wein und war offensichtlich betrunken.

»Was gibt's?« fragte er mit schwerer Zunge.

»Herrn Sachs, bitte.«

Er brauchte eine Weile, bis er kapiert hatte; dann fragte er, aufblickend: »Herr Sachs?«

»Ja«, sagte Kenton ungeduldig.

Der Nachtportier atmete ein paarmal tief, befeuchtete seine Lippen und schaute wieder zu Kenton, diesmal mit etwas intelligenterem Gesichtsausdruck.

»Wen darf ich melden?«

»Kenton.«

»Herr Kenton, ach ja. Man erwartet Sie. Wollen Sie bitte hinaufgehen.«

Der Portier wollte sich wieder seinem Sofa zuwenden. Wahrscheinlich nahm er an, daß Kenton die Zimmernummer erraten würde.

»Welche Nummer, bitteschön?« fragte Kenton.

Der Nachtportier setzte sich auf den Sofarand und blinzelte verägert.

»Zimmer 25, dritter Stock«, sagte er endlich und legte sich seufzend wieder aufs Sofa. Als Kenton die Treppe emporstieg, hörte er den Mann schon wieder schnarchen.

Das Licht des Flurs reichte nicht weit, und bald war Kenton

im Dunkeln. Da er keinen Schalter fand, war er auf Streichhölzer angewiesen, um sich zu leuchten.

Das Haus war offensichtlich nicht als Hotel gebaut worden. Dadurch, daß der Besitzer überall Trennwände aufgestellt hatte, um so viele Zimmer wie möglich herauszuschinden, war es zu einem Labyrinth geworden: Korridor an Korridor, Türen dort, wo man sie am wenigsten erwartet hätte, und überall Gänge, die nirgends hinführten. Als Kenton im dritten Stock angelangt war, brauchte er einige Minuten und fast die ganze Streichholzschachtel, bis er Zimmer Nr. 25 gefunden hatte.

Er klopfte, und die Tür ging leise knarrend auf.

Von irgendwo fiel Licht in den Raum, der ein kleines Wohnzimmer zu sein schien. Sonst war alles dunkel. Er horchte, konnte aber keine Bewegung hören. Leise rief er: »Herr Sachs«, bekam aber keine Antwort und rief nochmals, diesmal lauter. Dann stieß er die Türe ganz auf und trat ins Zimmer.

Das Licht einer einzelnen nackten Glühbirne fiel aus der Verbindungstür ins Schlafzimmer. Er sah das aufgeschlagene Bett. Von Sachs war nichts zu sehen.

Er trat wieder in den Korridor und wartete ein paar Minuten. Dann zündete er sich eine Zigarette an, löschte sie aber nach einigen Zügen wieder aus. Das Hotel Josef ging ihm auf die Nerven. Er kehrte ins Wohnzimmer zurück und blieb im Licht stehen. Nochmals rief er: »Herr Sachs?«, bekam wieder keine Antwort und trat zur Schlafzimmertür.

Dort blieb er wie angewurzelt stehen. Auf dem Boden neben dem Bett lag der Fuß eines Mannes.

Ein Schauder erfaßte Kenton, und er mußte sich zwingen, nicht wegzurennen. Er beugte sich nach vorn, um mehr zu sehen und betrat dann das Schlafzimmer.

Der Mann lag halb kniend in einer Blutlache, die allmählich in den Spalten des Kiefernholzbodens versickerte. Die Knie waren angezogen. Die Hände waren um das Heft des

Messers verkrampft, das ihm auf der rechten Seite zwischen den Rippen stak. Er war in Hemdsärmeln gewesen, als er hingefallen war. Auf dem Boden neben ihm lag sein Rock, dessen Futter aufgetrennt worden war.

Kenton schaute sich rasch im Zimmer um. Der Inhalt des Wachstuchkoffers war mit einem Messer aufgeschlitzt worden und lag neben dem Bett über den Boden verstreut. Kenton sah wieder auf die Leiche.

Er machte einen Schritt auf sie zu. Diese geringe Bewegung genügte. Fast geräuschlos kippte der Körper auf den Rücken.

Die braunen Augen hatten ihren Glanz verloren. Sachs hatte dieses Mal zu lange gewartet und gelächelt. Es war ihm keine Zeit mehr geblieben, zuzuschlagen.

4. Kapitel

Hotel Josef

Es gibt Leute, die wie Leichenbestatter ganz ungerührt mit Toten umgehen; die Leichen anfassen und herumtragen können, als wären es Gegenstände. Kenton gehörte nicht zu ihnen. Im Spanischen Bürgerkrieg hatte er zwar die heftigsten Kämpfe miterlebt und viele, allzuviele Leichen gesehen. Aber im Krieg gehören tote Männer und Frauen ebenso wie zerschossene Häuser und mit Trümmern übersäte Straßen zur Szenerie. Tote sind da nur häßliche Flecken im Vordergrund eines Schreckensgemäldes.

In der friedlichen Stille des Zimmers Nr. 25 im Hotel Josef hingegen war der Tod nicht mehr an der Tagesordnung. Hier war er grotesk. Kenton mußte wegschauen, um sich nicht zu übergeben.

Wenn es auch sinnlos schien, so galt es doch zuerst herauszufinden, ob Sachs noch lebte. In diesem Fall mußte man einen Arzt rufen. Wie Kenton dastand und den Brechreiz niederkämpfte, hörte er seine Armbanduhr ticken. Ihm war, als sei er schon eine Ewigkeit hier. Dann kniete er, sorgfältig das Blut meidend, neben dem Toten nieder.

Er hatte über solche Dinge gelesen, wußte aber nicht, wie er es anstellen sollte. Es galt anscheinend, ein ›schwaches Herzflattern‹ festzustellen, aber er wußte nicht, wie und wo. Nach dem Puls zu fühlen war zwecklos, wo er doch meistens seinen eigenen kaum finden konnte. Am besten war es wohl, Sachsens blutverkrustetes Hemd aufzuknöpfen und die Hand auf sein Herz zu legen. Er biß auf die Zähne und knöpfte die Weste auf. Seine Finger glitten aber an den Knöpfen ab, und er sah, daß sie blutverschmiert waren. Schweißtropfen traten ihm auf die Stirn. Schnell stand er auf und stolperte über den zerrissenen Koffer von Sachs hinweg zum Waschbecken und wusch sich die Hände. Dann schaute er wieder auf die Leiche. Und nun ergriff ihn Panik. Er mußte Alarm schlagen, die Polizei rufen, irgendetwas tun. Er mußte so rasch wie möglich aus dieser Geschichte, die ihn ja gar nichts anging, herauskommen. Schnell ging er durch das Wohnzimmer hinaus in den dunklen Korridor.

Nun, da er die Leiche nicht mehr ansehen mußte, kam er wieder zu sich. Vor der Tür blieb er stehen und dachte nach.

Was konnte er eigentlich unternehmen? Der Nachtportier schlief und war betrunken. Es war sinnlos, ihm die Situation zu erklären. Der nächste Polizist war wahrscheinlich straßenweit entfernt. Es gab nur eins: runter in die Portierloge und die Polizei anrufen.

Er war im Begriff, diese Absicht auszuführen, als ihm seine eigene Beteiligung an der Sache bewußt wurde. Wie würde er denn seine Gegenwart am Tatort erklären? Die österreichische Polizei würde bestimmt eine Erklärung verlangen. Sie würde Fragen stellen.

Was sind Sie von Beruf?
Journalist.
Aha. Und bei welcher Zeitung, bitte?
Freier Mitarbeiter bei verschiedenen Zeitungen.
Was Sie nicht sagen. Und wo kommen Sie her?
Von Nürnberg.
Was ist der Zweck der Reise?
Ich will nach Wien, um mir Geld zu borgen.
Wie interessant. Sie sind also in Geldschwierigkeiten?
Ja.
Und warum sind Sie nicht direkt nach Wien gefahren?
Ich traf im Zug den Verstorbenen, und er bat mich um einen Gefallen.

Ach ja? Was für einen Gefallen?
Ich sollte ein Kuvert mit wertvollen Dokumenten im Hotel Josef abliefern.
Aber der Verstorbene ging doch selber ins Hotel Josef. Warum hätte er da jemanden beauftragen sollen, wertvolle Dokumente dorthin zu bringen?
Das weiß ich auch nicht.
Haben Sie für den Gefallen eine Bezahlung erwartet?
Ja. Sechshundert Mark.

Kenton stellte sich vor, wie unglaubhaft diese Behauptungen klingen würden.

Wieso wußten Sie, daß der Verstorbene diese Summe besaß?
Herr Sachs hat sie mir im Zug gezeigt.
Das ist ja sehr interessant. Sie hatten also Einblick in die Brieftasche des Verstorbenen?
Ja, aber ...
Und sie wollten doch nach Wien, um Geld zu borgen, nicht wahr?
Ja.
Und da haben Sie gedacht, Sie könnten sich die Mühe sparen?
Der Verstorbene hat mich gebeten, ihm diesen Gefallen zu erweisen.
Sie sind also dem Verstorbenen ins Hotel Josef gefolgt?
Ja, aber ...
Und dort haben sie den Mann erstochen?
Natürlich nicht!
Und dann sind Sie über Ihre eigene Tat erschrocken und wollten die Polizei auf eine falsche Spur führen, nicht wahr? Drum haben Sie telefoniert.
Aber das ist doch lächerlich.
Der Nachtportier hat ausgesagt, daß Sie nach Herrn Sachs

gefragt haben, kurz nachdem dieser ankam. Er hat hinzugefügt, Sie seien nervös und ungeduldig gewesen.
Ich bin immer nervös, und ungeduldig wurde ich, weil sich der Mann so blöd aufgeführt hat. Übrigens hat Herr Sachs ja gesagt, daß er mich erwarte.
Soso? Der Nachtportier hat aber nichts davon erwähnt.
Kunststück. Der war ja stockbetrunken.
Schon möglich. Aber er war nüchtern genug, um sie zu identifizieren, Herr Kenton.

Kenton kehrte ins Wohnzimmer zurück. Er durfte es auf keinen Fall zulassen, daß er in diese Geschichte hineingeriet. Selbst wenn es ihm gelänge, die Polizei davon zu überzeugen, daß er mit dem Mord nichts zu tun hatte, würde sich die Sache endlos hinziehen. Er würde wochenlang in Linz festgehalten werden. Es gab nur eins: Verschwinden, solange er noch konnte. Aber zuerst mußte er das genau überlegen. Es durften ihm keine Fehler unterlaufen.

Er zögerte, ging dann ins Schlafzimmer und nahm einen kleinen Rasierspiegel von der Wand. Er kehrte das Spiegelglas nach unten, trat dann zur Leiche, beugte sich nieder und hielt den Spiegel einige Minuten vor Sachsens Mund. Als er nachschaute, war das Glas von keinem Hauch beschlagen.

Erleichtert, daß sich hier ärztliche Hilfe erübrigte, hängte er den Spiegel wieder an den Nagel und ging nochmals ins Wohnzimmer. Er schloß die Tür zum Gang, setzte sich auf einen Stuhl gegenüber der Schlafzimmertür und zündete sich eine Zigarette an.

Eines, so sagte er sich, war klar: der Mörder hatte es auf das Kuvert abgesehen, das jetzt in seiner, Kentons Tasche steckte. Der zerfetzte und durchsuchte Koffer, das aufgeschlitzte Jackett und Sachsens Sicherheitsmaßnahmen führten eindeutig zu diesem Schluß. Zweitens: der Mörder hatte das Kuvert nicht gefunden. Ein beunruhigender Gedanke, denn das hieß, daß der Mörder immer noch in der Nähe sein mochte. Kenton widerstand der Versuchung, unter dem Bett nachzusehen und schob den Stuhl ins Licht, das aus dem Schlafzimmer kam.

Zuerst mußte er jetzt einmal einen Blick in dieses Kuvert tun. Er nahm es aus der Tasche und riß es hastig auf.

Zunächst sah er nur leere Blätter, doch dann fand er, sorgfältig zwischen diese eingelegt, eine Anzahl kleinformatiger, glänzender Fotografien.

Er nahm sie heraus, eine nach der anderen, und strich sie glatt. Es waren im Ganzen fünfzehn Aufnahmen. Zwei zeigten Teile von mit Kreuzchen und Zahlen übersäten Landkarten in großem Maßstab. Die restlichen dreizehn waren verkleinerte Kopien engbeschriebener Großformat-Seiten.

Er schaute sie sich näher an. Sie waren russisch geschrieben, und er blätterte sie durch, bis er zur Titelseite kam. Seine Russischkenntnisse waren rudimentär, aber sie genügten, um die Überschrift zu verstehen.

KRIEGSKOMMISSARIAT

Dauerbefehl (B 2, 1925) für Operationen gegen Bessarabien. Gilt nur im Falle eines Angriffs rumänischer oder mit Rumänien verbündeter Truppen auf die Ukraine entlang des Frontabschnitts Lutsk-Kamenets.

Es folgten im Telegrammstil zwölfeinhalb Seiten hochkomplizierter Anweisungen betreffend Brückenköpfe, Ausrüstung und Verpflegung, Nachschublinien, Wasserversorgung und Wasserleitungen, Eisenbahnzüge, Kraftfahrzeuge, Treibstoff und weitere wesentliche Einzelheiten, die mit der Organisation einer modernen Armee auf dem Marsch zusammenhängen.

Kenton überflog die Fotografien und stopfte sie dann wieder in seine Tasche. Da war er ja in etwas Schönes hineingeraten. Derjenige, der hinter Sachsens ›Wertpapieren‹ her war, war vor einem Mord nicht zurückgeschreckt. In Anbetracht des Wertes dieser Papiere würde er auch vor einem zweiten Mord nicht zurückschrecken. Für Kenton sah die Geschichte nun ganz anders aus. Aus seiner Sicht gab es nur einen richtigen Ort für diese Fotografien: das Britische Konsulat. Das Dumme war bloß, daß er mit den Fotografien samt einem Ermordeten im Hotel Josef saß. Ein bißchen Rekognoszieren konnte da nichts schaden.

Er trat zum Fenster.

Indem er den Vorhang zurückzog und die Stirne gegen die Scheibe preßte, konnte er die ganze Straße, die am Hotel vorbeiführte, überblicken. Der Mond war im Abnehmen, aber Kenton sah genug. Etwas weiter oben, auf der andern Seite der Straße, standen im Halbschatten eines Durchgangs zwei regungslose Gestalten. Weiter unten bemerkte er eine große Limousine, die mit dem Bug in seiner Richtung parkiert war. Kenton machte sich nichts vor. Der normale Weg aus dem Hotel kam für ihn nicht in Frage, und er saß in der Patsche.

Er ließ den Vorhang fallen und blieb eine Weile am Fenster stehen. Die Männer draußen gehörten zweifellos zu einer der beiden Parteien. Entweder zu den Eigentümern der Dokumente, deren Fotografien er in seiner Tasche trug, oder aber zu jenen, die diese in ihren Besitz bringen wollten. Auf welcher Seite war wohl Sachs gewesen? Angenommen, er hatte den Inhalt des Kuverts gekannt, dann gehörte er wohl zur zweiten Gruppe. Die wirklichen Eigentümer hätten die Fotografien vernichtet. Aber da Kenton nun in ihrem Besitz war, interessierten sich beide Parteien für ihn. Wußten die Freunde von Sachs überhaupt, daß er sie hatte? Sachs hatte gesagt, er hätte noch etwas zu erledigen, bevor er ins Hotel Josef ginge. Vielleicht hatte er es ihnen bei dieser Gelegenheit erzählt. Auf jeden Fall stand nun eine der Parteien in voller Stärke vor dem Hotel. Wo war wohl die andere?

Kenton war sich nie sonderlich tapfer vorgekommen. Gewalttätigkeiten, denen er im Verlaufe seiner Karriere beiwohnen mußte, hatten ihm stets auf den Magen geschlagen und sein Denken gelähmt. Um seine Verdauung konnte er sich jetzt nicht kümmern, und was das Denken anbetraf, so war ihm klar, daß es jetzt schnell und richtig zu überlegen galt, wenn er heil aus der gegenwärtigen Lage herauskommen wollte.

Er trat ins Schlafzimmer und zog die Handschuhe an. Dann wischte er mit dem Taschentuch über alles, was er berührt zu haben glaubte, denn er wollte der Polizei keine Fingerabdrücke zum Geschenk machen. Nachdem er den Mantel zugeknöpft und einen letzten Blick auf das Zimmer geworfen hatte, wandte er sich zur Tür.

Als er am Bett vorbeikam, trat er auf etwas Weiches. Er sah hinunter, bückte sich und hob es auf. Es war Sachsens Brieftasche. Er wollte sie eben näher anschauen, als er durch die Schlafzimmertür hindurch das schwache Knarren des Korridorbodens hörte. Er steckte die Brieftasche in den Mantel, huschte auf den Zehenspitzen ins dunkle Wohnzimmer und stellte sich hinter die Tür.

Einen Moment war's still, dann hörte er, wie sich draußen jemand bewegte und die Türfalle langsam hinunterdrückte.

Sein Herz klopfte spürbar. Er sah, wie sich die Tür quietschend öffnete und drückte sich an die Wand. Ein Mann betrat das Zimmer und zog sachte die Tür hinter sich zu. Kenton war so nahe bei dem Unbekannten, daß er ihn atmen hörte. Der Mann kehrte ihm den Rücken zu. Doch als er einige Schritte machte und in das Schlafzimmer-Licht trat, bemerkte der Journalist, daß er klein und stämmig war und einen Wollschal trug, der zweimal um den Hals geschlungen war.

Aus seinem Versteck im Dunkeln sah er, wie der Mann mit dem Schal ins Schlafzimmer trat, einen Blick auf Sachsens Leiche warf – er schien nicht überrascht zu sein – und sich dann langsam umschaute. Dann konnte Kenton ihn nicht mehr sehen, aber den Geräuschen nach zu schließen, durchsuchte er das Zimmer. Jetzt war es Zeit zu verschwinden.

Er tastete sich zur Türfalle und drückte sie sachte hinunter. Die Tür öffnete sich lautlos, aber da Kenton sich erinnerte, daß vorher beim Öffnen die Angeln gequietscht hatten, hob er sie leicht an, um das Gewicht von den Angeln zu nehmen. Ohne das leiseste Geräusch erreichte er den Korridor und schloß die Tür so leise, wie er sie geöffnet hatte. Dann tastete er sich, um ja nicht auf ein loses Brett zu treten, der Wand entlang zur Treppe hin.

Dort blieb er stehen. Wer war der Mann mit dem Schal, und zu welcher Partei gehörte er? Die Sache wurde ja immer verzwickter. Da fiel ihm ein, daß er im Augenblick über Wichtigeres nachzudenken hatte, z. B. wie er ungesehen aus diesem Hotel hinauskam.

Er versuchte verzweifelt, sich an den Weg zu erinnern, den er mit Hilfe der Zündhölzer gekommen war, wurde aber aus diesem Fuchsbau von Hotel nicht schlau. Es gab sicher einen Ausgang auf der Hinterseite des Hauses. Er erinnerte sich vage an einen Luftzug, der ihn beim Aufstieg gestreift hatte. Also gab's im Korridor ein Fenster; er wußte bloß nicht mehr, auf welchem Stockwerk. Als er seine Streichhölzer gefunden hatte, stellte er fest, daß ihm noch zwei geblieben waren, eins pro Stockwerk. Jetzt hieß es, sein Mögliches zu versuchen und aufs Glück zu vertrauen.

Er tastete sich der Wand entlang die Treppe hinunter bis zum nächsten Absatz. Dort strich er ein Hölzchen an. Es brach ab, und so blieb ihm nur noch eins. Dieses brannte schön, und indem er es behutsam abschirmte, blickte er sich um. Er entdeckte zwei Gänge, die an leeren Wänden endeten und einen, der im rechten Winkel abbog. Also mußte das Fenster im unteren Stock sein. Er hoffte die Flamme des Hölzchens bis in dieses Stockwerk zu retten, aber sie verlöschte vorher.

Nun mußte er sich auf seinen Tastsinn verlassen, um das Fenster zu finden. Mit den Fingern der einen Hand leicht die Wand streifend, die andere Hand ausgestreckt, ging er vorsichtig den Gang entlang. Da stieg ihm der Gedanke auf, daß er wahrscheinlich aussehe wie Florence Nightingale auf einer alten Lithografie, und er hätte am liebsten gekichert. Doch er führte diesen Reiz auf seine angegriffenen Nerven zurück und unterdrückte ihn.

Nach etwa sechs Schritten bog der Gang nach links ab. Im nächsten Augenblick hielt ihn eine Schlafzimmertür auf. Er war also in eine Sackgasse geraten. Er ging wieder zurück, aber offensichtlich war er zu lange der Wand entlang gegangen, denn er fand nicht mehr zur Treppe. Nach einigen Schritten stand er wieder vor einer leeren Wand. Er war schon der Verzweiflung nahe und wußte nicht mehr, wie er aus diesem Labyrinth herauskommen sollte, als er plötzlich einen leichten, aber eisigen Luftzug auf seinem Gesicht fühlte. Das Fenster mußte ganz in der Nähe sein. Vorsichtig machte er der Wand entlang einige Schritte in Richtung Zugluft und stieß schon wieder auf eine Wand. Er tastete sich bis zu einer Ecke vor, ging um diese herum und erblickte dann vor sich in einer Nische das Fenster.

Der Mond war nicht zu sehen, aber der Widerschein ließ ihn erkennen, daß er auf der hintern Seite des Hotels war. Er schaute zum Fenster hinaus. Etwa drei Meter unterhalb sah er undeutlich die Umrisse eines kleinen Nebengebäudes. Er kletterte auf den Fenstersims, wo ihn plötzlich die Angst befiel, das Dach unter ihm könnte aus Glas sein. Zwei Minuten blieb er hingekauert und überlegte, was er tun sollte. Dann beschloß er, das Risiko eines Glasdaches auf sich zu nehmen, da er ja nicht gut die ganze Nacht auf dem Sims hocken konnte. Es ließ sich außen am Fenster hinunter, bis er frei hing, schloß dann die Augen und ließ sich fallen.

Er hatte die Distanz zum Dach unterschätzt, und der Aufprall verschlug ihm den Atem. Zwar war das Dach nicht aus Glas, dafür aber leicht abschüssig, und er mußte sich an den Ziegeln festkrallen, um nicht hinunterzufallen. Der Krach des Sturzes hatte in seinen Ohren entsetzlich geklungen; daher verharrte er einige Minuten in dieser unangenehmen Lage und wartete auf einen allfälligen Alarm. Aber es rührte sich nichts, und so kletterte er ohne weitere Schwierigkeiten vom Dach auf den Boden hinunter.

Er stand in einem kleinen, pechschwarzen Hof. Seine Augen hatten sich aber mittlerweile an die Dunkelheit gewöhnt, so daß er einige Schattenflecke ausmachen konnte, die auf einen Ausgang hinzuweisen schienen. Mit der rechten Hand war er auf eine Betonmauer gestoßen, und daran tastete er sich nun weiter vor, als er plötzlich vor sich ein leises Geräusch hörte.

Beklommen blieb er stehen und lauschte. Ringsum war alles ruhig. Immer noch leicht außer Atem, versuchte er, möglichst leise zu atmen, und das Blut hämmerte in seinem Schädel. Er glaubte schon, das Geräusch sei von einer Ratte verursacht worden, als es sich wiederholte. Diesmal war es deutlicher vernehmbar: das Scharren einer Schuhsohle auf Kies.

Plötzlich hörte er ein sanftes Flüstern aus der Dunkelheit vor ihm.

»Bist du's, Andreas?«

Es war eine Frauenstimme, und sie sprach russisch.

Er hielt den Atem an. Aus der Dunkelheit kam ein Schreckenslaut. Im nächsten Augenblick fiel ein Lichtstrahl auf sein Gesicht, blendete ihn und verlöschte.

Er duckte sich seitwärts und rannte dann blindlings geradeaus. Eine Mauer hielt ihn jäh auf, und seine Hand wurde zerschunden. Er blieb stehen, wo er war, und starrte hilflos ins Dunkel, konnte aber weder etwas sehen noch etwas hören. Also tappte er der Mauerbiegung entlang weiter.

Nach ein paar Schritten trafen seine Finger auf die Klinke einer Holztür. Behutsam drückte er sie hinunter, und das Schloß machte leise *klick*. Kenton stieß einen Seufzer der Erleichterung aus, öffnete die Tür, schlich hinaus und schloß sie wieder. Draußen hielt er sich ein paar Sekunden an der Klinke fest. Als er sah, daß er in einem Seitengässchen war, ließ er sie los und rannte.

5. Kapitel

Hotel Werner

Bald hatte er sich im Labyrinth der Gassen verrannt und ging nun im Schrittempo weiter. Ein paar Mal schaute er sich um, ob jemand ihm folge, aber er sah niemanden. Er wollte in Richtung Fluß gehen und von dort zum Bahnhof zurückfinden.

Länger als unbedingt nötig würde er nicht in Linz bleiben. Aber es war natürlich unmöglich, zu dieser Stunde den Konsul aus dem Bett zu holen und ihm die Fotografien zu übergeben. Er würde den Rest der Nacht in einem Hotel verbringen und dem Konsul einen Besuch abstatten, kurz bevor er nach Berlin weiterfuhr. Zuerst aber mußte er im Café seinen Koffer abholen.

Als er an der Donau unten war, war es schon hell geworden am Horizont, und Reif bedeckte die Steine. Er fühlte sich sehr müde, aber das war bloß körperliche Müdigkeit. Sein Verstand war hellwach, und die Fragen jagten sich nur so in seinem Kopf.

Was machte eigentlich die besondere Bedeutung der Fotografien in seiner Tasche aus? Für wen hatte Sachs gearbeitet? Wer hatte ihn ermordet? Wer waren die finsteren Gesellen vor dem Hotel Josef? Wer war der untersetzte Mann mit dem Schal? Und wer war die Frau, die ihn im Hof des Hotels mit jemandem verwechselt hatte?

Auf die erste Frage wußte er eine Antwort.

Das Geschäft mit militärischen Geheimnissen blühte zur Zeit. Vom hektischen Rüstungswettlauf der Nationen profitierten auch die Berufsspione. Er entsann sich zweier Fälle, wo Militärattachés sagenhafte Summen für, wie es ihm schien, äußerst belanglose Informationen bezahlt hatten; im einen Fall ging's um den maximalen Elevationswinkel eines neuen Feldgeschützes, im andern um eine kleine Ungenauigkeit in einem früheren Bericht betreffend die Dicke der Panzerplatte eines neuen Tanks. Er konnte also annehmen, daß die russischen Mobilmachungspläne für den Fall eines Krieges mit Rumänien in Bukarest nicht unwillkommen sein würden.

Er wurde aber das unangenehme Gefühl nicht los, noch nicht die richtige Antwort gefunden zu haben. Die Angliederung Bessarabiens an Rumänien war, wie er wußte, lange Zeit ein Zankapfel zwischen Moskau und Bukarest gewesen. Als zu Anfang 1918 Deutschland und seine Verbündeten Rumänien fast ganz besetzt hatten, als Bukarest von den Mittelmächten erobert worden und die rumänische Regierung nach Jassi geflohen war, hatten die Rumänen ihrerseits Bessarabien eingenommen. Sowjetrußland, nominell Rumäniens Verbündeter, hatte nicht protestiert. Die sowjetische Regierung war zu jener Zeit mit der weißrussischen Armee im Südwesten beschäftigt gewesen, von anderen Sorgen nicht zu reden, so daß sie ohnehin nichts hätte unternehmen können. Doch später im selben Jahr war es in Bessarabien zu Zusammenstößen zwischen rumänischen und russischen Soldaten gekommen, und die Sowjet-Regierung hatte Rumänien ersucht, seine Truppen abzuziehen. Die rumänische Regierung hatte – sicher nicht zu Unrecht – darauf hingewiesen, daß bei der extremen Hungersnot, die im noch übrig gebliebenen Teil von Rumänien herrschte, die Rückkehr einer unbesoldeten, halbverhungerten Armee zwangsläufig zur Anarchie führen würde. Rußland hatte jedoch Kriegsvorbereitungen getroffen, und die Lage schien hoffnungslos. Im letzten Moment war es Rumänien doch noch gelungen, den mißtrauischen Nachbarn von der Unschuld seiner Absichten zu überzeugen. Zögernd hatten die Russen einem Vertrag zugestimmt, der die Rumänen verpflichtete, bis zu einem bestimmten Zeitpunkt Bessarabien zu räumen. Rumänien hatte sein Versprechen nicht gehalten, und da Rußland wieder näherliegende Sorgen hatte, war die Herrschaft Rumäniens über Bessarabien unangefochten geblieben und im Ausland zu einem *fait accompli* geworden, gegen das nur noch formell protestiert werden konnte. Unter diesen Umständen war es unwahrscheinlich, daß Rumänien im Falle eines allgemeinen europäischen Konflikts nicht damit rechnen würde, daß Rußland seine verbrieften Rechte geltend machen und Bessarabien annektieren könnte. Zudem war der Befehl vom Jahr 1925 datiert. Wenn Rumänien alle diese Jahre ausgekommen war, ohne von seinen Anweisungen Kenntnis zu haben, konnte er so ausnehmend wertvoll gar nicht sein. Sonderbar, höchst sonderbar.

Was nun Sachs betraf, so blieb sein Geheimnis nach wie vor ungelöst. Daß Sachs nicht der war, der zu sein er vorgab, hatte Kenton ja schon vermutet. Die Tatsache, daß er statt gefährlicher Drogen oder gestohlener Banknoten militärische Geheimnisse belanglosester Art auf sich trug, machte die Angelegenheit nur noch mysteriöser.

Der ›Nazispitzel‹ konnte sehr wohl der Mörder gewesen sein. Der Mann sah durchaus danach aus. Es war auch möglich, daß der Mörder seine Spießgesellen herbeigepfiffen hatte, als er die Fotografien nicht gefunden hatte, um aufzupassen, ob ein Komplize damit ankomme oder weggehe. In diesem Fall könnte der Mann mit dem Schal ein Verbündeter von Sachs sein.

Diese Erklärung war allerdings nicht zufriedenstellend. Der Mann mit dem Schal hatte sich so benommen, als wüßte er schon, daß Sachs ermordet worden war.

Und was war mit der Frau? Der Stimme nach zu schließen, war sie jung, und da sie russisch sprach, war sie vermutlich an den Fotografien interessiert. Sie hatte ihn mit ›Andreas‹ angesprochen. Wer war Andreas? Der Mörder, der Mann mit dem Schal, oder wer sonst?

Er gab es auf. Zu seiner Verwunderung ertappte er sich beim Spekulieren, wie die Frau wohl aussehen mochte. Ihre

Stimme hatte seltsam anziehend geklungen. Die Chance, sie zu sehen, war jedoch, so sagte er sich, gering. Ein dunkler Hof, ein einziger, geflüsterter Satz, das Aufleuchten einer Taschenlampe – das war alles. Wie seltsam! Er würde wahrscheinlich bis ans Ende seines Lebens in gewissen Momenten, die Jahre auseinanderliegen mochten, an diese Frau denken und sich fragen, wie sie wohl ausgesehen hatte. Das Bild, das er sich von ihr machte, würde sich mit der Zeit verändern. Wenn sein Leben unglücklich verlief, würde er sich vorstellen, daß sie sehr schön gewesen sei, und bedauern, daß er nicht im Hof geblieben war. In vorgerücktem Alter würde er gleichaltrigen Männern von einem seltsamen Abenteuer erzählen, das er einst als junger Mensch in Linz erlebt hatte. Und hinzufügen, daß er damals ein romantischer junger Narr gewesen sei und das Mädchen wahrscheinlich so ungenießbar wie ein Glas sauren Weines.

Er hatte sich eben bei diesen sentimentalen Überlegungen ertappt und war leicht angewidert, als er durch das Quietschen von Bremsen aufgeschreckt wurde.

Er war über den Fluß gegangen und befand sich nur noch wenige Minuten vom Bahnhof entfernt. Schnell drehte er sich um, konnte aber keinen Wagen entdecken und schloß daraus, daß das Geräusch aus einer Seitenstraße gekommen war, die er eben gekreuzt hatte. Er ging einige Schritte weiter und drehte sich dann nochmals um.

Die Straße war ziemlich breit und gut beleuchtet, aber leer. Plötzlich kreischte ein Wagen auf, der im Rückwärtsgang gefahren wurde, und aus der Seitenstraße schoß eine große Limousine heraus, kam mit einem Ruck zum Stehen und verschwand gleich wieder in der Richtung, aus der sie gekommen war. Kenton erschrak, als er den Wagen erkannte. Es war derselbe Wagen, der vor dem Hotel Josef geparkt gewesen war.

Erleichtert sah er das Auto um die Ecke verschwinden. Offensichtlich hatten sie ihn nicht entdeckt. Dann gab er sich im Geist einen Tritt. Wie konnten sie ihn überhaupt ›entdecken‹? Sie wußten ja nichts von seiner Existenz, konnten gar nichts wissen. Oder wenn sie davon wissen sollten, wenn Sachs ihnen von ihm erzählt hatte, wußten sie bestimmt nicht, wie er aussah. Er ging weiter und nannte sich einen ängstlichen Narren. Als er sich bei der nächsten Ecke wieder umdrehte und eine Gestalt schnell im Schatten der Hausmauer verschwinden zu sehen glaubte, wurde ihm klar, daß er schleunigst schlafen gehen mußte.

Er dachte immer noch über die Nachteile einer überhitzten Phantasie nach, als er im Café Schwan anlangte.

Er nahm seinen Koffer wieder in Empfang und ließ sich das Hotel Werner, zwei Straßen weiter, gut und billig, empfehlen. Die Aufregungen der letzten Stunden schienen ihm ein Schlafmittel zu rechtfertigen, und so bestellte er sich eine Tasse heiße Schokolade.

Während er auf sie wartete, kaufte er Streichhölzer und suchte in seiner Tasche nach Zigaretten. Dabei stieß er auf die Brieftasche, die er in Sachsens Zimmer gefunden hatte.

Wie er sie befingerte, war er nicht ganz zufrieden mit sich. Er hätte sie besser liegen gelassen, die Polizei hätte sie sicher gefunden. Er hatte sie eigentlich gar nicht mitnehmen wollen, sondern sie ganz automatisch eingesteckt. Da er sie nun aber einmal hatte, konnte er ja auch nachsehen, was Interessantes drin war. Er nahm sie aus der Tasche.

Die Brieftasche war aus Kunstleder, trug in einer Ecke die Initiale ›B‹ und war offensichtlich sehr billig gewesen. Drinnen waren indes etwas über achthundert Mark, von denen vierhundertfünfzig von Rechts wegen ihm gehörten. Sonst enthielt die Brieftasche nur ein kleines, grünes Notizbuch, dessen Seiten bis auf zwei leer waren. Die zwei Seiten waren voll von Adressen, die in einer derart unleserlichen Handschrift geschrieben waren, daß Kenton das Entziffern auf später verschob. Er riß sie heraus und steckte sie in die Manteltasche.

Blieb noch das Geld. Der Rabulist in Kenton entschied,

daß er einen Rechtsanspruch auf den Besitz des Herrn Sachs habe, und Kenton transferierte infolgedessen vierhundertfünfzig Mark in seine eigene Brieftasche.

Er trank seine Schokolade aus und dachte einen Augenblick nach. Dann bat er den Cafetier hinterm Buffet um Kuverts und Marken.

Ins erste Kuvert steckte er den Rest des Geldes und adressierte es an Herrn Sachs c/o Hotel Josef. Die Polizei würde sich dann damit zu befassen haben. In das zweite tat er einen Hundertmarkschein und schrieb einige Zeilen des Dankes an den Korrespondenten der Agentur Havas. Ins dritte steckte er die Fotografien.

Auf die ersten beiden klebte er Marken. Auf das dritte schrieb er seinen Namen und händigte es zusammen mit fünf Mark und einer plausiblen Geschichte dem Cafetier aus, mit der Bitte, es sicher zu verwahren.

Was das Geld von Sachs anbetraf, so war sein Gewissen nun rein. Er hatte dem Kollegen von der Agentur Havas sein Darlehen zurückbezahlt. Er war diese lebensgefährlichen Fotografien losgeworden. Er hatte über fünfhundert Mark in seiner Brieftasche. Zudem war er schläfrig. Am Abend würde er nach Berlin fahren. Nahezu leichten Herzens gab er die Briefe auf und ging zum Hotel Werner.

Der Tag graute schon, als er sein Zimmer betrat.

Er warf den Koffer aufs Bett, zog die Vorhänge zu und ließ sich in einen Stuhl fallen. Seine Augen taten ihm weh; er beugte sich zum Nachttischlämpchen und löschte das Licht. Er saß eine Weile ruhig im Stuhl und wollte dann seine Krawatte abnehmen. Aber wie er am Knopf herumfummelte, fühlte er ein unwiderstehliches Schlafbedürfnis. Seine Finger gaben nach, sein Kopf fiel sachte auf die Brust, und in dieser unbequemen Lage döste er etwa zwanzig Minuten. Dann weckte ihn ein Klopfen an der Tür.

Müde erhob er sich. Es klopfte nochmals. Er ging auf die Tür zu. »Was gibt's denn?«

»Service, mein Herr«, sagte eine Stimme. »Ich bringe noch ein paar Decken. Der Herr könnte sich sonst erkälten.«

Kenton sperrte auf, drehte sich um und probierte es nochmals mit seinem Krawattenknopf.

Die Tür ging auf. Er hörte, wie sich in seinem Rücken etwas rasch bewegte, und im nächsten Moment traf ihn ein Schlag voll in den Nacken. Für den Bruchteil einer Sekunde fuhr ein höllischer Schmerz durch seinen Kopf, und er fühlte noch, wie er stürzte. Dann verlor er das Bewußtsein.

6. Kapitel

Ortega

Zaleshoff und Tamara kamen um 10 Uhr nachts in Linz an, nahmen am Bahnhof ein Taxi und fuhren auf die andere Seite der Stadt.

An der Kölnerstraße 11, vor einer Gemüsehandlung in einem ruhigen Wohnquartier, stiegen sie aus. Während Tamara das Taxi bezahlte, läutete Zaleshoff am Seiteneingang. Es dauerte ziemlich lange, bis sich die Tür einen Spalt weit öffnete und eine Frauenstimme krächzte, wer da sei.

»Raschenko?« fragte Zaleshoff.

Die Frau öffnete die Tür ganz; Zaleshoff bedeutete Tamara, ihm zu folgen und ging ins Haus. Gleich nach der Tür kam eine kahle Holztreppe, die sie langsam hinter der keuchenden Alten hinaufstiegen.

Im zweiten Stock ging der Frau die Puste aus, und mit der Bemerkung, daß Raschenko unterm Dach wohne und daß sie nicht dort hinaufklettern werde, verschwand sie in einer Tür. Die Geschwister stiegen drei weitere Treppen hinauf, bis sie auf einem Flur direkt unter dem steilen Dach standen. Zaleshoff trat auf die einzige Tür zu, um anzuklopfen, besann sich aber und wandte sich zu seiner Schwester.

»Bist du Raschenko schon einmal begegnet?«

Sie verneinte.

»Du darfst dir nichts anmerken lassen. Der Ärmste ist ein paar zaristischen Offizieren in die Hände gefallen, die nicht gerade fein mit ihm umgegangen sind. Eine der Folgen ist, daß er stumm ist.«

Tamara nickte, und ihr Bruder klopfte laut an die Tür.

Ein großer, weißhaariger, vornübergebeugter Mann öffnete.

Er war so mager, daß die Kleider an ihm herunterhingen und Falten warfen, als wäre gar kein Körper darunter. Seine Augen saßen tief im Schädel, so daß man ihre Farbe nicht erkennen konnte, aber sie leuchteten wie zwei Lichtpunkte aus den dunklen Höhlen. Als er Zaleshoff erkannte, verzogen sich seine schmalen Lippen und deuteten zur Begrüßung ein Lächeln an. Dann trat er beiseite, um die beiden einzulassen.

Das Zimmer war so mit Möbeln vollgestopft, daß man sich kaum darin bewegen konnte. Ein ungemachtes Bett in der einen und ein kleiner Ofen in der anderen Ecke vervollständigten das Durcheinander. Im Ofen brannte ein Feuer, und die Hitze im Zimmer war unerträglich.

Raschenko bot seinen Besuchern Stühle an, setzte sich selber und schaute sie erwartungsvoll an.

Zaleshoff zog seinen Mantel aus, legte ihn sorgfältig gefaltet über die Stuhllehne und setzte sich. Dann beugte er sich nach vorn und legte seine Hand sanft auf Raschenkos Arm.

»Wie geht's dir, mein Freund?«

Der Stumme nahm eine Zeitung vom Boden auf, zog aus der Tasche einen Bleistift und schrieb auf den Zeitungsrand. Dann hielt er die Zeitung Zaleshoff hin.

»Besser?« sagte Zaleshoff. »Das freut mich. Dies ist übrigens meine Schwester Tamara.«

Raschenko schrieb wieder auf die Zeitung und hielt sie empor.

»Er sagt«, bemerkte Zaleshoff lächelnd zu seiner Schwester, »du seist sehr hübsch. Raschenko ist berühmt für seinen Kennerblick. Du kannst geschmeichelt sein.«

Die junge Frau lächelte. Sie wußte nicht, was sie mit dem Stummen reden sollte. Er nickte heftig und lächelte ihr zu.

»Hast du aus Wien Nachricht bekommen?« fragte Zaleshoff.

Raschenko nickte.

»Haben sie dir mitgeteilt, daß ich diese Sache übernehme?«

Raschenko nickte wieder und schrieb dann auf den Zeitungsrand: *Ortega wird hierherkommen, sobald er mit Borovansky gesprochen hat.*

Zaleshoff nickte zustimmend und schaute den Stummen freundlich an.

»Geh schlafen, wenn du müde bist. Tamara und ich werden warten.«

Müde schüttelte Raschenko seinen Kopf, stand auf, schlurfte zu einem Schrank, nahm zwei Gläser heraus, goß aus einem Steinkrug Wein ein und bot sie den beiden an.

»Trinken Sie nicht mit uns?« fragte Tamara.

Raschenko schüttelte feierlich den Kopf.

»Die Ärzte haben ihm den Wein verboten«, erklärte Zaleshoff. »Er verträgt ihn nicht.«

Der Stumme nickte, lächelte Tamara bestätigend zu und bedachte den Wein mit einer Geste des Abscheus.

»Raschenko«, bemerkte Zaleshoff, »ist sehr starrköpfig. Die Zentrale hätte ihn gerne zur Kur in ein Sanatorium auf der Krim geschickt, aber er zieht es vor, seinem Vaterland hier zu dienen.«

Der Stumme lächelte – ein rührendes Lächeln, dachte Tamara.

»Hast du je von einem Mann namens Saridza gehört?« fragte Zaleshoff.

Raschenko verneinte.

»Er gehörte zu Almazoffs Armee.«

Der Stumme hob rasch den Kopf und schaute von Bruder zu Schwester. Er öffnete den Mund und versuchte angestrengt zu sprechen, brachte aber nur ein unverständliches Lallen hervor. Dann griff er wieder nach der Zeitung und kritzelte wütend drauflos.

Zaleshoff stand auf und schaute ihm über die Schulter; dann drückte er ihn sanft, aber bestimmt, in seinen Stuhl zurück. Tränen flossen über die Wangen des kranken Mannes, und er machte einen schwachen Versuch, Zaleshoffs Hand wegzustoßen. Plötzlich wurde er ruhig, und die Lider schlossen sich über den glühenden Augen.

Zaleshoff wandte sich an Tamara.

»Es waren Almazoffs Offiziere, die ihn folterten«, sagte er. »Es ist jetzt achtzehn Jahre her, aber sie haben ganze Arbeit geleistet«, fügte er ruhig hinzu.

Raschenko schlug die Augen wieder auf und lächelte den beiden entschuldigend zu. Tamara blickte weg. Die stickige Hitze im Zimmer verursachte ihr Kopfschmerzen.

Plötzlich schrillte das Telefon.

Mühsam erhob sich Raschenko und schlurfte zum Wandschrank, öffnete ihn, nahm den Hörer von der Gabel und hielt ihn ans Ohr. Dann drückte er auf eine kleine Morsetaste und antwortete mit drei kurzen Summtönen. Ein paar Sekunden hörte er zu, morste weiter und hängte den Hörer wieder auf. Er kehrte zu seinem Stuhl zurück und blickte Zaleshoff an.

»Wien?«

Raschenko nickte, nahm seinen Bleistift, schrieb die Botschaft auf einen Zettel und gab ihn Zaleshoff.

Dieser wandte sich zu Tamara.

»Wien meldet, daß Ortega vor zwanzig Minuten aus Passau angerufen hat. Er und Borovansky kommen um 2 Uhr 30 an.«

Für Tamara waren die folgenden hundertfünfzig Minuten ein unerträglich langsames Vorüberziehen von ebensovielen Stunden. Im Zimmer tickten zwei Uhren, und eine Weile war sie fasziniert von ihren verschiedenen Tick-Abständen und den anscheinend unendlichen rhythmischen Variationen, die sich daraus ergaben. Bald aber fand sie ein rhythmisches Grundmuster heraus, das sich alle fünfundvierzig Sekunden wiederholte. Sie blickte die beiden Männer an. Ihr Bruder starrte mit wütendem Gesicht ins Feuer, und seine Finger spielten ungeduldig mit einem Schlüssel. Raschenko hatte die Augen geschlossen und schien zu schlafen. Sie zog ihren

Mantel an, sagte leise, daß sie eine Zigarette rauchen wolle und ging auf den Flur hinaus.

Nach der Hitze des Krankenzimmers war die kühle Luft wohltuend. Durch die schräge Dachluke über ihr sah sie den Himmel. Es war eine klare, helle Nacht, und die Sterne, die vom Licht des aufgehenden Mondes überstrahlt wurden, schienen sie aus unendlicher Ferne zu verhöhnen. Der Wind heulte und umtobte das Haus. Seltsamerweise empfand Tamara dies als beruhigend, und so blieb sie draußen auf dem Flur, bis ihr das Schrillen einer Glocke weit unten anzeigte, daß der Mann, auf den sie warteten, endlich gekommen war.

Im Moment, als der Spanier ins Zimmer trat, war klar, daß etwas schief gegangen war. Er war vom Laufen noch außer Atem, und seine trüben, aufgedunsenen Wangen wiesen zwei hektisch rote Flecken auf, die ihm ein groteskes Aussehen verliehen. Die stupiden, vom Licht geblendeten Kieselsteinaugen schauten mißtrauisch im Zimmer umher, wie die eines in die Enge getriebenen Tieres. Ein Mundwinkel zuckte leicht. Zaleshoff, der ihn hereingelassen hatte, schloß die Tür und trat dann auf ihn zu.

»Nun«, fragte er auf deutsch, »hast du die Fotografien?«

Ortega, der nach Atem rang, schüttelte den Kopf.

»Nein«, antwortete er dann, »sie waren nicht dort.«

Zaleshoff sah ihn einen Moment ruhig an, packte ihn dann am Mantelkragen und schüttelte ihn.

»Keine Lügen, mein Freund«, sagte er grimmig. Er ließ den Mantelkragen los und hob die Hand. Tamara sah, daß sie blutbefleckt war.

»Was ist passiert?« fragte er in gefährlichem Ton.

Der Spanier, der wieder zu Atem gekommen war, gab sich unbekümmert. Nur sein gefühlloser, blasser Mund zuckte leicht.

»Ich könnte ihn ja abgemurkst haben, oder?« Er kicherte, und sein Blick schweifte zu Tamara und bat um Zustimmung. »Der Kerl hat mich im Zug natürlich gesehen. Am Bahnhof spielt er den Schlauen und probiert, mir zu entkommen. Aber so schlau wie der bin ich noch lange. Er nahm ein Taxi und fuhr durch die ganze Stadt, um mich abzuschütteln. Das ist ihm natürlich nicht gelungen, und so folgte ich ihm zum Hotel Josef.«

Zaleshoff wandte sich zu Raschenko.

»Wo ist das Hotel Josef?«

Der Stumme kritzelte rasch etwas auf einen Zettel und gab ihn Zaleshoff. Dieser las und nickte. Dann wandte er sich wieder Ortega zu.

»Weiter.«

»Ich folgte ihm in sein Zimmer.«

»Wie hast du die Nummer herausgefunden?«

Ortega machte eine wegwerfende Geste.

»Das ist kein Hotel, das ist ein Bretterverschlag. In Spanien, wo ich jemand bin, bin ich Besseres gewöhnt. Ich warte draußen und höre, wie ihm der Portier die Nummer sagt. Es war Zimmer 25, im 3. Stock. Er nannte sich übrigens Sachs. Hierauf hat er telefoniert, und ich habe nichts verstanden. Aber dann höre ich, wie er zum Portier sagt, daß er einen Kenton erwartet.«

»Kenton? Ein englischer Name?«

»Vielleicht. Im selben Coupé saß ein Amerikaner. Vielleicht war's auch ein Engländer. Sicher hat der die Fotografien. Ich weiß es aber nicht. Schließlich konnte ich ja nicht auf ihn warten.«

Zaleshoff machte eine ungeduldige Geste.

»Erzähl schon! Was hast du dann getan?«

»Ich schleich mich zu seinem Zimmer, natürlich durch den Hintereingang, damit mich keiner sieht, und klopfe an die Tür. Er sagt: ›Herr Kenton, bitte kommen Sie rein‹, und wenn ich auch nicht Kenton heiße, sondern Ortega, wie viele berühmte Spanier, gehe ich hinein. Wie er mich sieht, schreit er und greift schnell nach seiner Pistole, aber da hatte ich ihn schon erwischt. Es hat ihm weh getan«, fügte er nostalgisch hinzu.

Zaleshoff schwoll die Zornesader.

»Du hast den Befehl erhalten, ihn nicht zu töten«, sagte er ganz ruhig.

Ortega zuckte gleichmütig die Achseln.

»So was kann ja vorkommen, nicht? Ist doch eine Bagatelle.«

»Du Narr!« brüllte Zaleshoff plötzlich. »Du hast den Befehl erhalten, ihn nicht zu töten. Du tötest ihn. Du hast den Befehl erhalten, Borovansky die Fotografien abzunehmen. Du wagst es, ohne sie hierher zu kommen. Weißt du, wo du hingehörst, mein Freund?« Seine Stimme wurde ganz leise. »Du weißt es doch, Ortega, nicht wahr? Nach Lissabon, mein Freund, nach Lissabon.«

»Die Fotografien waren nicht dort. Es waren überhaupt keine Fotografien dort.«

In gehässigem Ton fuhr Zaleshoff fort: »Oder ziehst du die österreichische Polizei der portugiesischen vor? Raschenko, bring mir das Telefon.«

»Heilige Mutter Gottes«, schrie der Spanier. »Ich schwöre, daß die Fotografien nicht dort waren.«

Zaleshoff grinste.

»Ja, ja, du schwörst. Jeden Meineid, das glaub ich dir. Sicher hat dir einer mehr geboten. Wieviel? Wieviel haben sie dir für den Verrat geboten, Ortega?«

»Madre de Dios, juro que es mentira!« Sein Gesicht war schweißbedeckt.

»Hast du alles durchsucht?«

»Ja. Den Mantel, das Gepäck, alles.«

»Und das Mantelfutter?«

»Das hab ich aufgeschlitzt. Das Gepäck auch. Nichts.«

»Dann hat er die Sachen im Zimmer versteckt.«

»Dazu hatte er keine Zeit.«

»Hast du nachgeschaut?«

»Nein. Ich hab mich verkrümelt.«

»Und dieser Herr Kenton? Ist er gekommen?«

»Ich habe ihn nicht mehr gesehen.«

»Wie hat denn dieser Amerikaner im Zug ausgesehen?«

»Er war groß und schlank und trug einen weichen Hut. Er war jung.«

Zaleshoff wandte sich zu den andern.

»Wir müssen sogleich das Zimmer durchsuchen. Du kommst mit, Tamara. Hast du eine Pistole, Raschenko?«

Raschenko nickte.

»Gut. Der Verräter Ortega bleibt bei dir. Wenn er flüchten will, schieß ihn nieder.«

Der Spanier begann ganz aufgeregt zu schreien.

»No hara Vd. esto! Debo ir. El hijo de zorra tenia una pistola – a que dudar? Lo maté porque era necesario. No tengo fotografías, lo juro. Dejeme escapar, seré perseguido por la policia – tenga piedad!« Aus dem Schreien wurde ein hysterisches Kreischen.

Zaleshoff, der sich in seinen Mantel hineinmühte, nahm keine Notiz davon.

»Er meint«, sagte Tamara auf russisch, »daß er weg muß.«

»Sag ihm«, erwiderte ihr Bruder in derselben Sprache, »er sei ein Narr. Hier ist er sicher. Denn hier sucht ihn die Polizei bestimmt nicht. Er bleibt auch sonst besser hier. Denn wenn er fortgehen will, erschießt ihn Raschenko.«

Kurz darauf gingen sie. Raschenko saß in seinem Stuhl, einen schweren Revolver in der Hand. Ortega, der aus seiner Tasche einen Rosenkranz genommen hatte, kniete neben dem Fenster; die Perlen klickten durch seine Finger, und von seinen Lippen blubberten Worte, die dem Russen, der zuhörte und ein wenig Spanisch verstand, ein Lächeln entlockten. Señor Ortegas Gebete hätten selbst einem Bilbaoer Hafenarbeiter die Schamröte ins Gesicht getrieben.

Andreas Prokovitsch Zaleshoff war – wie viele bezeugen könnten – ein gewiegter Schauspieler. Einerseits gab er sich den Anschein beinahe kindlicher Naivität; andererseits hatte er ein feines Gespür für komödiantische Auftritte. Heftige Wutausbrüche, wenn sie zum richtigen Zeitpunkt erfolgen, verwirren auch den gewitztesten Beobachter und beeinträchtigen seine Urteilsfähigkeit. Und in der Wahl des richtigen Zeitpunktes war Zaleshoff ein Meister. Wenn er aussprach, was er wirklich dachte, so tat er es meistens im Tonfall des ungeschickten Heuchlers, und wenn er für eine Sache leidenschaftlich eintrat, war das der Beweis, daß sie ihm egal war. Für Tamara, die ihn schon längst durchschaut hatte, war sein Komödienspiel ein reines Vergnügen.

Als sie nun im Dunkeln hinter dem Hotel Josef Wache stand, war sie besorgt. Seine Wut auf Ortega war annähernd echt gewesen. Das konnte nur eins bedeuten: daß er arg verwirrt war. Sie wußte sehr wohl, daß er nicht damit rechnete, die Fotografien im Zimmer des Ermordeten zu finden. Sie wußte auch, daß er ein unnötiges Risiko einging, um sich seine Gewißheit zu bestätigen.

Aus diesen Überlegungen wurde sie jetzt durch Kentons geräuschvolles Erscheinen auf dem Dach des Nebengebäudes aufgeschreckt. Sie wunderte sich, daß ihr Bruder nicht aus dem Lieferanteneingang, durch den er das Haus betreten hatte, kam, und trat aus dem Schutz der Mauer heraus und auf ihn zu.

Tamara war mit automatischen Feuerwaffen nicht vertraut. Diese Tatsache hätte beinahe die Karriere eines wenig bekannten, aber vielversprechenden jungen Journalisten unter, laut Zeitungsjargon, ›geheimnisvollen Umständen‹ frühzeitig beendet. Als sie im Schein ihrer Taschenlampe sah, daß der Mann vor ihr nicht ihr Bruder war, drückte ihr Zeigefinger unwillkürlich auf den Abzug der Waffe, die ihr Zaleshoff gegeben hatte, bevor er im Hotel verschwunden war. Wäre sie entsichert gewesen, so hätte auch sein Sprung zur Mauer hin Kenton nicht mehr retten können.

Etwa fünf Minuten später kam Zaleshoff und meldete erwartungsgemäß, daß er die Fotografien nicht gefunden habe. Hastig erzählte sie ihm von ihrer Begegnung. Er lauschte aufmerksam und bat sie dann um eine nähere Beschreibung des Mannes. Hätte Kenton zuhören können, so wäre er nicht geschmeichelt gewesen, aber er hätte die Genauigkeit der Beschreibung anerkennen müssen.

»Es könnte ein Amerikaner gewesen sein«, schloß sie, »vielleicht auch ein Engländer.«

»Ist dir seine Krawatte aufgefallen?«

»Nein, denn er hatte den Mantelkragen hochgeschlagen. Aber der Hut sah amerikanisch oder englisch aus.«

Zaleshoff dachte ein paar Sekunden nach und ging dann mit seiner Schwester wieder auf die Straße.

»Geh zu Raschenko und warte, bis ich dir telefoniere«, sagte er.

Er schaute ihr nach, bis sie verschwunden war, und ging dann auf einem Umweg zur Straße, die vor dem Hotel Josef vorbeiführte. Wie er näher kam, ging er langsamer und hielt sich im Schatten. Etwa zwanzig Meter vor der Limousine, die in der Nähe des Hoteleingangs stand, blieb er stehen.

Soviel er ausmachen konnte, waren vier Männer im Wagen, außer jenen zwei, die weiter oben auf der Straße standen und zu den Hotelfenstern emporsahen. Während einer Viertelstunde saßen sie regungslos. Zaleshoff begann zu frieren. Plötzlich öffnete sich eine Wagentür; zwei Männer stiegen aus, gingen langsam auf das Hotel zu und traten ein. Es war zu dunkel, als daß man ihre Gesichter hätte erkennen können, aber als sie durch die Milchglastür verschwanden, griff der Mann, der vorausging, mit seiner Linken in die innere Brusttasche seines Mantels. Die unbeholfene Bewegung, die er dabei machte, ließ auf einen steifen Ellbogen schließen. Wäre Tamara hier gewesen, so hätte ihr der gleichgültige Gesichtsausdruck ihres Bruders gesagt, daß er sehr zufrieden mit sich war.

Nach ungefähr drei Minuten wurde die Hoteltür aufgestoßen, und die beiden Männer kamen herausgerannt. Sie stiegen in den Wagen, und Zaleshoff hörte einen kurzen Befehl in deutscher Sprache, der dem Chauffeur galt. Er verstand nur zwei Worte – ›*der Engländer*‹ –, dann wurde die Türe zugeschlagen, und der Wagen brauste los.

Zaleshoff begab sich auf die Suche nach einer Telefonkabine. Fünf Minuten später rief er seine Schwester an und gab ihr Instruktionen. Eine Stunde später trat er aus einer andern Telefonkabine in der Nähe des Bahnhofs und fragte einen Straßenkehrer nach dem Weg zum Hotel Werner.

Als er aber in die Straße einbog, in der das Hotel lag, sah er im kalten grauen Licht der Morgendämmerung, daß er zu spät gekommen war. Zwei Männer trugen etwas, das auf den ersten Blick wie ein großer schlaffer Sack aussah, aus dem Hoteleingang zum wartenden Auto. Sie hatten den *Engländer* gefunden.

7. Kapitel

Colonel Robinson

Als Kenton aus seiner Bewußtlosigkeit erwachte, war er einer Vielzahl von Schmerzen ausgesetzt. Am heftigsten empfand er seine Kopfverletzung. Dann spürte er nacheinander Wadenkrämpfe, eine harte Fläche, die gegen seinen linken Schenkel schlug, und eine scharfe Kante, die seinen linken Handrücken zerquetschte. Er machte die Augen auf.

Sein Blick fiel auf das häßliche Rotbraun eines Hosenbeines aus grobem Stoff und wanderte dann weiter zu einem Schuh, der seine Hand auf eine Bastmatte preßte. Kenton realisierte, daß er auf dem Boden eines Wagens lag, der in schnellem Tempo über eine holprige Straße fuhr. Als er sich aufsetzen wollte, durchzuckte ein Schmerz seinen Kopf, und er stieß einen Schrei aus. Der Mann auf dem Sitz über ihm mußte dies gehört haben, denn er setzte seinen Fuß nun auf Kentons Finger, während seine Hand ihn wieder auf den Boden stieß. Er bemühte sich, so gut es ging, seinen Kopf vom vibrierenden Boden fernzuhalten, lag still und schloß die Augen. Eine Zeitlang war er halb bewußtlos, und nur das stete Summen des Wagens, der in einem niedrigen Gang ziemlich schnell dahin fuhr, erinnerte ihn daran, wo er war. Dann fuhr der Wagen langsamer, und als der Chauffeur um eine enge Kurve bog, rollte Kenton über die Bastmatte. Das Rütteln hörte plötzlich auf, und nachdem der Wagen einige Meter über Zementboden geglitten war, hielt er an.

Die Tür zu Kentons Füßen ging auf, und zwei Männer stiegen über ihn hinweg. Sie unterhielten sich miteinander, aber so leise, daß er nichts verstehen konnte. Dann verloren sich ihre Schritte. Er machte die Augen auf, hob sachte den

Kopf und schaute aus der offenen Wagentür. Zwar versperrte ihm ein Mann in einer Chauffeurlivrée die Aussicht, aber was er sah, war immer noch erstaunlich genug. Er sah eine Reihe schneebedeckter Gipfel, die im Lichte der hinter ihnen aufgehenden Sonne erstrahlten.

Kenton gehörte zu der nicht gerade seltenen Spezies von Menschen, die sich beim Betrachten einer Landschaft entsetzlich langweilen. Eine halbe Stunde in einem Straßencafé, zum Beispiel am untern Ende der Cannebière, war ihm lieber als alle Dolomitengipfel samt einem Dutzend Ägäischer Inseln. Er hätte sofort einen teuren Corot gegen einen billigen Toulouse-Lautrec getauscht und wäre sich bei diesem Tausch als der Gewinner vorgekommen. Er zog Satie Delius und George Gissing Richard Jefferies vor, und Straßenpflaster unter seinen Füßen zu spüren war ihm tausendmal angenehmer als die schönste Frühlingswiese, über die je romantische Dichter lustwandelten. Aber jetzt betrachtete er eine Landschaft und langweilte sich durchaus nicht; für einen Augenblick vergaß er sogar seine Kopfschmerzen. Wie er seine Beinmuskulatur lockerte und seine Nackenmuskeln anspannte, um sich aufzurichten, wurde ihm schwindlig. Das brachte ihn wieder zu Besinnung. Er erinnerte sich, daß der Tag gegraut hatte, als er im Hotel Werner angekommen war. Wenn die Sonne jetzt erst aufging, mußte er noch ganz in der Nähe von Linz sein. Was war denn eigentlich geschehen?

Er suchte fieberhaft, sich im Durcheinander seiner Eindrücke zurechtzufinden, als aus der Ferne ein Befehl ertönte, worauf der Chauffeur sich umdrehte und ihn heftig mit dem Revolverlauf aufs Bein schlug.

»Aussteigen!«

Kenton glitt vorwärts, bis seine Füße den Boden berührten, hievte sich dann behutsam auf und schaute umher.

Er stand auf einem zementierten Weg, der zu einer von Vogelbeerbüschen und hohen Tannen umgebenen Garage führte. Zwischen den Baumwipfeln sah er das mit zwei spitzen Türmen versehene Dach eines weißen Hauses, das in einer Hügelmulde stand. Hinter Kenton führte der Hügel in die Senke eines tiefen und engen Tales und schwang sich dann wieder zu schneebedeckten Höhen hinauf. Die ganze Gegend war mit Tannen bestanden. Eine schwarzgrüne Masse, der nur die Straßen – dünne weiße Striche da und dort – eine gewisse Form gaben.

Die Luft war klar und belebend, aber kalt; ihn fröstelte, denn er hatte keinen Mantel. Der Chauffeur stieß ihn mit dem Revolver in den Arm.

»Vorwärts!«

Kenton hatte noch nicht die Kraft, seinen Unwillen in Worte zu kleiden. So kuschte er und ging den Weg zwischen den Tannen hinauf zum Haus. Auf dem gepflasterten Hof vor dem Haus stand der Träger der rotbraunen Hose und hatte ein hartes, dummes, wenn auch hübsches Gesicht. Ein kleiner blonder Zahnbürstchen-Schnurrbart verdeckte eine kurze Oberlippe. Er trug einen Regenmantel mit Gürtel und Achselpatten, und in der Hand hatte er anscheinend einen kurzen, dicken Knüppel. Nachdem er den Chauffeur mit einem Kopfnicken entlassen hatte, packte er Kenton am Oberarm und sagte dann zur großen Überraschung des Journalisten auf englisch:

»Ist Ihnen noch ein bißchen mau, nicht, alter Junge?« Er grinste. »Habe ich Sie etwas rauh angefaßt, was? Nun, Sie haben's ja überlebt. Nehmen Sie sich zusammen. Der Chef will Sie sehen. Kommen Sie!«

»Was fällt Ihnen eigentlich ein?« fing Kenton wütend an.

»Maulhalten und mitkommen!« Seine Finger glitten über Kentons Oberarm. Plötzlich packte er hart zu. Der Journalist schrie auf vor Schmerz. Ihm war, als wäre ein rotglühendes Eisen in seinen Arm gefahren.

Der Mann lachte.

»Guter Trick, was? Nun kommen Sie schon, alter Junge, sonst mach ich's noch einmal.«

Er bugsierte Kenton durch die Tür hinein.

Es gibt Häuser, die ohne schwere Teppiche und teure Möbel den Eindruck von Reichtum erwecken. In einem solchen Haus befand sich Kenton nun. Mit Ausnahme von zwei, drei exquisiten Teppichen war nichts auf dem gebohnerten Parkettboden der weiten Vorhalle. Am anderen Ende führte eine breite Treppe in einem Bogen zu einer schmalen Galerie hinauf. In der Nische unter dem Geländer stand ein kleiner Tisch an der Wand. Auf ihm befanden sich zwei wundervolle italienische Kerzenständer aus dem Cinquecento. An der Wand rechts hing eine gute Kopie von Tintorettos *Miracolo dello Schiavo.* In einem großen Kamin prasselte ein Tannenzapfenfeuer.

Der Engländer führte Kenton durch die Halle zu einer kleinen Tür unter der Galerie, öffnete sie und stieß ihn hinein.

Frischer Kaffeegeruch stieg ihm angenehm in die Nase. Die Türe wurde geschlossen, und er hörte vom andern Ende des Zimmers das Klirren einer Tasse, die auf eine Untertasse gestellt wurde. Er drehte sich um. Die Sonne schien durch die hohen Fenster, und das graue Haar des Mannes, der hinter einem großen Scheibtisch saß und von einem Tablett frühstückte, glänzte in ihrem Schein.

Der Mann sah auf, betrachtete Kenton einige Sekunden schweigend und sagte dann:

»Guten Morgen, Mr. Kenton. Ich glaube, eine Tasse Kaffee würde Ihnen nicht schaden.«

Der Mann sah imponierend aus. Er mochte Ende 50 sein, hatte einen gepflegten grauen Kavalleristenschnurrbart und trug ein Monokel. Auf den ersten Blick glich er der Karikatur eines englischen Generals a. D. aus dem *Punch* sowie dem sogenannten ›fairen Engländer‹, wie ihn sich der Franzose vorstellt. Der starke russische Akzent jedoch und die runzelige gelbliche Pergamenthaut über einem alles andere als nordischen Schädel zeigten, daß er kein Engländer war. Der grausame Mund mit den herabgezogenen Mundwinkeln und die blassen, berechnenden Augen, denen das Monokel nichts von ihrer Gefährlichkeit nahm, ließen vermuten, daß er auch nicht ›fair‹ war. Kenton konnte sich eines plötzlichen starken Widerwillens nicht erwehren. Er kam sogleich zur Sache und brüllte los:

»Wer gibt Ihnen das Recht, mich hier . . .«

Der Mann hielt flehend seine Hand empor.

»Mr. Kenton, ich bitte Sie! Ich habe die ganze Nacht kein Auge zugetan. Bitte ersparen Sie mir Ihre Empörung. Wir sind alle etwas empört heute morgen, nicht wahr, Mailler?« Die letzten Worte galten dem Mann, der hinter Kenton stand.

»Mein Gott, ja«, sagte Kentons Wächter.

»Trotzdem verstehe ich natürlich Ihre Empörung«, fuhr der Mann am Schreibtisch fort. »Wer gibt mir, einem Fremden, das Recht, meinen Leuten zu befehlen, Sie niederzuschlagen und Sie auf so unbequeme Art zu transportieren – Sie, einen englischen Journalisten, wenn ich dem Presseausweis in Ihrer Tasche glauben darf? Wer gibt mir das Recht?« Er schlug mit der Faust auf den Tisch.

»Das wollte ich Sie eben fragen«, sagte Kenton, der von der eindringlichen Darstellung seines Falles etwas verwirrt war.

Der grauhaarige Mann nahm einen Schluck Kaffee.

»Die Antwort lautet: Niemand! Ich nehme es mir.«

»Und was ist der Zweck dieser Anmaßung?«

Der Mann hob die Brauen.

»Das wissen Sie doch ganz genau.«

»Ich habe leider keine Ahnung«, erwiderte Kenton gereizt. »Wahrscheinlich verwechseln Sie mich mit einem anderen. Ich kenne Sie nicht, und ich weiß nicht, was Sie wollen. Ich weiß nur, daß Sie sich mit Ihrer Willkür in eine dumme Lage gebracht haben. Ich glaube nicht, daß der englische Konsul in Linz sich bei der Polizei für Sie verwenden wird. Und ich werde das auch nicht tun, es sei denn, Sie lassen mich frei und bringen mich nach Linz zurück, und zwar ein bißchen plötzlich, wenn ich bitten darf.«

Das Gesicht des Mannes am Schreibtisch verzog sich zu einem breiten Grinsen, das eine Reihe großer schiefer gelber Zähne entblößte.

»Ausgezeichnet, Mr. Kenton, ausgezeichnet! Wie ich sehe, hat Ihr Auftritt auch Mailler gefallen. Sie würden sich mit ihm sicher gut vertragen. Vielleicht erzählt er Ihnen einmal einige seiner Abenteuer. Captain Mailler war bei den Black-and-Tans. Er war auch einige Zeit in den Vereinigten Staaten, als der damals einzige professionelle Streikbrecher mit einer englischen Public-School-Erziehung. Momentan hofft er allerdings, daß Sie zu fliehen versuchen, damit er seine gute Erziehung vergessen kann. Ich hoffe, daß Sie hier bleiben. Sonst müßten wir unsere Unterhaltung für ein paar Stunden unterbrechen, nicht wahr Mailler?«

»Ich wär dafür, Chef, daß wir den Kerl schon jetzt fertig machen.«

Der Grauhaarige wandte sich zu Kenton: »So ist Mailler nun mal. Es fehlt ihm an Takt. Allerdings kommt er gut ohne aus. Ein Mann von seiner Erfahrung kriegt in der Regel, was er will.«

Kenton starrte auf das eingelassene Tintenfaß. Ihn beschlich das unangenehme Gefühl, daß er nicht das Opfer eines Irrtums geworden war und er nur zu genau wußte, was die beiden von ihm wollten. Als er wieder aufschaute, zündete sich der Mann hinterm Schreibtisch gerade umständlich eine Zigarette an, so als könne er den Ellbogen nicht richtig bewegen.

Er blies den Rauch in einem feinen Strahl in die Luft, sah ihm nach, bis er sich verflüchtigt hatte, wandte sich wieder zu Kenton.

»Haben Sie immer noch nicht kapiert, Mr. Kenton?«

»Nein.«

»Nun gut. Setzen Sie sich. Sie auch, Mailler. Geschäfte soll man bequem abwickeln.« Er schenkte Kenton erneut ein gelbes Lächeln.

Kenton setzte sich.
»Sagten Sie Geschäfte?«
Der ›faire Engländer‹ kniff plötzlich die Augen zusammen.
»Jawohl, Mr. Kenton, Geschäfte. Kommen wir zur Sache.«
»Ich bin gespannt.«
»Warum haben Sie Borovansky getötet?«
»Wie war doch gleich der Name?«
»Borovansky.«
»Sagen Sie mal, wovon reden Sie eigentlich?«
»Vielleicht kannten Sie ihn unter dem Namen Sachs?«
»Nie gehört.«
Captain Mailler lachte kurz auf. Der Mann hinter dem Schreibtisch seufzte müde. Er spielte den Geduldigen und sagte:
»Vielleicht bezweifeln Sie meine Motive. Vielleicht glauben Sie, daß ich aus schäbiger Rachsucht am Schicksal Borovanskys interessiert bin. Dem ist aber nicht so. Der Mensch Borovansky interessiert mich überhaupt nicht. Er hatte aber etwas bei sich, das mir gehört. Ich möchte, daß Sie mir mein Eigentum zurückgeben. Wahrscheinlich haben Sie sich die Fotografien angesehen. Dann dürften Sie auch wissen, daß sie für Sie finanziell wertlos sind. Als gescheiter Mensch wissen Sie auch, daß es närrisch, ja lebensgefährlich wäre, wenn Sie sich in diese Angelegenheit einmischen würden. Als wir Borovansky fanden, fehlte seine Brieftasche samt dem Geld. Wo finden wir beides wieder? In Ihrer Tasche, Mr. Kenton. Wie Sie zugeben werden, war es nicht sehr taktvoll von Ihnen, die Polizei zu erwähnen, selbst im Scherz. Ich glaube, daß Österreich zu den Ländern gehört, die die Todesstrafe abgeschafft haben, aber lebenslängliche Kerkerhaft ist auch kein Vergnügen. Seien Sie also so freundlich und sagen Sie mir, was Sie mit den Fotografien gemacht haben.«
»Sie reden dummes Zeug. Ich habe Sachs nicht getötet.«
»Ich dachte, Sie hätten den Namen nie gehört?«
Kenton rutschte auf dem Stuhl hin und her. Vielleicht zeigte

der Schlag auf den Kopf Nachwirkungen, jedenfalls war das ein ganz dummer Fehler gewesen. Er änderte seine Taktik.

»Sie können von mir kaum erwarten, daß ich Vertrauen zu Ihnen habe. Einmal ganz abgesehen davon, daß Ihr Schlagetot hier mich überfallen hat und daß Sie mich gefangen halten, weiß ich überhaupt nicht, wer Sie sind.«

»Bloß nicht frech werden, alter Junge«, sagte der Captain.

Kenton ignorierte die Bemerkung.

»Immer mit der Ruhe», sagte der Grauhaarige tadelnd. »Sie möchten meinen Namen wissen, Mr. Kenton? Ich sehe zwar nicht, was Sie davon haben, aber bitte: Ich heiße Robinson – Colonel Robinson.«

»Sind Sie Engländer?«

Colonel Robinson grinste, die Zigarette zwischen den Zähnen.

»Nein, Mr. Kenton. Es wäre sinnlos, Sie anzulügen. Mein Englisch verrät mich.«

«Nicht unbedingt. Sie sprechen es fließend.«

»Vielen Dank für das Kompliment.« Er beugte sich vor. »Lassen wir jetzt die Höflichkeiten. Zur Sache, mein Freund! Wo sind die Fotografien? Ich weiß, daß Sie sie nicht auf sich tragen. Wo sind sie, und wie bekomme ich sie? Und schlagen Sie sich bitte die faulen Ausreden aus dem Kopf. Sie ersparen damit sich und mir Unannehmlichkeiten.«

Kenton zögerte. Sein erster Gedanke war, dem Mann die gewünschte Auskunft zu geben und dann wegzugehen. Er schaute die beiden an. Der Ex-Black-and-Tan-Captain räkelte sich in seinem Sessel und kaute an den Nägeln. Auf seinen Knien lag der kurze glänzende schwarze Stab. ›Colonel Robinson‹ saß vorgebeugt in seinem Sessel; zwischen seinen Lippen glomm eine Zigarette. Beide beobachteten ihn mit amüsiertem Interesse. Mit einiger Überraschung gewahrte er an sich eine ganz neue, ungewohnte Empfindung. Zum ersten Mal seit seiner Kindheit versuchte jemand, ihn mit Drohungen zu einer Entscheidung zu zwingen, und er reagierte mit kalter

Wut und hartnäckigem Widerstand. Er atmete tief ein. In der Magengrube verspürte er eine wunderliche Leere, sein Herz schlug schneller, das Blut wich ihm aus dem Gesicht. Er stand, zum ersten Mal seit vielen Jahren, ganz kurz vor einem heftigen Wutanfall. Es gelang ihm aber, sich zu beherrschen, und er fühlte, wie das Blut wieder in seine Wangen zurückfloß. Seiner Stimme vermochte er jedoch die Schärfe nicht mehr zu nehmen, als er antwortete.

»Es tut mir leid, aber ich denke nicht daran, Ihnen das zu sagen. Jemand hat mir etwas anvertraut. Der Mann ist jetzt tot. Es war kein Freund von mir. Um genau zu sein, habe ich seine Bekanntschaft erst im Zug nach Linz gemacht. Er hat mich aber sehr gut dafür bezahlt, daß ich auf sein Eigentum achtgebe, und ich habe ihm versprochen, das zu tun. Daß der Mann später erstochen wurde, entbindet mich in keiner Weise meiner Verpflichtung ihm gegenüber.«

»Dann sagen Sie mir doch bitte, wie Sie dieser Verpflichtung nachzukommen gedenken.«

Bedächtig antwortete Kenton: »Diese Fotografien sind offensichtlich das Eigentum der russischen Regierung. Wenn Sie sich als bevollmächtigter Vertreter dieser Regierung legitimieren können, gebe ich Ihnen die Fotografien. Vorausgesetzt, Sie lassen mich frei.«

Für einige Sekunden war es totenstill im Zimmer. Dann stand der Captain langsam auf.

»Jetzt wird Ihnen das ...« begann er.

Der Mann am Schreibtisch gebot ihm Schweigen und wandte sich an Kenton.

»Mir scheint, Sie mißverstehen die Zusammenhänge, Mr. Kenton.«

»Tatsächlich.«

»Aber ja. Borovansky, oder wenn Sie lieber wollen, Sachs, arbeitete für mich. Er sollte mir diese Fotografien überbringen.«

»Was Sie nicht sagen! Warum hat er sie dann mir gegeben?«

»Weil er befürchtete, überfallen und der Fotografien beraubt zu werden, bevor ich ihn beschützen konnte.«

»Und doch wurde er ermordet!«

»Ja, und zwar kurz nachdem Sie das Hotel betraten, Mr. Kenton«, bemerkte der Colonel anzüglich. »Als Borovansky im Hotel Josef abgestiegen war, rief er mich an und sagte, daß Sie mit den Fotografien unterwegs seien. Meine Leute kamen gerade noch zur rechten Zeit: Sie haben gesehen, wie Sie das Hotel betraten, sie haben nicht gesehen, wie sie es verließen.«

»Als ich ankam, war Sachs schon tot. Ich habe das Hotel durch die Hintertür verlassen.«

»Mit den Fotografien?«

»Selbstverständlich.«

»Haben Sie nicht das Gefühl, Sie seien etwas unvorsichtig?«

»Warum?«

Colonels Robinsons gelbliche Haut zog sich plötzlich zusammen.

»Weil ich diese Fotografien haben muß und alles tun werde, um sie zu kriegen. Vergessen Sie also Ihre lachhaften Vorstellungen von Verpflichtung, und machen Sie sich keine überflüssigen Skrupel. Ich wäre sonst genötigt, andere Saiten aufzuziehen.«

»Zum Beispiel?«

Die Miene des Colonel glättete sich. Lächelnd stand er auf, ging um den Tisch herum und legte in freundschaftlicher Weise den Arm um Kentons Schulter.

»Aber Mr. Kenton, wir wollen uns doch den herrlichen Morgen nicht mit einem so unerquicklichen Gespräch verderben. Seien Sie doch vernünftig. Ich bin überzeugt davon, daß Ihnen die russische Regierung egal ist. Der arme Borovansky ist tot. Geben Sie mir die Fotografien, und vergessen Sie die ganze Geschichte. Ich wäre dann auch bereit, Ihnen für die ausgestandene Unbill eine großzügige Entschädigung zu bezahlen. Was meinen Sie dazu?«

Kenton lächelte beinahe. Zwei Bestechungsangebote in einem halben Tag. Die Geschäfte gingen nicht schlecht.

»Was schlagen Sie vor?«

Lebhaft antwortete der Colonel:

»Sie sagen uns, wo die Fotografien sind, und wenn ich sie habe, sind Sie ein freier Mann und um 1000 Mark reicher.«

Sieh da, der Preis war schon gestiegen! Für was für einen vertrauensseligen Narren mußte der Mann ihn halten!

»Und wenn ich nicht einwillige?«

Der Colonel griff nach der Zigarettenschachtel und hielt sie Kenton hin, der dankend ablehnte. Nachdem er sich eine Zigarette angezündet und das Streichholz langsam ausgeblasen hatte, sank er in den Sessel zurück.

»Kennen Sie zufällig Machiavelli, Mr. Kenton?«

»Ich hab ihn gelesen, ja.«

»›*Fa bene la fortuna questo, che ella elegge un uomo di tanto spirito e di tanta virtù che egli conosca quelle occasioni che ella gli porge*‹. Sie kennen die Stelle wahrscheinlich. Machiavelli drückt sich stets unvergleichlich prägnant aus, finden Sie nicht auch?«

Kenton nickte. Der Mann hörte sich offensichtlich gerne reden.

»Wie Sie sehen«, fuhr der Colonel begeistert fort, »hat die Dame Fortuna Sie in eine unglückliche Lage gebracht. Denn obschon mir meine Intuition sagt, daß Sie Borovansky nicht umgebracht haben, wird mich das nicht hindern, Sie der Polizei zu übergeben. Meine Leute werden bezeugen, daß Sie das Hotel Josef betreten haben, und die Brieftasche, die auf Ihnen gefunden wurde, wird auch gegen Sie zeugen.«

»Aber in diesem Fall«, wandte Kenton sachlich ein, »bringen Sie sich um die Fotografien, und ich käme ziemlich sicher ungeschoren weg.«

Der andere gab vor, er dächte über diesen Einwand nach.

»Es wäre möglich«, sagte er und zuckte die Schultern. »Ich

will das nicht bestreiten. Die Nachsicht der Polizei ist mir seit je ein Dorn im Auge gewesen. Ich wollte bloß auf eine der Möglichkeiten hinweisen, die Ihnen blühen könnten. Es gibt natürlich noch andere. Darf ich fragen, für welche Zeitung Sie arbeiten?«

»Ich bin freier Journalist.«

»Tatsächlich? Mein Gott, dann ist es ein Kinderspiel. Sind Sie sich darüber klar, Mr. Kenton, daß es mir mit Hilfe meiner Auftraggeber in London ein leichtes wäre, Ihnen die Ausübung Ihres Berufes unmöglich zu machen?«

»Wie denn?«

»Ich brauche Sie bloß bei allen Zeitungsbesitzern Englands auf die schwarze Liste setzen zu lassen.«

Kenton lächelte.

»Damit schrecken Sie mich nicht. Einmal ganz abgesehen davon, daß viele Zeitungsredakteure solche Direktiven der Zeitungsherausgeber ignorieren, verwende ich sechs Pseudonyme, von denen keines auch nur im geringsten auf Kenton hinweist. Unter diesen Umständen würden Sie Ihren Auftraggebern höchstens auf die Nerven gehen.«

Kenton hatte den Satz noch nicht beendet, als er auch schon wußte, daß er sich mit seinem Auftrumpfen ins eigene Fleisch geschnitten hatte. Der Mann hinter dem Schreibtisch schwieg, und kein Muskel bewegte sich in seinem Gesicht. Doch der Ausdruck achtsamer Jovialität hatte sich fast unmerklich in tückische Wut verwandelt. Als er endlich sprach, tat er es sehr langsam und in scharfem Ton:

»Wie ich sehe, macht es Ihnen Spaß, den Narren zu spielen. Das tut mir leid für Sie. Ich hatte auf Ihren gesunden Menschenverstand gezählt. Ich hatte gehofft, daß wir diese Angelegenheit hier an diesem Tische regeln könnten, ohne zu außergewöhnlichen Maßnahmen greifen zu müssen. Nun sehe ich aber, daß ich meine Zeit verschwendet habe.«

Aus dem Augenwinkel sah Kenton, wie Captain Mailler seinen schwarzen glänzenden Stab in die Hand nahm.

»Das tut mir schrecklich leid«, erwiderte er, aber nicht ganz in dem liebenswürdigen Ton, den er beabsichtigt hatte.

»Das wird Ihnen sehr bald noch viel mehr leid tun, Mr. Kenton«, war die Antwort. Er befingerte seine Unterlippe und schaute Kenton nachdenklich an. Dann fuhr er fort: »Die Kunst der Überredung hat mich seit jeher fasziniert. Die Zeiten von Folterbank, Rad und Daumenschrauben sind vorbei. Wir können uns ein Lächeln über die Beschränktheit des Mittelalters erlauben, denn wir betreten Neuland. Die Kunst der Überredung erlebte in den frühen zwanziger Jahren eine Renaissance, die ihren Höhepunkt noch nicht erreicht hat. Diese Renaissance ist kein fauler Zauber. Die Männer, die sie geschaffen haben, benötigten keine neuen Mittel, keine neuen Werkzeuge, um sich auszudrücken. Einfach und demütig wie alle echten Künstler verwendeten sie das schon vorhandene Material. Das alte Hausmittel Rizinusöl hat, wenn richtig dosiert, eine Überzeugungskraft, die ans Wunderbare grenzt. Geben Sie jemandem Rizinusöl literweise, und er wird dasselbe spüren, wie wenn er unreife Äpfel gegessen hat, nur viel stärker. Das Verdienst dieser Entdeckung gebührt dem faschistischen Italien, das auch die *bastonatura in stile* entwickelt hat, ein Verfahren, das darin besteht, die untere Gesichtshälfte mit einem Gummiknüppel, wie ihn Captain Mailler trägt, zu bearbeiten, bis der Kiefer zerschmettert ist. Nadeln und Zahnstocher unter die Fingernägel ist altmodisch und zeugt von wenig Phantasie. Aber von jenseits des Atlantiks kommt der von Sachverständigen empfohlene Bohrer des Zahnarztes, der die Zähne der Widerspenstigen bis auf die Wurzel abschleift. Gummischläuche, grelle Bogenlichtlampen, brennende Zigaretten, Fußtritte an die richtige Stelle, alle diese Methoden haben ihre Liebhaber. Was mich anbetrifft, so habe ich keine besonderen Sympathien oder Aversionen, aber ich glaube, Sie haben verstanden, was ich meine. Nicht wahr, Mr. Kenton?«

Der Journalist antwortete nicht.

Colonel Robinson lächelte mild.

»Ich bin sicher, daß Sie mich verstanden haben. Damit aber zwischen uns ja keine Mißverständnisse aufkommen, lasse ich Sie jetzt zwölf Stunden allein in einem Zimmer. Wenn Sie sich bis dahin nicht entschließen können, mir die Wahrheit zu sagen, überlasse ich Sie Captain Mailler und seinen Assistenten zur Befragung.« Er nickte dem Captain zu. »Sperren Sie ihn in das obere Zimmer, Mailler.«

»Aufstehen!« befahl Mailler.

Kenton erhob sich. Sein Gesicht war weiß vor Erschöpfung, die geschwollenen Augenlider flackerten wegen der Kopfschmerzen, aber sein Mund hatte einen trotzigen Zug angenommen.

»Vielleicht heißen Sie wirklich Colonel Robinson«, sagte er. »Aber ich bezweifle es. Wer immer Sie sein mögen, für mich sind Sie ein Dummkopf. An einem Punkt unseres Gespräches war ich nahe daran, mich aus dieser ganzen Affäre zurückzuziehen und Ihnen die Fotografien zu überlassen. Sie machten den Fehler, anzunehmen, Sie könnten mich erfolgreich einschüchtern. Diesen Fehler machen zur Zeit viele Leute Ihres Schlages in ganz Europa. Die Konzentrationslager der Nazis und die Gefangeneninseln der Faschisten sind voll von Menschen, die sich der Gewalttätigkeit widersetzt haben. Ich will meine gegenwärtige Haltung nicht mit ihrer bewundernswürdigen Tapferkeit vergleichen, aber jetzt verstehe ich einigermaßen ihren Standpunkt. Früher konnte ich nicht verstehen, wie jemand für so nichtige Dinge wie politische Überzeugungen seine Haut riskierte. Nun aber sehe ich ein, daß es um mehr geht. Es geht nicht nur um den Kampf zwischen Faschismus und Kommunismus, oder zwischen irgendwelchen -ismen. Es geht um den Kampf zwischen den freien geistigen Menschen und den stumpfen, täppischen, rohen Monstren aus der Urzeit – und damit, Colonel, meine ich Sie und Leute Ihres Schlages.«

Maillers knüppelumspannende Faust traf ihn voll ins Gesicht. Er taumelte rückwärts, stieß mit dem Fuß an ein Stuhlbein und ging zu Boden. Einen Augenblick blieb er liegen, dann rappelte er sich langsam auf.

Aus einem Mundwinkel rann Blut. Sein Gesicht war kreidebleich, aber er lächelte unmerklich.

»Sie waren natürlich auch gemeint, Captain.«

Wieder schlug ihn der Gummiknüppel zu Boden, und diesmal kam Kenton nur mit Hilfe des Stuhles wieder hoch. Mailler ging zur Tür und rief zwei Männer herein. Dann riß er Kenton den Stuhl weg, so daß der Journalist der Länge nach hinfiel, und brüllte in schlechtem Deutsch den Männern einen Befehl zu. Die beiden stellten Kenton auf die Beine und führten ihn hinaus. Am Fuß der Treppe sank er wieder zusammen. Er wurde in den obersten Stock getragen und dort in einem Zimmer auf den Boden geworfen. Die Läden wurden zugezogen und mit Vorhängeschloß und Kette versperrt. Die Türe wurde zugeschlagen, der Schlüssel umgedreht.

Kenton blieb ein Weilchen dort liegen, wo man ihn hatte fallen lassen. Endlich hob er den schmerzenden Kopf und blickte um sich.

Durch den Fensterladen fielen die Sonnenstrahlen schräg ins Zimmer, und ihr Licht zeigte Kenton, daß es unmöbliert war. Ein paar Sekunden schaute er nachdenklich auf das Muster, das die Sonne auf den Boden zeichnete. Dann legte er sich zurück, bettete den Kopf auf den Arm und schloß die Augen.

Wenig später war er eingeschlafen. Auf seinen Lippen lag das zufriedene Lächeln eines Menschen, der weiß, daß er gute Arbeit geleistet hat.

8. Kapitel

Der Gummiknüppel

Die Sonne war untergegangen als Kenton aufwachte. Es war dunkel im Zimmer, und für ein paar Sekunden wußte er nicht, wo er war. Doch dann erinnerte er sich und erhob sich steifbeinig. Er spürte sein zerschundenes Gesicht, und als er mit den Fingern zum Mund fuhr, merkte er, daß seine Unterlippe geschwollen war. Der Kopf hingegen schmerzte nur noch, wenn er ihn berührte. Er ging zum Fenster. Als er sich bückte und zwischen den Jalousiestäben hindurchguckte, sah er einen Streifen schwarzen Himmels. Er hatte seine Uhr im Hotel Werner abgelegt, aber es war offensichtlich schon spät. Bald würde Colonel Robinsons Ultimatum abgelaufen sein.

Schlaf ist nicht immer ein ungetrübter Segen. Zwar beruhigt er die Nerven und stärkt den Körper, aber er läßt auch Gefühlsausbrüche verrauchen und den kühlen Verstand wieder zu Wort kommen. Kenton hatte auf die Methode, mit deren Hilfe Colonel Robinson und sein Schlagetot sich in den Besitz der Sachsschen Fotografien hatten setzen wollen, emotionell reagiert. Nach fast zwölf Stunden Schlaf fragte er sich nun, warum er sich eigentlich so aufgeführt hatte. Wenn die beiden unbedingt diese blöden Fotografien haben wollten, dann sollten sie sie eben haben. Was hatte ihm denn sein Anfall von Heroismus eingetragen? Blaue Flecken im Gesicht und geschwollene Lippen. Da hatte er sich ja in eine schöne Geschichte eingelassen! Es gab nur eins: die Fotografien unverzüglich herausrücken und dann auf nach Berlin.

Er setzte sich beim Fenster auf den Boden, lehnte sich an die Wand und überdachte seine mißliche Lage.

Zuallererst benötigte er etwas zu trinken, mit Vorliebe Wasser, aber er würde sich mit allem abfinden. Seltsamerweise hatte er überhaupt keinen Hunger, wahrscheinlich, weil er so Durst hatte. Seit der Knoblauchwurst, die ihm Sachs im Zug angeboten hatte, hatte er nichts mehr gegessen. Das war schon eine ganze Weile her. Sachs lag jetzt tot im Hotel Josef. Nein, die Polizei hatte die Leiche sicher schon fortgeschafft. Es fiel ihm schwer, die Ereignisse der letzten 24 Stunden zu überblicken. In was für eine Geschichte war er da eigentlich hineingeraten? Wer verbarg sich hinter diesem Sachs oder, richtiger, Borovansky? Der russische Name paßte zu seinem seltsamen Akzent. Es schien auch plausibel, daß er gegen die Sowjetregierung arbeitete – vorausgesetzt, der ›Colonel‹ Robinson hatte die Wahrheit gesagt – eine fragwürdige Voraussetzung. Und dann waren da noch die ›Auftraggeber‹ dieses Colonel in London. Wer waren sie? Was für eine Art von ›Geschäft‹ erledigte der Colonel für sie? Kenton wußte, daß die Antwort auf die erste Frage auch die auf die zweite einschloß. Auftraggeber in London, die in der Lage waren, Zeitungsherausgeber zu beeinflussen – das tönte verdächtig nach Big Business.

Wenn man auch nur kurze Zeit auf der Weltbühne stand, so mußte einem – nach Kentons Erfahrung – unweigerlich auffallen, daß politische Ideologien die internationalen Beziehungen nur wenig beeinflußten. Nicht reiflich erwogene Entschlüsse von Staatsmännern lenkten das Schicksal der Nationen, sondern Wirtschaftsmächte. Die Außenminister der Großstaaten folgten zwar den offiziellen Richtlinien ihrer Regierungen, gemacht wurde die Politik aber von den Männern des Big Business, also von Bankiers und ihren Trabanten, von Waffenfabrikanten, Ölgesellschaften und Großindustriellen. Big Business schuf und schürte Krisen, wie es ihm gerade paßte. Big Business lieferte aber auch die Lösungen. Eines Tages befürwortet Italien die Restauration des Habsburgerreiches. Frankreich ist dagegen. Ein paar

Monate später ist es gerade umgekehrt. Die wenigen Zeitungsleser mit gutem Gedächtnis, die die unverständliche Farce, die man Weltpolitik nennt, noch nicht zum Kotzen über haben, werden nun ohne weiteres viele gescheite Erklärungen für dieses *volte face* finden, bloß nicht die richtige. Die richtige findet man nur, wenn man das Börsengeschehen in Paris, London und New York mit den Augen eines Revisors, dem Verstand eines Nationalökonomen, dem Großmaul eines Staatsanwaltes und der Geduld des Hiob erforscht. Dabei würde man etwa ein Ansteigen des ungarischen Banksatzes feststellen, ein Golddepot in Amsterdam, eine Kreditrestriktion im amerikanischen Mittelwesten. Man müßte sich im nebligen Hokuspokus, hinter dem die internationale Geschäftswelt ihre Transaktionen verschleiert, allmählich zurechtfinden und ihre Machenschaften in ihrer ganzen gespenstischen Einfachheit enthüllen; auf die Gefahr hin, vorher an Altersschäche zu sterben. Der Big Business ist nicht der einzige Spieler auf der Weltbühne, aber er ist der Spieler, der die Spielregeln macht.

Kenton fand eine Zigarette in seiner Tasche und zündete sie an. Es machte den Anschein, als sei Big Business hier entweder an Rumänien oder Bessarabien interessiert. Er zog an seiner Zigarette und sah ihr Ende im Dunkeln glühen. Nachdenklich betrachtete er es. Da hatte er doch unlängst etwas von Rumänien gehört, das sein Interesse geweckt hatte. Richtig, die Sache mit der Konzessionsreform. Eine Zeitung hatte einen Artikel dagegen geschrieben, und daraufhin waren Redaktion und Druckerei demoliert worden. Nun, das schien nicht viel herzugeben, obschon man natürlich nie wissen konnte. Das war ja das Verflixte an der Sache! Da wurde von lauter feinen Leuten in Konferenzräumen und bei Wochenendjagdpartien etwas ausgeheckt, das dann von *commis voyageurs* des Verbrechens, von Figuren wie Sachs, in Zügen, billigen Hotels, häßlichen Vorstädten in die Tat umgesetzt wurde, an düstern Orten also, die weit weg waren von den hellen Chausseen, auf denen die rosenwangige Göttin des *tourisme* wandelt. Irgend jemand in einem Büro in Birmingham oder Pittsburgh oder auf einer Yacht vor Cannes läßt ein paar Worte fallen, die einige Monate später eine Granate in einer Druckerei in Bukarest explodieren lassen. Typisch an diesem Spiel ist, daß nicht nur zwischen dem Mann, der die paar Worte fallen läßt, und dem, der die Handgranate schmeißt, keine Beziehung besteht, sondern daß keiner von ihnen auch nur eine Ahnung hat vom Hinterland der Machenschaften, das von den ›Colonel Robinsons‹ und Konsorten bewohnt wird. – O ja, er würde diese Fotografien herausgeben. Seine Rolle war stets die eines Beobachters gewesen; so sollte es bleiben.

Wie er aufstand und seine Zigarette auf dem Boden austrat, hörte er Schritte, die näherkamen. Einen Moment war's still, dann drehte sich ein Schlüssel im Schloß.

Er stand am Fenster und wartete. Sein Herz schlug schneller. Die Tür ging auf, der Strahl einer Taschenlampe durchschnitt das Zimmer, machte einen Schwenk und leuchtete ihm dann direkt ins Gesicht.

»Nun, alter Junge«, sagte Captain Maillers Stimme, »sind Sie vernünftig geworden, oder muß ich Sie zuerst verprügeln?«

Kenton sagte ein paar Sekunden nichts, und in dieser kurzen Zeit gingen alle seine vernünftigen Vorsätze in Brüche. Zwei Dinge machten Kentons Entschluß, sich in eleganter Weise aus der Affäre zu ziehen, zunichte: die Stimme des Captain und seine Worte. Im Nu stand alles, was der gesunde Menschenverstand niedergerissen hatte, um sich Schwierigkeiten zu ersparen, wieder da: Ressentiments, Wut, Hartnäckigkeit und Trotz. Und hinter diesen Gefühlen standen ein ausgeruhter Körper und ein klarer Kopf, der nicht mehr unter den Nachwirkungen einer Gehirnerschütterung litt.

»Tun Sie, was Sie nicht lassen können«, sagte er endlich,

»aber schlagen Sie sich den Gedanken aus dem Kopf, Sie könnten mich mit Schlägen weich kriegen.«

»Seien Sie doch nicht kindisch, alter Junge«, sagte der Captain gelassen. »Sie wissen nicht, wovon Sie reden. Ein Nigger in den Staaten war auch so ein Dickschädel, und diese Kerle sind wirklich hart im Nehmen, aber den hab ich so weichgekriegt, daß er auf meinen Befehl bis zum Mond gesprungen wäre oder seinen Eltern die Kehle durchgeschnitten hätte.«

»Ich bin Vollwaise.«

Der Captain schnalzte tadelnd.

»Ich an Ihrer Stelle würde nicht frech werden, alter Junge, das zahlt sich wirklich nicht aus. Der Chef mag Sie nicht besonders, und er läßt mir freie Hand. Ich will ganz ehrlich sein, alter Junge. Ich mag Sie auch nicht besonders. Es käme mir eigentlich ganz gelegen, wenn Sie nichts verraten wollten. Ich würde es gerne aus Ihnen herausprügeln. Spaß muß sein.«

Kenton antwortete nichts.

Die Taschenlampe bewegte sich leicht.

»Vorwärts!« sagte der Captain.

Zwei Männer traten aus dem dunklen Gang und packten Kenton an den Armen. Er schüttelte sie ab, bekam einen Tritt in den Knöchel, daß ihm vor Schmerz die Luft wegblieb, und wurde aus dem Zimmer die Treppe hinunter in die Halle gezerrt.

Mailler verschwand im Zimmer des Colonel, kam ungefähr nach einer Minute wieder heraus und bedeutete den Männern, Kenton loszulassen.

»Der Chef will Sie sprechen, alter Junge. An Ihrer Stelle würde ich meine Zunge im Zaum halten. Er ist nämlich ganz und gar nicht zufrieden mit Ihnen.«

»Das trifft sich fein«, antwortete Kenton. »Ich bin nämlich auch nicht zufrieden mit ihm.«

Einen Moment lang glaubte er, Mailler würde ihn schlagen. Doch der Captain grinste bloß giftig.

»Mit Ihnen hab ich nachher ein Hühnchen zu rupfen, alter Junge.«

Er gab Kentons Bewachern ein Zeichen, und die vier betraten das Zimmer.

Der Colonel stand beim Kaminfeuer. Im gedämpften bernsteinfarbenen Licht der Tischlampe sah er in seinem Tweedanzug wie ein Landedelmann aus. Schweigend starrte er Kenton einige Zeit an. Dann fragte er kühl:

»Sind Sie jetzt vernünftig geworden?«

Kenton antwortete prompt: »Wenn Sie damit meinen, ob ich Ihnen das Eigentum eines anderen aushändige, ist die Antwort Nein.«

Der Colonel packte Kenton am Rockkragen und schüttelte ihn. Dann sagte er ruhig:

»Mein lieber Freund, ich bin nicht aufgelegt für Salongeplauder. Ich brauche diese Fotografien, und kein noch so sturer Reporter wird mich hindern, das zu bekommen, was ich haben will. Vom Hotel Josef sind Sie direkt zum Café Schwan gegangen. Sie hatten die Fotos bei sich. Als Sie im Hotel Werner ankamen, hatten Sie sie nicht mehr. Meine Leute haben Sie beobachtet: Sie waren nur im Café Schwan. Wo sind die Fotografien?« Er schlug dem Journalisten mit dem Handrücken ins Gesicht. »Was haben Sie mit ihnen gemacht?« wiederholte er wütend.

Kenton befühlte mit der Hand seine Wange. Dann sah er auf seine Finger. Der Colonel trug einen Ring, und der hatte seine Haut aufgekratzt. Er würde es ihm heimzahlen.

»Ich w..w..weiß es n..n..nicht«, stotterte er hilflos.

Der Colonel schüttelte ihn heftig und schlug ihn wieder ins Gesicht.

»Vielleicht wissen Sie's jetzt?«

Kenton wurde unterwürfig.

»Ja, ja«, lallte er. »Ich will es Ihnen sagen.«

Er sah, wie der Colonel Mailler einen triumphierenden Blick zuwarf.

»Also, heraus mit der Sprache!«

»Ich steckte sie in ein Kuvert und gab sie dem Cafetier zur Aufbewahrung.«

Der Colonel atmete erleichtert auf und wandte sich zu Mailler.

»Nehmen Sie den Wagen und fahren Sie mit einem der Männer sofort zum Café Schwan.«

Dann wandte er sich zu Kentons Bewachern:

»Abführen und einsperren!«

»Sie haben versprochen, mich freizulassen, wenn ich Ihnen sage, wo die Fotografien sind«, rief Kenton wütend.

Der Colonel lächelte.

»Es tut mir leid, aber wir mußten unsere Pläne ändern, Mr. Kenton. In einer Woche, vielleicht in zwei Wochen werde ich auf die Sache zurückkommen. Auf was warten Sie noch, Mailler?«

Der Captain ging zur Tür.

»Einen Augenblick!« sagte Kenton sehr laut.

Mailler blieb stehen.

»Es tut mir leid«, fuhr Kenton mit sanfter Stimme fort, »daß ich Ihre Hoffnungen so schnell zerstören muß. Aus lauter Aufregung und aus Angst vor Colonel Robinson habe ich eine Kleinigkeit vergessen.«

Er grinste dem Colonel ins Gesicht.

»Nun, spucken Sie's schon aus!« brüllte Mailler.

»Es ist wirklich nur eine Kleinigkeit«, flötete Kenton und zierte sich.

Der Colonel lächelte nicht mehr.

»Wird's bald?« brüllte Mailler.

»Die Sache ist so«, erklärte Kenton betont langsam. »Als ich die Fotografien dem Besitzer des Café Schwan zur Aufbewahrung übergab, sagte ich, daß er sie unter gar keinen Umständen irgend jemand anderm außer mir persönlich aushändigen dürfe. Nun wissen Sie sicher, wie berühmt diese Cafetiers für ihre Diskretion sind. Ich deutete an, daß es sich um eine Liebesgeschichte handle. Es tut mir ja leid, aber der Cafetier würde Captain Mailler für den Intriganten halten, für den Bösewicht, der die Liebenden trennen will.« Er lächelte Mailler vorwurfsvoll an.

Eine volle Minute herrschte Schweigen, nur die Uhr tickte laut. Endlich räusperte sich der Colonel.

»Es scheint, als müßten wir auf Ihrer Mitarbeit bestehen, Mr. Kenton.«

»Auf die können Sie nicht zählen.«

»Vielleicht aber doch.«

»Aber sicher«, sagte Mailler. »Überlassen Sie das Würstchen nur mir.«

Der Colonel strich über seine Oberlippe.

»Sie können ihn haben«, sagte er nachdenklich, »aber reden Sie nicht zu lange mit ihm. Ich muß morgen bei Bastaki in Prag sein. Setzen Sie dem Mann den Kopf zurecht, aber verunstalten Sie sein Gesicht nicht. Er muß auch noch gehen können.« Er wandte sich zu Kenton. »Wenn es wahr ist, daß Sie durch puren Zufall in den Besitz dieser Fotografien gekommen sind, verstehe ich Ihr Verhalten überhaupt nicht.«

»Das kann man ja von Ihnen auch nicht verlangen«, erwiderte Kenton grob. »Aber zu Ihrer Erleuchtung will ich noch einmal sagen, daß mir Ihre Behandlung gar keine andere Wahl läßt. Und alles, was ich tun kann, um Ihnen und Ihren charmanten Auftraggebern Verdruß zu bereiten, tue ich mit dem größten Vergnügen.«

Colonel Robinson wärmte seine Hände am Feuer, lächelte mild und schüttelte dann bekümmert den Kopf.

»Sie dürfen mir glauben, Mr. Kenton, wenn ich Ihnen sage, daß Ihnen ein paar unangenehme Stunden bevorstehen. Meine Behandlung ist mütterliche Zärtlichkeit verglichen mit Captain Maillers Methode.« Er wandte sich zu Mailler. »Nehmen Sie ihn mit. Übrigens, Mr. Kenton«, fügte er hinzu, »man wird Sie jetzt in den Keller führen. Sie werden durch dicke Mauern von mir getrennt sein. Aber ich bin überzeugt, daß ich Ihre Reaktionen auf Captain Maillers Überredungskunst dennoch hören werde.«

»Ich werde dafür sorgen, Chef, daß Sie ihn hören können«, sagte der Captain. »Los! Hinunter in den Keller!«

Kenton wurde durch die Halle zu einer Tür geführt, die sich unterhalb der Treppe befand und einen engen, mit Steinstufen ausgelegten Schacht hinunterführte. Mailler ging voran und machte Licht. Die beiden Männer wechselten ein paar Worte auf deutsch miteinander, packten hierauf Kenton an den Handgelenken und zerrten ihn hinunter.

Die Treppe endete in einem langen Steinfliesengang. Im Vorübergehen sah Kenton auf beiden Seiten Gewölbe, die als Weinkeller dienten. Mailler bog ins letzte Gewölbe ein, drehte an einem Schalter, und eine schirmlose Glühbirne beleuchtete ein verstaubtes Durcheinander von kaputten und verschimmelten Möbeln, verrosteten Eisengestellen und alten Vorhängen. An den Wänden standen leere Weinkisten.

Mailler zog aus dem Gerümpel einen Stuhl, der noch vier ganze Beine hatte, und stellte ihn in die Mitte des Gewölbes.

»Anbinden!« befahl er auf deutsch.

Die beiden Männer stießen Kenton auf den Stuhl und banden ihn teilnahmslos stumm mit einem Seil fest. Die ganze Sache schien sie zu langweilen. Kenton schaute zu Mailler.

Den Captain langweilte die Sache keineswegs. Er hatte den Gummiknüppel aus der Tasche gezogen, wog ihn in der Hand und schlug tückisch gegen die Wand. Die Schläge waren kaum zu hören. Kenton betrachtete Maillers Gesicht, dessen Ausdruck sich in unangenehmster Weise verändert hatte. Der Unterkiefer hing leicht herab, die Wangen waren eingesunken, der Atem war schneller geworden und aus eigenartig verglasten Augen schossen unentwegt Seitenblicke auf Kenton.

Der Journalist, der schon ganz verängstigt war, wurde allmählich von nacktem Grausen befallen.

Die beiden Männer prüften sorgfältig ihre Knoten und

erhoben sich. Einer brummte Mailler etwas zu, der sich umdrehte und Kenton stumpf anstarrte. Dann trat er auf ihn zu und stellte sich in Positur. In seinen Mundwinkeln war etwas weißer Schaum.

Plötzlich schwang er den Gummiknüppel hoch und stellte sich auf die Fußspitzen. Kenton biß auf die Zähne. Wie der Blitz sauste der Gummiknüppel herab und stoppte wenige Zentimeter vor Kentons Wange.

Kenton brach in kalten Schweiß aus. Die beiden Deutschen lachten. Auf Maillers Lippen erschien ein Lächeln, und er tätschelte Kentons Wange mit seinem Knüppel, der sich kalt, hart und fettig anfühlte. Im nächsten Augenblick verwandelte sich Maillers Lächeln in einen animalisch wilden Gesichtsausdruck, und der Knüppel sauste in tückischem Bogen auf Kentons Wange zu. Wieder stoppte er knapp davor. Wieder lächelte Mailler.

»Macht's Spaß, Kenton?«

Kenton sagte nichts.

Immer noch lächelnd klapste Mailler ihn mit dem Knüppel leicht auf die Wange.

Kenton dachte einen Augenblick, sein Kiefer sei geborsten. Der Schmerz war gräßlich.

Mailler trat einen Schritt zurück.

»Werden Sie langsam vernünftig, alter Junge«, fragte er »oder soll ich mal richtig loslegen?«

Kenton schwieg. Sein Schweigen schien den Captain zu erbosen, denn plötzlich trat er nach vorn und drosch wütend auf Kentons Knie und Beine ein.

Als der Prügelregen aufhörte, war Kenton einer Ohnmacht nahe und spürte, wie seine Willenskräfte schwanden. Prinzipien hin – Prinzipien her, wenn der Mann nochmals so auf ihn eindrosch, würde er nachgeben.

»Nun, alter Junge, reicht die Kostprobe?«

Kenton schaute Mailler kurz an. Er öffnete den Mund, um zu sprechen, aber er brachte keinen Ton heraus. Ihm war, als läge ein schweres Gewicht auf seiner Brust, das ihn erstickte. Er wollte schreien, schreien, daß er aufgeben wolle, daß sie ihre blöden Fotografien haben könnten. Er brachte eine einzige Silbe hervor:

»Nein.«

Er sah, wie Mailler den Knüppel wieder hob, sah das wutverzerrte rachsüchtige Gesicht. Er schloß die Augen, spannte die Muskeln an und wartete auf den Schlag.

Es kam aber keiner. Eine unheimliche Stille trat ein. Langsam öffnete Kenton die Augen.

Mailler stand immer noch vor ihm, aber sein Knüppel lag am Boden, und er hatte die Hände über dem Kopf erhoben. Hinter ihm standen die beiden Deutschen in derselben Haltung. Im Kellereingang stand ein kleiner stämmiger Mann mit einem dunklen bulligen Gesicht. Er trug einen dicken Wollschal zweimal um den Hals geschlungen. In der Hand hielt er einen schweren blauen Revolver, dessen Hahn gespannt war.

Auf deutsch sagte Zaleshoff:

»Wer eine Bewegung macht, wird erschossen!«

9. Kapitel

Zaleshoff schießt zweimal

Zaleshoff trat einen Schritt vor und erwiderte Kentons Blick.

»Sind Sie Mr. Kenton?« Sein Englisch hatte einen amerikanischen Akzent.

Kenton nickte.

Zaleshoff schaute zu Mailler.

»Wer ist dieser Mann?«

»Captain Mailler.«

»Sind oben noch mehr?«

»Ja. Ein Mann, der sich Colonel Robinson nennt. Sonst habe ich niemanden gesehen.«

»Hat er einen steifen Arm?«

»Ja.«

»Bind ihn los!« befahl Zaleshoff und richtete den Revolverlauf auf einen der verwirrten Deutschen.

Unter den wachsamen Blicken des Russen zog der Mann ein großes Klappmesser aus der Tasche und zerschnitt Kentons Fesseln. Der Journalist streckte sich und versuchte aufzustehen, aber die Schläge, die Mailler seinen Beinen versetzt hatte, schmerzten immer noch.

Zaleshoff fragte besorgt: »Können Sie stehen?«

»Gleich wird es gehen.«

»O.K. Je schneller, desto besser.«

»Bei Gott, dafür werden Sie mir büßen«, brüllte der Captain plötzlich.

Zaleshoff bückte sich nach dem Gummiknüppel und hielt ihn Kenton hin, behielt dabei aber die drei Männer scharf im Auge.

»Bitte schön. Möchten Sie ihn nicht am Captain ausprobieren?«

»Nur zu gern. Aber noch lieber möcht ich jetzt hier raus.«

»Gut. Nehmen Sie dieses Seil, binden Sie den Kerlen die Hände auf den Rücken und fesseln Sie sie an die Weinkisten dort an der Wand. Und vergessen Sie nicht, sie zu knebeln. Ich paß unterdessen auf.«

Kenton tat wie geheißen, aber als es ans Knebeln ging, wußte er nicht weiter.

Zaleshoff zeigte in eine Kellerecke und sagte: »Dort hat's alte Vorhänge. Reißen Sie einen in Fetzen, winden Sie sie auf und stopfen Sie sie den Kerlen in den Mund. Dann machen Sie hinterm Kopf einen Knoten.«

Kenton knebelte die drei Männer vorschriftsgemäß. Als Mailler aufbrauste und sich weigerte, den Mund zu öffnen, gab ihm Zaleshoff einen Klaps mit dem Gummiknüppel, worauf der Captain gehorchte.

»Wenn Sie gehen können, dann verschwinden wir jetzt«, sagte Zaleshoff.

Kenton folgte ihm durch den Gang, vorbei an der Steintreppe, in Richtung Halle. Am Ende des Ganges befand sich eine Tür, aber Zaleshoff beachtete sie nicht weiter und bog rechts in einen Durchgang ein. Dort hielt er an, wandte sich nach Kenton um und flüsterte ihm zu, leise zu gehen. Nach wenigen Schritten auf einem Bretterfußboden standen sie plötzlich im Freien.

Wie Kenton schon durch die Fensterläden bemerkt hatte, war der Himmel wolkenverhangen, und obschon kein Wind blies, klapperten Kentons Zähne vor Kälte. Da spürte er in seinen Händen etwas Warmes und Weiches: es war der Wollschal seines Begleiters. Kenton murmelte ein Dankeschön, schlang ihn sich um den Hals und fühlte sich sogleich besser. Der Fremde faßte Kenton am Arm, bedeutete ihm nochmals, leise zu sein, und zog ihn einen Pfad entlang, der aus lockeren Steinen bestand. Er führte zunächst etwa 20 Meter abwärts und dann steil aufwärts. Als sich eine schwarze Masse vor ihnen auftürmte, wußte Kenton, daß sie bei den Tannen waren.

Sie wandten sich nach links und schlichen möglichst geräuschlos durch die Büsche. Plötzlich drückte Zaleshoff Kentons Arm. Sie blieben stehen. Zuerst hörten sie nur schwaches Blätterrauschen, aber dann ertönte aus der Dunkelheit vor ihnen leise eine süßliche Melodie. Jemand pfiff gefühlvoll ein deutsches Liebeslied.

Einen Augenblick später schien elektrisches Licht grell durch die Büsche. Das Pfeifen brach ab und sie hörten einen leeren Benzinkanister auf Zementboden fallen.

Zaleshoffs Hände formten einen Trichter, und er flüsterte in Kentons Ohr:

»Wir müssen an der Garage vorbei, wenn wir zur Straße wollen. Durch den Wald dauert's zu lange.«

»Der Chauffeur hat einen Revolver«, erwiderte Kenton.

Zaleshoff schwieg einen Moment, dann sagte er: »Rühren Sie sich nicht vom Fleck«, und kroch zum Garagenvorplatz hin. Kenton blickte ihm nach, bis die undeutliche Silhouette von Kopf und Schultern nach links verschwand, lehnte sich dann an einen Stamm und wartete.

Das zeitgerechte Erscheinen des Fremden im Keller und der verständliche Wunsch, aus der unmittelbaren Reichweite des Colonel Robinson und seiner Mannschaft zu entkommen, hatten ihm keine Zeit gelassen, sich über seinen Gefährten allzuviele Gedanken zu machen. Die Nachbarschaft der Robinsonschen Residenz war zwar kein idealer Ort für einen Austausch von Lebensgeschichten. Dennoch sann er nun, alleingelassen, über dessen Identität nach. Er war sicher, daß dieser Mann Andreas war, derselbe, der Sachsens Zimmer im Hotel Josef durchsucht hatte und mit dem er im Hinterhof verwechselt worden war. Die untersetzte Figur mit dem großen Wollschal war unverkennbar. Das bedeutete, daß der Russe Sachsens Mörder sein konnte. Schöne Aussichten! Der amerikanische Akzent paßte allerdings nicht ins Bild, aber schließlich hatten ja viele englischsprechende Europäer einen amerikanischen Akzent. Auf jeden Fall kannte der Mann seinen Namen und schien auf seiner Seite zu stehen – welche immer das auch sein mochte –, und bis jetzt hatte er noch keine Mordabsichten verraten. Kenton wandte sich dem näherliegenden Problem zu, seine Hände und Füße warm zu kriegen.

Nach rund drei Minuten kam Zaleshoff wieder und zog Kenton mit sich den Weg entlang, auf dem sie hergekommen waren. Als sie außer Hörweite des Chauffeurs waren, berichtete er:

»Er fummelt am Wagen herum. Wir müssen aber an ihm vorbei, ohne gesehen zu werden. Hier können wir auf keinen Fall bleiben. Wenn Saridza in den Keller geht, um zu sehen, wie seine Folterknechte vorankommen, sind wir geliefert.«

»Wer ist Saridza?«

»Colonel Robinson. Sein wirklicher Name ist Saridza.«

Kenton beschloß, bei Gelegenheit auf diesen Namen zurückzukommen.

»Was schlagen Sie vor?«

»Ich habe einen Wagen hier, das heißt zwei Kilometer weiter unten an der Straße. Wir müssen ihn erreichen, bevor Saridza Sie vermißt. Auf der Straße sind wir ihnen ausgeliefert.«

»Wo gehen wir durch?«

»Die Zufahrt zur Garage ist eine Art Hohlweg, der durch den Hügel führt. Er ist am Hügelkamm am schmälsten, aber die Wände sind dort zu hoch. Wir müssen also die Zufahrt hier überqueren, und einen günstigen Moment abwarten, wenn der Chauffeur in der anderen Richtung schaut.«

»Gut«.

Vorsichtig schlichen sie durch die Büsche wieder auf den Garagenvorplatz. Ein Wegstück war leicht zurückzulegen, aber dann schlossen sich die Büsche eng zusammen, und sie mußten am Boden entlangkriechen, um sich nicht durch Blätterrauschen zu verraten. Endlich schien von rechts her das Licht aus der Garage durch Gesträuch und Zaleshoff blieb stehen.

»Gleich sind wir beim Hügeleinschnitt«, flüsterte er. »Bis zum Boden sind es zwei Meter.«

Sie gingen noch etwas weiter. Plötzlich sah Kenton unter sich ein Stück hell beleuchteten Zementboden. Er beugte sich vor, um besser zu sehen. In einer Entfernung von ungefähr fünfzehn Metern stand die schwarze Limousine. Die Haube war offen und der Chauffeur hantierte am Motor.

Zaleshoff griff sich einen überhängenden Ast und ließ sich auf den Zementboden hinunter. Kenton folgte ihm. Sie versteckten sich hinter einem Strauch, von wo sie sowohl den Chauffeur als auch die Böschung auf der andern Seite der Zufahrt sehen konnten.

Von dort schauten sie ein paar Minuten dem Chauffeur bei seiner Arbeit zu. Er schien die Beleuchtungsanlage zu prüfen, denn er ging immer wieder zum Armaturenbrett im Wagen und drehte die Lichter an und ab. Kenton war schon am Verzweifeln, als der Chauffeur seine Taschen durchstöberte, die Werkzeuge auf dem Trittbrett musterte und dann zur Garage ging.

»Los!« zischte Zaleshoff.

Er stand auf und schritt ruhig über die Zufahrt auf die Böschung zu. Kenton folgte ihm, aber seine zerschundenen Beine waren vom Kauern steif geworden, und so stolperte er geräuschvoll über den Zementboden. Er nahm sich zusammen, aber das Unglück war schon geschehen. Aus der Garage ertönte eiliges Füßegetrappel, ein Schrei und ein dumpfer Knall, der nur bedeuten konnte, daß er direkt in der Schußlinie eines großkalibrigen Revolvers stand.

Als Kenton auf die rettenden Büsche zustürzte, pfiffen noch zwei Kugeln über seinen Kopf hinweg. Aus dem Dunkel vor ihm blitzte und krachte es, und aus der Richtung der Garage antwortete ein Schmerzensschrei. Blindlings warf sich Kenton ins Gestrüpp. Ein Zweig schlug ihm ins Gesicht. Dann packte ihn eine Hand am Mantelkragen und zog ihn die steile Böschung hinauf.

»Schnell; kommen Sie!« flüsterte Zaleshoff.

Kenton rappelte sich hoch und taumelte zwischen den Bäumen seinem Gefährten nach. Es ging zu einer Wasserrinne hinunter, wo der Boden keinerlei Hindernisse aufwies. Auf der andern Seite der Wasserrinne war ein Stacheldrahtzaun. Gerade als sie unten durch krochen, hörten sie hinter sich das durchdringende Aufheulen eines Boschhorns – das Alarmzeichen. Mühsam kämpften sie sich durch das wildwuchernde Farngestrüpp auf der andern Seite des Zaunes.

»In fünf Minuten müssen wir beim Wagen sein«, keuchte Zaleshoff.

»Haben Sie den Chauffeur eigentlich erschossen?«

»Nein, ich hab ihn bloß am Arm getroffen. Es hätte aber nichts geholfen, wenn ich ihn getötet hätte. Die Knallerei hätte selbst Tote auferweckt. Es wird nicht lange dauern, bis die drei Buben aus dem Keller befreit sind.«

Wenig später schlitterten sie einen Abhang hinunter auf die Straße und rannten ihr entlang auf Zaleshoffs Wagen zu, der sich weiter unten im Tal befand.

Die Abenteuer der letzten 24 Stunden und der leere Magen machten sich nun bei Kenton bemerkbar; er war nicht in der Verfassung, längere Strecken durchzuhalten. Nach 500 Metern hätte er sich am liebsten auf den Boden geworfen. Ihm war, als renne er im Treibsand. Jeder Atemzug tat ihm weh. In seinem Kopf spürte er eine unangenehme Leere. Zaleshoff, der ihn erbarmungslos vorangetrieben hatte, ging endlich langsamer. In diesem Moment ertönte vom Hügel droben ein schwaches Motorengeräusch, und zwei Scheinwerfer geisterten durch die Nacht.

»Da kommen sie schon«, schnaufte Zaleshoff. »Weg von der Straße. Sie dürfen nicht wissen, daß wir einen Wagen haben, sonst sind wir erledigt. Wir haben nur eine Chance. Wir müssen sie ablenken, damit wir ungesehen zum Wagen kommen.«

Kenton rang nach Luft und nickte.

»Kommen Sie«, sagte Zaleshoff. »Hier rauf, schnell!«

Sie verließen die Straße, die sie heruntergerannt waren und die hier schnurgerade verlief, und wandten sich nach rechts, wo es steil bergan ging, Tanne an Tanne bis hinauf zum Gipfel. Links fiel eine Felswand ungefähr 100 Meter ab zur Straße, die dort unten nach einer Haarnadelkurve wieder vorbeiführte. Zwanzig Meter weiter oben, mitten unter den hohen schlanken Stämmen, blieben sie stehen.

»Wenn sie kommen, stellen Sie sich hinter einen Baum und tun, was ich sage.«

Kenton war so erschöpft, daß er nur noch blind gehorchen konnte. Er gab murmelnd sein Einverständnis, lehnte sich an einen Baum und starrte ins undurchdringliche Waldesdunkel.

»Hier sind sie schon.«

Kenton wandte den Kopf und sah in der Ferne einen Lichtpunkt, der sich hin und herbewegte, dann plötzlich zu einem Lichtstrahl anwuchs und durch die Bäume schien.

»Sie haben den Suchscheinwerfer eingestellt, als sie oben weggefahren sind. Bleiben Sie hinterm Baum.«

Das Licht kam näher, und lange Schatten tanzten über den Waldboden. Zaleshoff hatte seinen Revolver auf einem kleinen Seitentrieb des Baumes, hinter dem er stand, in Anschlag gebracht und zielte sorgfältig. Dann gab er einen Schuß ab, und das Licht ging aus. Von unten ertönte ein Schrei.

Zaleshoff gratulierte sich mit einem russischen Jubelruf.

»Ein Volltreffer auf zwanzig Schritte«, fügte er hinzu. »Jetzt heißt's weiterkraxeln, bis zur Straße rauf!«

Als sie etwa fünfzehn Meter weiter oben waren, hörten sie unten das Geräusch eines zerbrechenden Astes. Sie blieben stehen.

Plötzlich blitzte eine Taschenlampe auf.

»Ducken«, zischte Zaleshoff.

Da ertönte auch schon das scharfe Knallen einer kleinen automatischen Pistole. Die Kugel traf weiter oben einen Stein und pfiff als Querschläger weiter.

Zaleshoff ließ ein Schmerzensgeheul hören, dem von unten Maillers Triumphschrei antwortete.

»Sind Sie verwundet?« fragte Kenton blöde.

»Nein«, antwortete Zaleshoff, »aber wir wollen ihnen doch eine kleine Freude machen. Weiter!«

Jetzt ging's bergab. Der Mond schien durch eine dünne Wolke, und man konnte die unscharfe Silhouette des Waldrandes sehen, wo der Sucher bald da, bald dort Lichtstreifen ins Schwarze malte.

»Halt!« flüsterte Zaleshoff.

Sie waren nahe der Straße. Fünfzig Meter weiter unten konnte man die Rücklichter der Limousine sehen.

»Sie gehen jetzt so leise wie möglich über die Straße«, sagte er dann, »und soweit den Abhang hinunter, daß man Sie vom Straßenrand aus nicht sehen kann. Dort warten Sie auf mich.«

»Was haben Sie vor?«

»Ich will herausfinden, ob einer Saridzas Wagen bewacht.«

»Warum?«

»Jetzt haben wir keine Zeit für Erklärungen. Gehen Sie über die Straße, und machen Sie keine unnötigen Geräusche.«

»Ich geh ja schon.«

Kenton schlich auf Zehenspitzen langsam über die Straße und suchte sich einen Weg den Hang hinunter. Zuerst war's schwierig, denn es gab überall große Steine, die locker saßen. Dann aber gelangte er zu den Bäumen, und er konnte im Zickzack von Stamm zu Stamm tappen. Bald war er im Stockdunkeln, wo er sich hinsetzte und auf seinen Gefährten wartete.

Zehn Minuten saß er so und dachte, wie gering seine Chancen waren, keine Lungenentzündung zu bekommen, als er von der Straße her ein leises Geräusch hörte. Zaleshoff rief seinen Namen, Kenton antwortete, und der Russe stieg zu ihm herab.

»Pech gehabt«, sagte er. »Ich hatte gehofft, sie würden den Wagen unbewacht lassen, dann hätte ich auf den Benzintank geschossen. Aber so war's mir zu gefährlich. Saridza selbst steht Wache, und er hat ein Gewehr.«

»Und was tun wir jetzt?«

»Wir müssen von hier aus versuchen, durch den dunklen Wald auf die Straße hinunterzukommen. Es wird kein Kinderspiel sein, und ich trau mich nicht, eine Taschenlampe anzumachen. Sie würde uns verraten. Aber wir haben keine andere Wahl.«

Für Kenton war dieser Abstieg ein wahrhaft höllisches Unternehmen. Der Waldboden war mit tiefen Löchern übersät, so daß Kenton ständig ausglitt und den Hügel hinuntersauste, um dann von Baumstämmen schmerzlich aufgehalten zu werden. An besonders abschüssigen Stellen mußten sie auf allen vieren gehen, und dabei wurde ein Hosenbein von einem dürren Ast übel zugerichtet. Gesicht und Hände wurden zerschrammt, und überdies verstauchte er sich ein Handgelenk. In der totalen Finsternis wurde er von einem panischen Gefühl der Hilflosigkeit ergriffen. Als er endlich unten auf der Straße ankam, war er einem Zusammenbruch nahe.

Zaleshoff, dessen Kleider beim Abstieg ebenfalls gelitten hatten, packte Kenton am Arm und rannte mit ihm die Straße entlang.

Kenton kam es vor, als rannten sie eine Ewigkeit so. Endlich verlangsamte Zaleshoff das Tempo, und Kentons halbgeschlossene Augen nahmen die Umrisse eines großen Tourenwagens wahr. Das Verdeck war zurückgeklappt und die Lichter brannten nicht. Neben der vorderen Tür stand eine junge Frau.

Sie kam ihnen entgegen.

»Was ist geschehen, Andreas?« fragte eine bekannte Stimme.

Kenton bekam einen hysterischen Lachanfall.

»Andreas«, japste er, »Sie brauchen mich nicht vorzustellen. Wir kennen einander schon.«

Er löste sich von Zaleshoff, machte einen Schritt nach vorn und blieb dann stehen. Seine Knie schienen einzuknicken und in seinem Kopf hörte er ein Rauschen. Und dann fiel er, zum ersten Mal in seinem Leben, in Ohnmacht.

10. Kapitel

Zaleshoff redet

Kenton spürte ein angenehmes Brennen in der Magengrube und im Mund einen Geschmack nach Terpentin und Olivenöl.

Eine Männerstimme sagte etwas auf russisch, das er nicht verstand, und ein Glas klirrte gegen seine Zähne. Jetzt war er wieder bei vollem Bewußtsein, setzte sich hustend und nach Luft ringend auf und schaute umher.

Er saß auf einem Plüschsofa und glaubte zuerst, er befinde sich in einem Trödlerladen. Ein älterer Mann mit leichenblassen Wangen beugte sich über ihn und strahlte ihn aus eingesunkenen Augen an. In der einen Hand hielt er eine Flasche mit einer blaßgrünen Etikette, in der andern ein halbvolles Gläschen, das eine farblose Flüssigkeit enthielt. Kenton verstand jetzt, woher das Brennen im Magen und der seltsame Geschmack im Mund kamen. Er hatte Wodka getrunken.

Am Tisch saß der Mann, den er als Andreas kannte, und schaute ihn besorgt an.

»Geht's besser?« fragte Zaleshoff.

Kenton nickte ohne Überzeugung und wischte sich etwas Wodka vom Kinn. Seine Hand war jodbefleckt. Der Mann mit dem Wodka bot ihm die Flasche an. Kenton schüttelte den Kopf und schaute fragend zu Zaleshoff. Als er den Mund öffnete, um etwas zu sagen, kam ihm der Russe zuvor.

»Sie befinden sich in einem Haus an der Kölner Straße in Linz. Meine Schwester und ich haben Sie hierhergebracht. Sie ist schnell weggegangen, um etwas zum Essen zu kaufen. Sie sind doch sicher hungrig?«

»Das ist lieb von ihr«, sagte Kenton. »Es tut mir leid, daß ich Ihnen Ungelegenheiten bereite.«

»Ja, das tun Sie, Mr. Kenton«, sagte Zaleshoff sanft. »Aber nicht so, wie Sie glauben. Unser Gastgeber, Raschenko, wird Ihnen gern alle Wünsche erfüllen. Es ist sinnlos, ihm zu danken«, fügte er hinzu, als der Journalist sich umdrehte, »er versteht kein Englisch. Zudem kann der Ärmste nicht sprechen.«

Kenton murmelte seinen Dank auf deutsch; Raschenko lächelte und nickte ermutigend. Der Journalist wurde verlegen und wandte sich wieder Zaleshoff zu.

»Es tut mir leid, daß ich so aufdringlich bin, aber würden Sie wohl die Liebenswürdigkeit haben, mir einige Fragen zu beantworten? Vielleicht verraten Sie mir, wer Sie sind und warum ich hier bin? Ich wüßte auch gern, wieso Sie meinen Namen kennen, warum Sie mich aus jenem Haus gerettet haben und, wenn das keine indiskrete Frage ist, ob Sie schuld sind am Tode eines Mannes namens Sachs oder Borovansky. Zwar glaube ich zu wissen, warum Sie sein Zimmer durchsucht haben, aber ich würde gerne Genaueres darüber erfahren. Ferner interessiert mich der Mann, der sich Colonel Robinson nennt. Warum nannten Sie ihn Saridza? Es sind mir noch einige Nebensächlichkeiten unklar, aber bleiben wir doch vorerst bei den Hauptsachen. Übrigens: wie spät ist es eigentlich?«

»Etwas nach Mitternacht«, antwortete Zaleshoff, seine Lippen schürzend. »Was Ihre anderen Fragen anbetrifft, so schlage ich vor, daß wir zuerst einmal für das leibliche Wohl sorgen, bevor wir uns dieser Angelegenheit zuwenden. Tamara wird jeden Moment zurückkommen und uns dann zusammen mit Raschenko etwas kochen. Unterdessen trinken Sie und ich einen Wodka.« Er schlug auf den Tisch wie ein Auktionator. »Was halten Sie davon?«

Kenton lächelte.

»Sie gefallen mir, Andreas«, sagte er dann. »Sie wissen

doch ganz genau, daß ich etwas habe, auf das Sie scharf sind. Als Sie eben hörten, daß ich gesehen habe, wie Sie Sachsens Zimmer durchsuchten, haben Sie sich überhaupt nichts anmerken lassen, und nun schlagen Sie mir vor, daß wir zuerst essen und trinken, bevor wir miteinander reden. Übrigens, fast hätte ich vergessen, mich für die Befreiung bei Ihnen zu bedanken.«

Zaleshoff schüttelte besorgt den Kopf.

»Sie mißverstehen meine Motive, Mr. Kenton. Versuchen Sie einmal aufzustehen.«

Als Kenton sich erhob, erfaßte ihn ein Schwindel, und er setzte sich rasch wieder hin.

»Glauben Sie mir jetzt, Mr. Kenton, daß es sinnlos wäre, eine Unterhaltung anzufangen? Raschenko war einst Mediziner. Er hat festgestellt, daß Sie sich in einem Zustand totaler Erschöpfung befinden. Sie leiden unter einem schweren Schock und den Nachwirkungen einer Gehirnerschütterung. Außerdem haben Sie seit geraumer Zeit nichts mehr gegessen. Ihre augenblickliche Hochstimmung ist eine Folge des Wodkas. Nehmen Sie noch ein Gläschen?«

Raschenko machte sich am Herd zu schaffen. Zaleshoff nahm die Flasche, goß zwei Gläschen voll und gab eins Kenton.

»Wodka«, dozierte er, »darf den Gaumen nicht berühren. Er muß direkt die Kehle hinunterrinnen. Ich mach's Ihnen vor. Prosit!«

Er hob das Glas an die Lippen, warf den Kopf zurück und schluckte einmal. Dann setzte er das leere Glas ab.

Kenton tat's ihm gleich und fühlte wieder die angenehme Wärme im Magen.

»Ausgezeichnet! Trotzdem«, fing er stur wieder an, »würde ich jetzt gerne wissen, wer Sie sind ...«

Er wurde durch ein Klopfen an der Tür unterbrochen. Zaleshoff drehte sich im Stuhl um, und Kenton sah, daß er den blauen Revolver in der Hand hielt. Raschenko schaute

Zaleshoff fragend an, und dieser nickte. Die Türe wurde geöffnet, und herein kam Tamara, die in der Hand ein volles Netz trug.

»Mr. Kenton«, sagte Zaleshoff und machte mit dem Revolver eine theatralische Geste, »dies ist meine Schwester Tamara. Tamara, dies ist Mr. Kenton.«

Die junge Frau nickte Kenton mit ernster Miene zu.

»Bitte, Andreas«, sagte sie, »nicht mit der Pistole so herumfuchteln. Sie könnte losgehen.«

Ihr Bruder ignorierte ihre Worte und wandte sich wieder zu Kenton.

»Wie gefällt sie Ihnen, mein Freund?«

»Sie ist sehr schön«, antwortete Kenton, »so schön wie ihre Stimme.«

Zaleshoff schlug sich auf den Schenkel vor Lachen.

»Da siehst du, Tamara, wie Wodka selbst dem kaltblütigen Engländer einheizt. ›Sie ist sehr schön, so schön wie ihre Stimme.‹ Hast du das gehört?« Er übersetzte den Satz für Raschenko, der lächelte und ihnen zunickte.

»Du bringst ihn doch in Verlegenheit«, erwiderte die junge Frau ruhig und leerte das Netz in einen Sessel. »Seien Sie vorsichtig«, bemerkte sie über die Schulter zu Kenton, »mein Bruder will Sie einwickeln. Wenn Sie sich dann in Sicherheit wiegen, zieht er Ihnen die Würmer aus der Nase.«

Zaleshoff sprang auf, warf den Stuhl um und fluchte. Dann zeigte er mit dem Finger anklagend auf seine Schwester.

»Da haben Sie es!« brüllte er. »Was immer ich auch tue, die Tochter meiner Mutter stellt mir ein Bein. Ich pflege Sie, ich gebe Ihnen Wodka, wir werden Freunde – schwupps! – kommt auch schon Tamara und verdirbt alles mit ihrer Dummheit.«

Er sank in den Stuhl zurück und verbarg das Gesicht in den Händen.

»Sehr lustig«, kommentierte Kenton trocken. »Könnte ich vielleicht ein Glas Wasser haben?«

Zaleshoff hob langsam den Kopf und starrte Kenton verdrossen an. Plötzlich schlug er mit der flachen Hand auf den Tisch und brüllte vor Lachen.

Endlich sagte er:

»Den legen wir nicht so schnell herein, Tamara. Der läßt sich nicht mit billigen Tricks hinters Licht führen. Jetzt wissen wir, warum die Engländer so gute Diplomaten sind.«

»So?« fragte Tamara und zog ihren Mantel aus.

»Aber natürlich!« Mit strahlender Miene wandte er sich an Kenton. »Verzeihen Sie mir bitte, Mr. Kenton. Ich hätte mir denken können, daß solche Mätzchen eine Beleidigung für Ihre Intelligenz sind. Sind Sie mir sehr böse?«

»Aber überhaupt nicht«, antwortete Kenton, dem die Sache allmählich peinlich wurde. Der Mann benahm sich nachgerade kindisch, fand er.

Der Russe seufzte erleichtert.

»Dann bin ich beruhigt«, sagte er feurig. Und träumerisch fuhr er fort: »Wenn uns Mr. Kenton nur etwas Einblick in seine Gedanken gewähren würde.« Plötzlich beugte er sich nach vorn. »Dann wüßte ich zum Beispiel, warum Mr. Kenton das Eigentum der sowjetischen Regierung mit solcher Hartnäckigkeit verteidigt.«

Dieser Angriff kam für Kenton völlig überraschend. Einen Augenblick schwieg er. Man hörte nur das Ticken der Uhr und das schwache Zischen des Ofens. Irgendwie hatte sich die Atmosphäre im Zimmer verändert. Sogar Raschenko spürte das und unterbrach seine Kocherei. Die junge Frau, die mit dem Rücken zur Tür stand, starrte auf den Tisch. Zaleshoff hatte seine theatralische Scherzhaftigkeit abgelegt und musterte Kenton aufmerksam mit seinen blauen Augen, die jetzt außerordentlich schlau und berechnend wirkten.

All dies realisierte Kenton im Bruchteil einer Sekunde.

Lächelnd erwiderte er: »Ich dachte, wir würden das Geschäftliche nach dem Essen erledigen. Aber wenn es Ihnen so ...«

Zaleshoff floß über vor Entschuldigungen.

Ja, ja, Mr. Kenton hatte recht, natürlich. »Also, ein Glas Wasser? Oder hätten Sie lieber noch einen Wodka? Nein? Raschenko wird gleich fertig sein.«

Es folgten ein paar rasch gesprochene Worte auf russisch und ein Nicken Raschenkos. Dann erzählte Zaleshoff seiner Schwester eine stark übertriebene melodramatische Version ihrer Flucht aus dem Haus. Kenton schien man vergessen zu haben.

Endlich kam das Essen – *Borschtsch* mit saurem Rahm und kleine Gemüsepasteten. Zaleshoff sang ein Loblied auf Raschenkos Kochkünste, aber sonst wurde kein Wort gesprochen. Kenton war sehr verwirrt und suchte diesem Zustand durch Nachdenken abzuhelfen. Aber er war auch sehr hungrig und langte kräftig zu. Kaum waren sie fertig, als Raschenko die Teller wegräumte.

»Zigarette gefällig?«

Kenton nahm dankend eine, zündete sie an und sog genußvoll den Rauch ein. Langsam wurde ihm wieder besser.

»Wohin hast du den Zettel gelegt, Tamara?« fragte Zaleshoff.

Sie ging zum Schrank und kehrte mit einem grauen Blatt Papier zurück, das mit winzigen Schriftzeichen bedeckt war. Ihr Bruder nahm es ihr aus der Hand, drückte Kenton in das Sofa und setzte sich ihm gegenüber. Die junge Frau saß hinter dem Tisch, in der Hand einen Bleistift, vor sich einen Notizblock.

»Ist das ein Verhör?«

Über Tamaras Gesicht huschte ein Lächeln.

»Überhaupt nicht«, stellte Zaleshoff etwas zu betont fest. Er hielt den grauen Zettel empor. »Wissen Sie, was das ist, Mr. Kenton?«

Der Journalist verneinte.

Zaleshoff gab ihm das Blatt.

Kenton betrachtete das Blatt. Es war überschrieben: ›Dos-

SIER K. 4596‹ und begann: ›Desmond d'Esterre Kenton, Journalist, geboren 1906 in Carlisle.‹ Es folgten in deutscher Sprache die Lebensläufe seiner Eltern, sein Signalement, seine Charaktereigenschaften, sein Werdegang, seine politischen Neigungen, seine Mitarbeit bei verschiedenen Zeitungen, alles mit einer Akribie und einem Verständnis geschrieben, die un heimlich wirkten. Er las es zweimal durch und gab es zurück.

»Sehr gut«, bemerkte er, »aber es stimmt nicht, daß ich den Großteil des Jahres 1934 in Ungarn verbrachte. Ich war damals fast immer in Rom.«

Zaleshoff blickte finster und ließ ein böses Knurren hören.

»Bitte, Tamara, schreib das auf und leite es weiter.« In griesgrämigem Ton fuhr er zu Kenton gewandt fort: »Ekelhaft! Ich kann die Leute einfach nicht dazu bringen, ihre Informationen anständig nachzuprüfen. Immer wieder steht man blamiert da.«

Kenton hatte nicht das Gefühl, daß er hierzu etwas sagen müsse.

»Ich habe Ihnen dieses Blatt gezeigt«, fuhr Zaleshoff fort, »um Ihnen etwas über mich zu sagen, nicht um Sie zu beeindrucken. Es ist unwichtig.« Er warf es auf den Tisch. »Du kannst es zerreißen, Tamara.«

Kenton bemerkte, daß die junge Frau den Zettel sorgfältig hinten ins Notizbuch legte.

»Und nun wollen wir das Geschäftliche besprechen«, sagte Zaleshoff leutselig. »Möchten Sie mir erzählen, was Sie denn eigentlich gestern im Hotel Josef gemacht haben?«

Kenton betrachtete seine Zigarette.

»Mit Vergnügen«, murmelte er. »Aber wie mir scheint, haben Sie eine wichtige Vorbedingung übersehen.«

»Was soll das heißen?«

Kenton sah auf und sein Blick begegnete dem des Russen.

»Ich möchte zunächst wissen, wen ich vor mir habe.«

Das Schweigen, das eintrat, wurde nur vom Tellerklappern aus der Küche unterbrochen.

Zaleshoff schaute finster drein.

Endlich antwortete er. »Ich sehe zwar nicht ein, was mein Name mit der Sache zu tun hat, aber bitte schön: Ich heiße Andreas Prokovitsch Zaleshoff. Mein Name wird Ihnen kaum etwas sagen.«

»Sagten Sie Zaleshoff?«

Der Russe bejahte unmutig. Kenton lehnte sich im Sofa zurück und dachte nach. Dann schnippte er mit den Fingern.

»Ich hab's.«

Der Russe hob die Augenbrauen.

»Jetzt erinnere ich mich«, fuhr Kenton fort. »Sie wurden 1922 wegen kommunistischer Agitation aus den Vereinigten Staaten ausgewiesen. Ich glaube, es war in Pittsburgh. Es könnte aber auch in Detroit gewesen sein. Nun, Sie werden es sicher noch wissen?«

Er erwartete einen theatralischen Ausbruch von Empörung. Zu seiner Überraschung sah er, daß Zaleshoff tief errötete.

»Chicago«, murmelte er und machte ein Schafsgesicht.

Tamara lachte.

Es war nach Kentons Meinung ein durchaus angenehmer Laut, doch ihr Bruder fuhr herum und schlug wütend mit der Faust auf den Tisch.

»Lach nicht so blöd!« Er wandte sich wieder zu Kenton und bemerkte in bemüht forschem Ton, der eher komisch wirkte: »Es stimmt.« Entschuldigend zuckte er die Achseln. »Ich war damals halt noch unerfahren. Ein Dummerjungenstreich, weiter nichts. Aber es war 1925, mein Lieber, und in Chicago.« Er lachte, aber es klang immer noch wenig überzeugend. »Den Namen haben Sie richtig behalten, aber die Fakten stimmten nicht.«

»Kein Wunder«, grinste Kenton. »Als Sie aus Chicago ausgewiesen wurden, war ich ein Jüngling mit Pickeln. Ich habe Ihren Namen jetzt zum ersten Mal in meinem Leben gehört.«

Zaleshoff lehnte sich zurück und schnaubte durch die Nase. Tamara, die das Lachen kaum unterdrücken konnte, fragte:

»Soll das heißen, Mr. Kenton, daß Sie gar nicht wußten, daß wir in Amerika waren, und diese Geschichte soeben erfunden haben?«

Kenton nickte.

»Ja, ich habe sie erfunden. Sie beide sprechen Englisch so fließend wie ich, aber mit einem amerikanischen Akzent. Sie müssen also einige Jahre in den Staaten gelebt haben. Da ich aus guten Gründen annehmen mußte, daß Ihr Bruder für die Sowjetregierung arbeitet, schien mir die Ausweisung das passende Stichwort zu sein, um die Bestätigung meiner Vermutung aus seinem Munde zu hören.«

»Da soll doch gleich . . .« begann Andreas Prokovitch, aber seine Schwester unterbrach ihn.

»Die Ochrana hat unseren Vater 1910 heimtückisch ermordet. Unsere Mutter floh mit Andreas von Baku über Mexiko, wo ich geboren wurde, in die Vereinigten Staaten. Sie hat sich aber nie eingebürgert, und als die Polizei Andreas wegen seiner Propaganda Schwierigkeiten machte, entdeckte sie auch, daß wir Russen waren, und wies uns aus. Mutter war tot, wir sprachen besser Russisch als Englisch, also bewarben wir uns um die sowjetische Staatsbürgerschaft. Das ist alles.«

»Wenn du mit unserer Familiengeschichte fertig bist, Tamara«, fauchte ihr Bruder, »möchte ich gerne selber mit Mr. Kenton reden.« Er wandte sich an den Journalisten. »So, Mr. Kenton, jetzt haben wir Ihre Vorbedingungen erfüllt. Wie wär's nun, wenn Sie uns Ihre Geschichte erzählen würden? Wie kamen Sie ins Hotel Josef?«

Kenton überlegte einen Augenblick, dann sagte er:

»Nun gut. Kann ja niemandem schaden.«

Zaleshoff lauschte aufmerksam, als Kenton seine Begegnung mit Sachs schilderte, seine Gründe anführte, warum er dessen Angebot angenommen hatte, und sein Abenteuer im Hotel Josef erzählte. Als er aber zu seiner Unterredung mit ›Colonel Robinson‹ kam, unterbrach ihn der Russe mit Fragen. Worüber hatten sie gesprochen? War von Erdöl die Rede gewesen? Wieweit war Mailler in die Pläne seines Vorgesetzten eingeweiht? Als Kenton Colonel Robinsons ›Auftraggeber in London‹ erwähnte, glänzten Zaleshoffs Augen, und er sagte rasch etwas auf russisch zu seiner Schwester. Die Absicht des Colonel, nach Prag zu gehen, wurde säuberlich notiert.

»Und dann«, schloß Kenton, »erschienen Sie auf der Szene. Wie, ist mir ein Rätsel.«

»Das ist schnell erklärt. Ich sah, wie Saridzas Leute Sie aus dem Hotel Werner trugen. Dann durchsuchte ich Ihr Zimmer. In einer Ihrer Manteltaschen fand ich einen Zettel aus einem kleinen Notizbuch. Es standen zwei Adressen drauf, offensichtlich von einem Russen geschrieben: Hotel Josef und Villa Paschik. In dieser Villa habe ich Sie schließlich gefunden.«

»Aber wie wußten Sie überhaupt von mir?« Ein Gedanke durchzuckte ihn. »Ich nehme an, das Individuum mit dem Teiggesicht, das Sachs als Nazispitzel bezeichnete, war nicht etwa ein guter Freund von Ihnen?«

Zaleshoff machte ein Pokergesicht.

»Wer hat Sachs ermordet?« insistierte Kenton.

Die beiden Russen tauschten rasch einen Blick des Einverständnisses. Dann zuckte Zaleshoff die Achseln.

»Ja, wenn man das wüßte!«

»Nun gut«, meinte Kenton gereizt, »dann eben nicht. Was wollen Sie denn sonst noch von mir wissen?« fügte er höhnisch hinzu.

Seine Kopfschmerzen waren wieder da.

»Zwei Dinge noch, Mr. Kenton«, schnurrte Zaleshoff.

»Und die wären?«

»Ich habe, da ich unterm Fenster stand, den Schluß Ihrer Unterredung mit Saridza mitangehört. Warum haben Sie eigentlich die Fotografien nicht hergegeben, Mr. Kenton? Sie hätten sich dadurch das schmerzhafte Intermezzo mit Captain Mailler erspart.«

Kenton lachte auf.

»Mein Vater, lieber Zaleshoff, war Ire, meine Mutter Französin. Ich bin selber überrascht, aber es scheint, daß ich von ihnen zwei seltsame Eigenschaften geerbt habe: Halsstarrigkeit und einen Hang zum Groll.«

Der Russe warf seiner Schwester einen Blick zu.

»Kannst du das verstehen, Tamara? Ich hab dir doch erzählt, was sie ihm antaten.«

Die junge Frau nickte. Zaleshoff wandte sich wieder an Kenton.

»Und jetzt möchte ich bloß noch wissen, wo die Fotografien sind.«

Kenton überlegte schnell. Offensichtlich hatte Zaleshoff nicht das ganze Gespräch mit Colonel Robinson mitangehört und wußte vom Café Schwan nichts.

»Wissen Sie es wirklich nicht?«

Langsam schüttelte Zaleshoff den Kopf. Kenton sah in seinen Augen wieder den Ausdruck von Feindseligkeit aufkommen, der ihm schon zu Beginn ihres Gespräches aufgefallen war.

»Dann schlage ich Ihnen ein Geschäft vor, Monsieur Zaleshoff.«

»Wirklich?«

»Ja, ich will eine Entschädigung für die verschiedenen Unannehmlichkeiten, die mir in den letzten 24 Stunden widerfahren sind.«

Die Lippen des Russen wurden schmäler, und er reckte sein Kinn aggressiv vor.

»Wieviel?« fragte er beherrscht.

Kenton mimte den Erschrockenen.

»Aber doch kein Geld, wo denken Sie hin? Das ist jetzt schon das dritte Mal, daß man mir wegen dieser blöden Fotografien mit Schmiergeldern kommt!« Vorwurfsvoll fügte er hinzu: »Von Ihnen hätte ich das nicht gedacht, Monsieur.«

Zaleshoffs Gesicht verfinsterte sich.

»Zur Sache, bitte.«

»Bin schon dabei. Wie Sie wissen, bin ich Journalist. Kurz bevor ich den seligen Borovansky traf, überlegte ich mir, wie ich wohl zu einer Story kommen könnte, die mir nicht schon fünf Minuten nach Erscheinen von sämtlichen Tintenfingern Mitteleuropas geklaut werden würde. Ich glaube, daß ich einer solchen exklusiven Geschichte auf der Spur bin. Ich will mehr über die Auftraggeber unseres Freundes Saridza erfahren. Wer sie sind, was sie tun, und warum sie so scharf sind auf Rumänien und Bessarabien. Ich will wissen, was das Erdöl damit zu tun hat, welche Rolle Sie in dieser Geschichte spielen. Wenn Sie mir die lautere Wahrheit, die Hintergründe, den ganzen Krempel oder wie immer Sie das Ding in Chicago genannt haben, liefern, kriegen Sie die Fotografien. Was meinen Sie dazu?«

Zaleshoff schaute grimmig drein.

»Es tut mir leid, Mr. Kenton, aber ich muß Sie enttäuschen. Ich wundere mich übrigens, daß ein Mann von Ihrer Erfahrung einen solchen Vorschlag machen kann. Ich kann Ihnen versichern, daß ich keine sensationellen Enthüllungen bieten kann.« Er lächelte. »Vielleicht weiß Tamara etwas.«

»Ja, wollen Sie denn die Fotografien nicht haben?«

»Selbstverständlich. Aber ich bin nicht ermächtigt, der Presse gegenüber Erklärungen abzugeben. Zudem ist das hier eine rein geschäftliche Angelegenheit ohne jeden politischen Hintergrund.«

»Das möchte ich aber doch sehr bezweifeln.«

»Keine Zeitung würde eine solche Belanglosigkeit publizieren.«

»Das lassen Sie ruhig meine Sorge sein.«

Es folgte ein langes Schweigen. Dann sagte die junge Frau: »Ich glaube, daß wir nicht um einen Kompromiß herumkommen, Andreas.«

Der Russe schaute Kenton einige Sekunden an und zuckte dann die Achseln.

»Meinetwegen. Darauf kommt's jetzt auch nicht mehr an.«

Kenton fand die Bemerkung seltsam, aber Zaleshoff gab keine Erklärung dafür.

»Schade ist nur«, meinte er in giftigem Ton, »daß wir Mr. Kenton nicht etwas länger in der Obhut dieses talentierten Captain Mailler gelassen haben.«

Raschenko brachte ihnen Tee in Gläsern. Zaleshoff drückte einen Zitronenschnitz im Glas aus und rührte mit düsterer Miene den Löffel um.

Endlich schaute er auf, gab sich ein Air von Offenherzigkeit und redete munter auf Kenton ein.

»Ich möchte vorausschicken, daß ich rein zufällig in diese Geschichte verwickelt worden bin. Ich bin ein Privatmann, ein Sowjetbürger, der in der Schweiz Geschäfte tätigt – Maschinenimport, um genau zu sein.«

Er machte eine Pause und nippte an seinem Tee.

»Indes wird der Sowjetbürger, wie jeder rechte Staatsbürger im Ausland, natürlich jederzeit die Interessen des Vaterlandes vor seine Geschäftsinteressen stellen, wenn das nötig sein sollte. Als ich daher aus Gründen, die Sie nicht interessieren dürften, in einer eher ungewöhnlichen Regierungsangelegenheit um Unterstützung ersucht wurde, konnte ich sie natürlich nicht verweigern. Dies erklärt, warum ich hier bin, Mr. Kenton«, schloß er herausfordernd.

Kenton lachte insgeheim über diese naiven Ausflüchte, setzte aber ein feierliches Gesicht auf und zündete sich eine Zigarette an.

»Und was ist mit dem Mord an Borovansky?«

Zaleshoff wischte die Frage beiseite.

»Ein Betriebsunfall. Ich erzähl's Ihnen ein andermal.« Er beugte sich mit ernster Miene vor. »Sie sind Journalist, Mr. Kenton, Sie sind besser informiert als der Mann auf der Straße. Bei Ihnen genügen Andeutungen, da muß ich nicht viel Worte machen. Wenn ich Ihnen also sage, daß ein gewisser prominenter Exilrusse wieder Sehnsucht nach der Macht bekommen hat, sind Sie im Bilde. Dieser Mann hat in den Jahren 1917 und 1918 meinem Vaterland unschätzbare Dienste geleistet; aber er war nicht frei von persönlichem Ehrgeiz. Er strebte nach Macht. Das heutige Rußland hat keinen Platz für Leute, die die Befriedigung ihrer Eitelkeit dem Dienst am Volk vorziehen. Er wurde des Landes verwiesen.«

»Sie sprechen von Trotzki, nicht wahr?«

Zaleshoff nickte ominös.

»Es wäre vielleicht besser gewesen, ihn gleich zu erschießen, denn er hat nicht aufgehört, gegen Rußland zu konspirieren. Er hat um sich eine Bande von Fanatikern versammelt, die nur nach der Macht gieren. Diese Leute sind gefährlich. Sie wurden aus Frankreich ausgewiesen, sie wurden aus Norwegen und Schweden ausgewiesen. Das einzige Land, das ihnen Unterschlupf gewährte, ist Mexiko. Von dort aus arbeiten sie seit Jahren am Untergang der Sowjetunion. Viele verdienstvolle Diener des Staates sind der Wirkung ihres feinen Giftes erlegen. Diese Unglücklichen haben den Preis dafür bezahlt. Wenn ein Glied infiziert ist, muß es amputiert werden, sonst vergiftet es den ganzen Körper.«

»Sie meinen die Moskauer Schauprozesse von 1936, nicht wahr?«

Unwirsch bejahte Zaleshoff diese unerwünschte Präzisierung.

»Diese Prozesse von 1936 öffneten dem Volk die Augen für die Gefahr; gebannt ist sie noch lange nicht. Diese Schädlinge wollen die Sowjetunion in den Augen ihrer Nachbarn verächtlich machen. Sie verfolgen dieses Ziel mit unnachgiebiger Entschlossenheit. Um es zu erreichen, schrecken sie vor keinem Mittel zurück. Sie selbst, Mr. Kenton, haben ja einige ihrer Methoden kennengelernt. Borovansky war ein Sowjetbürger, ein Mann aus dem Volke. Durch Zufall gelangten diese gemeinen Fälschungen, die Sie gesehen haben, in seine Hände. Er benachrichtigte Moskau und erhielt den Befehl, seine Arbeit zu unterbrechen und die Fotografien zur Überprüfung nach Linz zu bringen. Als der aufrechte Patriot, der er war, machte er sich sogleich auf den Weg. Aber sie waren ihm schnell auf der Spur. Damit die Fotografien in Sicherheit wären, übergab Borovansky sie Ihnen, einem Engländer, dem er vertrauen konnte. Prompt haben ihn hierauf diese Teufel ermordet, und ihr Interesse dann Ihnen zugewandt. Das Resultat kennen Sie selber am besten. Unsere Feinde haben aber nicht mit der Loyalität des Sowjetbürgers gegenüber seinem Volke, von dem er nur ein unbedeutendes Teilchen ist, gerechnet. Der Ruf erging an mich, ich folgte ihm und kam gerade noch zur rechten Zeit, um Ihnen schreckliche Torturen zu ersparen. Ich führe Borovanskys Auftrag zu Ende. – Jetzt wissen Sie alles. Im Namen Borovanskys bitte ich Sie, Mr. Kenton, mir die Fotografien zu übergeben, die er Ihnen anvertraut hat.«

Er streckte seine Hand flehend aus. Sein Gesicht troff vor Aufrichtigkeit. Die junge Frau starrte betreten auf ihren Notizblock.

Kenton schaute von Bruder zu Schwester, lehnte sich zurück, steckte die Hände in die Taschen und sagte dann ganz langsam:

»Wenn ich Sie richtig verstanden habe, sind die Fotografien Fälschungen, Borovansky war ein sowjetischer Patriot und Colonel Robinson und Captain Mailler sind Söldlinge der Trotzkisten?«

Zaleshoff nickte.

»Das sind die Tatsachen.«

Kenton erhob sich. In scharfem Ton sagt er dann:

»Ich habe mich gelegentlich wie ein Trottel aufgeführt. Man hat mir auch schon gesagt, ich sei ein Trottel. Aber bis heute habe ich nicht gewußt, daß ich der größte Schafskopf von ganz Europa wäre.«

»Was wollen Sie damit sagen?«

»Ich will damit sagen, daß ich noch nie zuvor innerhalb von fünf Minuten mir soviel ungemilderten Blödsinn aus dem Mund eines einzelnen anhören mußte. Ich gratuliere Ihnen. Eine prächtige Leistung. Aber es ist spät geworden, und ich bin müde. Sie werden sicher nichts dagegen haben, wenn ich mich jetzt in mein Hotel zurückziehe, um etwas zu schlafen.«

Er ging auf die Tür zu.

»Einen Augenblick noch, Mr. Kenton.«

Er drehte sich um. Zaleshoff stand hinter dem Tisch und hielt den blauen Revolver in der Hand.

Der Journalist zuckte die Schultern, dann sagte er bissig: »Langsam habe ich diese melodramatischen Veranstaltungen satt. Was wollen Sie?«

»Die Fotografien, Mr. Kenton.«

»Ich habe Ihnen doch schon ein Angebot gemacht.«

Der Russe reckte verärgert sein Kinn vor.

»Ihre Forderung ist absurd! Sie mischen sich in Dinge, die Sie überhaupt nichts angehen. Werden Sie vernünftig, Mr. Kenton.«

»Colonel Robinson hoffte auch, daß ich vernünftig sein würde.«

»Die Hoffnungen von Colonel Robinson interessieren mich nicht.«

»Ihre Hoffnungen interessieren mich auch nicht. Ich will auf meine Weise vernünftig sein. Mich interessiert die Sache vom beruflichen Standpunkt aus.«

Die beiden Männer starrten einander eine Weile in haßerfülltem Schweigen an. Dann sagte Tamara:

»Ich glaube, es wäre gescheiter und auch bequemer, wenn wir uns wieder hinsetzen würden.«

»Halt dich da raus, ja!«

Die junge Frau errötete leicht.

»Ich denke nicht daran, Andreas. Du hast die Sache schon ganz schön verpfuscht, und du weißt es auch. Wenn du dich nicht darauf versteifen würdest, Mr. Kenton so zu behandeln, als wäre er ein Kretin wie Ortega und ...«

»Halt den Mund!« schrie Zaleshoff.

»Nun gut, Andreas, dann halt ich eben den Mund. Aber vorher möchte ich noch sagen, daß du die Sache besser nochmals besprichst, bevor du zu weit gehst.«

»Lächerlich. Weitere Worte sind doch nichts als Zeitverschwendung.«

»Das hängt ganz von den Worten ab. Ich glaube, daß du die Bedingungen von Mr. Kenton annehmen solltest.«

Kenton erwartete einen Wutanfall, aber der Russe erwiderte nichts. Er steckte den Revolver in die Tasche, setzte sich und goß sich eine Tasse Tee ein. Kenton schaute unsicher zu der jungen Frau, die ihm bedeutete, wieder auf dem Sofa Platz zu nehmen. Zaleshoff blickte von seinem Glas auf und grinste hämisch. Dann sagte er höhnisch:

»Sie kommen sich wohl groß vor, was? Andreas Prokovitch ist gezwungen, den Forderungen eines Schmierenjournalisten nachzukommen!«

»Wer wird denn gleich so große Worte gebrauchen! Ich mache ein Geschäft mit Ihnen, das ist alles.«

»Natürlich zu meinem Verlust«, antwortete Zaleshoff giftig.

»Gleich wird er mit dem Unsinn aufhören«, sagte Tamara ruhig.

»Schweig!« zischte ihr Bruder. »Weiber! Kaum macht dir dieser wichtigtuerische Schnüffler von einem Reporter ein billiges Kompliment, verlierst du auch schon den Kopf.« Er drehte sich rasch zu Kenton: »Was glauben Sie, verehrter Schnüffler, warum ich von Ihnen unbedingt diese Fotografien haben will?«

»Das ist doch klar. Weil die Originaldokumente keine Fälschungen sind.«

»Sie sind ein Schlaukopf. Ja. Ein Ministerialbeamter in Moskau hat sie gestohlen.«

»Borovansky?«

»Genau. Der Mann, der sich Ihnen gegenüber als Sachs ausgegeben hat.«

»Und welche Rolle spielt Colonel Robinson in dieser Geschichte?«

»Saridza hat Borovansky bestochen, damit er die Fotografien stiehlt.«

»Dann hat er also nicht gelogen, als er sagte, Sachs sei auf dem Weg zu ihm gewesen, um sie abzuliefern?«

»Nein.«

»Und wer war der Mann im Zug, vor dem sich Sachs so gefürchtet hat?«

»Davon weiß ich nichts«, antwortete Zaleshoff schroff. »Wahrscheinlich hat sein schlechtes Gewissen Gespenster gesehen.«

Kenton beschloß, diesen Punkt vorläufig beiseite zu lassen.

»Wer ist Saridza?«

Zaleshoffs Gesicht verfinsterte sich.

Dann sagte er langsam:

»Es wäre am besten für Sie, wenn Sie den Namen vergessen würden. Meines Wissen wurde er nur ein einziges Mal in einer Zeitung erwähnt. Saridza nannte sich damals anders, aber die Zeitung deckte einen Finanzskandal auf, in den er verwickelt war, und druckte seinen richtigen Namen. Ich weiß nicht, wie sie ihn erfahren hat, vielleicht hatte sie ein Dossier über ihn, auf jeden Fall wurde der Verfasser des Artikels samt seiner Frau erschossen. Man fand die Leichen auf der Treppe vor ihrem Haus, einen Tag nach Erscheinen des Artikels.« Zaleshoff betrachtete nachdenklich das Glas in seiner Hand, und es schien Kenton, als rede er zu sich selber. »Man erklärt Gestalten wie Al Capone und John Dillinger als Produkte der korrupten Verwaltung und der weitmaschigen Gesetze Amerikas. Saridza und Leute seines Schlages sind Produkte des kapitalistischen Systems. Der hauptsächliche Unterschied zwischen Al Capone und Stefan Saridza ist der, daß der eine für sich selber arbeitet, während der andere einen Auftraggeber hat. Als Al Capone seinen Gangstern befahl, von einem kugelsicheren Wagen aus mit Maschinengewehrsalven ein paar Leute auf dem Trottoir umzulegen, tat er es, um seine Einkünfte zu sichern oder zu vergrößern. Als Saridza dem Captain befahl, mit einem Totschläger die Fotografien aus Ihnen herauszuprügeln, tat er das, um das Einkommen seiner sogenannten Auftraggeber in London zu vermehren. Diese ehrenwerten Geschäftsleute sind wahrscheinlich so zartbesaitet, daß sie sich ein Gewissen daraus machen würden, eine Fliege zu zerdrücken. Sie wissen folglich den Zweck wohl zu schätzen, aber verabscheuen die Mittel. Es sind eben gutherzige Leute mit einem guten Gewissen. Sie stellen sich vor, daß die Leute, die sie ausbeuten, sich gerne von ihnen ausbeuten lassen. Am liebsten sitzen sie in ihren Büros und tätigen korrekte Geschäfte mit ihresgleichen. Und darum sind sie natürlich auf einen Saridza angewiesen. Denn in diesem komplizierten kapitalistischen Wunderbau muß ja irgendwer die Dreckarbeit erledigen, sonst kracht er zusammen. Es mag sich bloß um Bestechung handeln oder um die Manipulation der öffentlichen Meinung durch Zwischenfälle, Gerüchte und Skandale, vielleicht gar eine Mordaffäre – stets sind Saridza und seine Spießgesellen darin verwickelt, die Taschen voller Geld und selten zu fassen ...

Saridza hat ganz klein angefangen, zu Beginn dieses Jahrhunderts. Er zog in seiner Heimat Bulgarien von eingeschüchterten Kaufleuten Schutzgebühren ein, war also im Geschäft tätig, das man heutzutage in Amerika ›protection racket‹ nennt. Aber er hat Fortschritte gemacht. Heute ist er auf Meinungsbildung spezialisiert und ein Mann von kurioser Bedeutung. Die meisten europäischen Regierungen haben ihn mit Auszeichnungen bedacht. Dieselben Regierungen haben ein Dossier über ihn angelegt, wo er als ›gefährlicher feindlicher Agent‹ figuriert. Er nennt sich Propagandist. ›Politischer Saboteur‹ wäre die richtige Bezeichnung.«

Kenton wurde unruhig.

»Aber was soll er denn mit diesen Fotografien anfangen?«

Zaleshoff bewegte den Zeigefinger schulmeisterhaft hin und her.

»Das ist die Frage! Ja, was wohl? Im Moment, als mir klar wurde, daß Saridza hinter der Geschichte steckte, interessierte sie uns erst richtig.«

»Wen ›uns‹?«

»Tamara und mich«, sagte Zaleshoff sanft.

Kenton zuckte die Schulter.

»Wie Sie meinen.«

»Wir kamen zum Schluß«, fuhr Zaleshoff fort, »daß Rumänien der Schlüssel zum Geheimnis ist.«

»Das liegt auf der Hand.«

»Sicher. Aber damit allein kommt man ja nicht weit. Wir mußten nach anderen Anhaltspunkten suchen.«

»Immer noch Sie und Ihre Schwester ganz allein?«

»Natürlich. Wir hatten nur einen Hinweis: Vor ein paar Jahren war Saridza mit der Pan-Eurasischen Oelgesellschaft in Verbindung gestanden, und außerdem hatte er für den gegenwärtigen Direktor dieser Gesellschaft, Mr. Balterghen, gearbeitet.«

»Balterghen? Der ist ein großes Tier in der Londoner Geschäftswelt, nicht wahr?«

»Ja. Und was noch wichtiger ist: Seine Gesellschaft steckt hinter der Propaganda für die Neuverteilung der Erdölkonzessionen in Rumänien.«

»Moment! Hat's da nicht unlängst geheißen, es sei eine Zeitungsredaktion demoliert worden, weil sie es wagte, einen Artikel über diese Sache zu bringen?«

»Ja, das stimmt. Und gerade heute morgen haben wir erfahren, daß der Befehl zur Demolierung der Druckerei vom Bukarester Vertreter der Pan-Eurasischen Gesellschaft stammte. Die Absicht war offenbar, die ganze Auflage der Nummer, in der der Artikel stand, zu zerstören. Aber die

Zeitung war zum Zeitpunkt des Überfalls schon ausgeliefert. Der Artikel war nicht sehr gut, verhinderte jedoch, daß eine Reform der Konzessionsverteilung beantragt wurde, und bewirkte eine amtliche Untersuchung. Das war vor drei Monaten.«

»Wollen Sie damit sagen, daß die Pan-Eurasische Oelgesellschaft Saridzas Auftraggeber in London ist?«

»Es sieht so aus.«

»Mir scheint das etwas weit hergeholt. Aber selbst, wenn dem so wäre, sehe ich immer noch nicht ein, was Sachs und die Fotografien damit zu tun haben.«

»Das war für uns vorerst auch unklar. Aber dann haben wir ein bißchen nachgeforscht und einen weiteren Hinweis gefunden.« Zaleshoff zündete sich eine Zigarette an und guckte versonnen an die Decke. »Haben Sie die jüngsten politischen Ereignisse in Rumänien verfolgt, Mr. Kenton?«

»Ja. Sogar sehr genau.«

Aber es war offensichtlich nur eine rhetorische Frage gewesen. Zaleshoff wandte seinen Blick von der Decke ab und sprach weiter, als hätte Kenton gar nichts gesagt.

»Bis 1936 wurde Rumäniens Politik von einem einzigen Mann bestritten: Titulescu. Seine Außenpolitik war auf Freundschaft mit der Sowjetunion ausgerichtet. Die Kleine Entente war das erste Glied in der Kette, die Deutschland hätte bändigen sollen. Das letzte war der Pakt zwischen Frankreich und Rußland. Aber wie in allen andern europäischen Staaten liegt auch in Rumänien der Bazillus der Reaktion in der Luft. In Italien herrscht der Faschismus, in Deutschland der Nationalsozialismus, in Belgien hat's Rexisten, in Frankreich gibt's La Croix de Feu, da konnte Rumänien der Ansteckung kaum entgehen. Selbst in England ist die zunehmende Macht der Bürokratie symptomatisch. Rumäniens Hitler heißt Cornelius Codreanu, und General Zizi Cantacuzino ist sein Göring. Codreanu war Rechtsanwalt, bevor er seine Partei, die ›Liga des Erzengels Michael‹, gegründet hat. Später nannte sich diese Partei ›Eiserne Garde‹. Dann gefiel ihnen ein neuer Name besser: ›Vaterlandspartei‹. Der Name aber ist ohne Bedeutung. Das Parteiprogramm ist das alte Lied: Antisemitismus, ein Korporativstaat und ein Bündnis mit Deutschland, ›um Rumänien vor der jüdisch-bolschewistischen Gefahr zu retten‹. Sie tragen grüne Hemden, und wenn sie nicht gerade Geld sammeln, widmen sie sich politischen Anschlägen und Terrorismus. Als Titulescu von Tatarescu zum Rücktritt gezwungen wurde und aus Rumänien floh, folgten ihm einige von Codreanus Grünhemden. Bekanntlich wurde er in St. Moritz vergiftet, und man verdächtigte Codreanus Gefolgsleute, wohl mit einigem Recht. Jedenfalls wurde Antonescu an Stelle von Titulescu Außenminister, und Rumänien schloß mit Polen ein Bündnis, das strikte Neutralität sowohl gegen Deutschland als auch gegen Rußland beinhaltet. Das war insofern ein geschickter Zug, als so den Deutschen die Lust verging, Rußland via Ukraine anzugreifen. Und solange sich kein ernster Zwischenfall ereignet, gibt es für Codreanu weder persönliche Macht noch ein Bündnis mit Deutschland. Begreifen Sie jetzt die Bedeutung von Saridza, Mr. Kenton?«

»Sie meinen, daß Saridza gedungen worden ist, um den benötigten ›ernsten Zwischenfall‹ zu schaffen?«

»Genau. Sie kennen doch den alten Streit zwischen Rußland und Rumänien um Bessarabien. Die Eiserne Garde ist darauf aus, Rumänien den Deutschen in die Arme zu treiben, indem sie die Öffentlichkeit gegen Rußland aufhetzt. Die Sowjets, so werden sie sagen, wollen Bessarabien annektieren. Die rumänische Öffentlichkeit gerät in Panik, und dann kommen sie genau im richtigen Moment mit den Beweisen von Rußlands kriegerischen Absichten, eben mit diesen Fotografien. Alles bloß Sache des richtig gewählten Zeitpunktes. Den Rest besorgt die Massenhysterie.«

»Übertreiben Sie da nicht ein bißchen?«

Zaleshoff antwortete gereizt:

»Mein lieber Mr. Kenton, wenn Sie lange genug im britischen Kriegsministerium herumschnüffeln, so werden Sie bestimmt auf einen präzise ausgearbeiteten Angriffsplan gegen Frankreich stoßen. Dergleichen gehört ganz einfach zur Arbeit eines Kriegsministeriums. Kein Mensch in England denkt auch nur im Schlaf daran, Frankreich zu überfallen. Die beiden Länder sind ja Alliierte. Aber nehmen wir einmal an, Sie publizierten diesen Angriffsplan in Frankreich und verknüpften dies mit der Behauptung, England wolle Französisch-Marokko annektieren – was glauben Sie, was das für einen Eindruck auf die öffentliche Meinung Frankreichs macht? Der kleinste Schaden wäre noch, daß in Zukunft den Engländern überall Mißtrauen entgegengebracht würde. Dabei halten England und Frankreich so gute Nachbarschaft, wie das zwischen zwei Nationen überhaupt nur möglich ist. Können Sie sich nun vorstellen, wie so etwas das gespannte Verhältnis zwischen Rußland und Rumänien belastet? Es hat schon aus geringfügigeren Anlässen Krieg gegeben.«

»Sie haben mich überzeugt. Aber was hat denn die Pan-Eurasische Oelgesellschaft damit zu tun?«

»Das leuchtet doch unmittelbar ein. Saridza verhilft Codreanu zur Macht, und dafür werden die Erdölkonzessionen zugunsten der Pan-Eurasischen Oelgesellschaft neu festgelegt. Ein altes Spiel. Die großen Ölgesellschaften spielten es jahrelang in Mexiko. Warum hätte es denn sonst dort so viele Revolutionen gegeben?«

Kenton dachte eine Weile nach.

»Wieso sind Sie eigentlich so sicher?« fragte er endlich, »daß ich nach allem, was Sie mir erzählt haben, die Fotografien herausgebe? Sie können ja nicht wissen, ob ich nicht ein sturer Konservativer bin, der eine Menge Aktien bei der Pan-Eurasischen Gesellschaft hat?«

Zaleshoff lächelte grimmig.

»Entschuldigung, aber jetzt scheinen Sie mich für allzu dumm zu halten. Wenn Sie irgendwelche Wertpapiere besäßen, wären Sie in Nürnberg nicht in diese peinliche Geldverlegenheit geraten, von der Sie mir erzählt haben. Natürlich könnten Sie mich angelogen haben, aber das hätte ich schon längst gemerkt. Auf jeden Fall weist Ihr Dossier Sie als eine Art gemäßigten Radikalen aus, wie man ihn unter englischen Journalisten häufig antrifft.«

Kenton gähnte.

»Machen Sie sich keine Sorgen, ich gebe Ihnen die Fotografien gerne. Sie hatten natürlich recht, daß ich mit Ihren Informationen nichts anfangen kann. Etwas, das nur beinahe passiert ist, ergibt keinen Artikel. Aber auf eine Idee haben Sie mich gebracht. Ich fahre nach Bukarest und schreibe einen Artikel über Codreanu. Bloß zur Befriedigung meiner persönlichen Neugierde: Haben *Sie* eigentlich Sachs umgebracht?«

Wieder sah Kenton, wie Bruder und Schwester Blicke tauschten.

»Nein, Mr. Kenton.«

Der Journalist zuckte die Achseln.

»Nun, das wäre alles. Sie haben sicher nichts dagegen, wenn ich meine eigenen Schlußfolgerungen ziehe?«

»Gewiß nicht.«

»Gut. Dann gehe ich jetzt in mein Hotel zurück.«

Er stand auf.

»Sie werden die Fotografien nicht vergessen, nicht wahr, Mr. Kenton?« sagte die junge Frau.

»Nein, natürlich nicht. Die sind in der Obhut des Besitzers des Cafés Schwan. Ich habe mit ihm verabredet, daß er sie nur mir selber aushändigt. Das Café ist die ganze Nacht offen und liegt in der Nähe des Hotels Werner. Wir können gleich hingehen, wenn Sie wollen.«

»Haben Sie den Umschlag unter Ihrem Namen deponiert?« fragte Zaleshoff scharf.

»Aber natürlich.«

Zaleshoff schaute seine Schwester fragend an.

Sie schüttelte den Kopf.

»Wir können es nicht riskieren«, meinte sie dann.

Zaleshoff nickte und wandte sich wieder an Kenton.

»Es tut mir leid«, sagte er, »aber Sie müssen für den Rest der Nacht mit dieser bescheidenen Bleibe vorlieb nehmen. Morgen werden wir weitersehen.«

Wütend schaute Kenton von Bruder zu Schwester.

»Was geht hier vor?«

»Es ist bequemer so«, begann Zaleshoff in beschwichtigendem Ton. Aber seine Schwester unterbrach ihn.

»Es ist besser, wenn wir ihm die Wahrheit sagen. Mr. Kenton, Sie dürfen unter gar keinen Umständen in Ihr Hotel zurück. Sie können auch Ihr Päckchen im Café Schwan nicht abholen. Es ist für sie sogar gefährlich, auch nur auf die Straße zu gehen.«

»Aber warum denn?«

Zögernd fuhr Tamara fort: »Weil heute in jeder österreichischen Zeitung Ihr Name und Signalement steht, zusammen mit einer Großaufnahme Ihres Fingerabdrucks, der aus dem Waschbecken von Zimmer 25 im Hotel Josef stammt. Es gibt keinen Polizisten in Österreich, der nicht nach Ihnen Ausschau hielte. Auf Ihre Ergreifung ist eine Belohnung von 1000 Schilling ausgesetzt. Sie werden wegen Mordes an Hermann Sachs gesucht.«

Um ein Viertel nach zwei Uhr in derselben Nacht telefonierte der Besitzer des Cafés Schwan der Polizei und meldete, daß vor 10 Minuten drei maskierte Männer in einer schwarzen Limousine vorgefahren seien, das Café durchsucht und die Anwesenden mit Revolvern im Schach gehalten hätten. Einer der beiden Gäste, ein Bahnbeamter, habe den Banditen Widerstand geleistet und sei von einer Kugel in den Fuß getroffen worden. Geld sei keines gestohlen worden, aber die Banditen hätten ein Päckchen mitgenommen, das ein Amerikaner im *poste-restante*-Fach zurückgelassen hatte. Soviel er wisse, habe das Päckchen kompromittierende Liebesbriefe einer Dame enthalten. Der Mann, der auf den Bahnbeamten geschossen habe, sei groß und schlank gewesen, die beiden andern von mittlerer Größe. Einer von ihnen habe den einen Arm – den linken, wenn er sich recht erinnere – sehr unbeholfen bewegt, aber ganz sicher könne er das nicht sagen. Sie hatten gesagt, es gehe um einen Ehrenhandel. Nein, er wisse nicht, wie die Männer ausgesehen hätten, schließlich seien sie maskiert gewesen. Er habe auch nicht auf ihre Kleider geachtet. Er wisse nicht, welche Nummer der Wagen gehabt hatte, könne sich auch nicht an die Marke erinnern. Wer würde unter solchen Umständen auf dergleichen achten? Er könne auch nicht sagen, wie der Amerikaner geheißen hatte. Er könne sich nicht den Namen jedes Gastes merken, der etwas deponiere, schließlich habe er ja als Cafetier noch anderes zu tun. Vielleicht habe er Krause oder so ähnlich gelautet.

Die Polizei versprach, der Sache nachzugehen.

11. Kapitel

Kenton denkt nach

Die Phantasiegeneigten unter den modernen Geschichtsschreibern haben oft darauf hingewiesen, wie sich das Triviale in grotesker Weise in das Weltgeschehen einmengt. Sie haben den Gedanken weitergesponnen und sich gefragt, wie die Geschichte wohl verlaufen wäre, wenn zum Beispiel Napoleons Geistesgegenwart während der Schlacht von Marengo durch einen Schnupfen beeinträchtigt worden wäre.

Solche schrullenhaften Spekulationen sind typisch für ein areligiöses Zeitalter. Und doch spürt man nicht selten im komplexen Verhältnis von Ursache und Wirkung, in diesem verrückten *pastiche,* das die Menschen gemeinhin als »das blinde Walten des Schicksals« bezeichnen, einen gewissen Kunstsinn.

Im Jahre 1885 lebte in Salzburg ein junges Ehepaar. Der Ehemann, Karl Hoesch, war Schreiber im Kontor des Glasperlenfabrikanten Buscher. Anfang 1886 starb Herr Buscher, nicht ohne zuvor allen seinen Angestellten testamentarisch etwas vermacht zu haben. Den Schreiber Hoesch bedachte er mit zwei Büchern, ›um seinen Geist und den seiner lieben Frau zu nähren und zu bilden‹. Das eine Buch war *Das Leben Karls des Großen,* publiziert anno 1850 in Berlin, das andere eine deutsche Ausgabe der Ilias. Großzügig, wie Hoesch war, teilte er die Erbschaft mit seiner Frau, die übrigens nicht lesen konnte. Diese legte die Gabe ihres Mannes, nämlich *Das Leben Karls des Großen* sorgfältig verpackt samt dem Sonntagsstaat und einigen Andenken ihrer Mutter beiseite. Karl hingegen konnte von der Ilias nicht genug kriegen. Immer wieder las er sie, und er las sie auch seiner Frau vor. Als 1887 sich ein Kind ankündigte, war es für die Eltern klar, daß es entweder Helena oder, wie Karl heimlich hoffte, Achilles heißen würde. Im August desselben Jahres wurde Achilles Karl Hoesch getauft.

Nun könnte man annehmen, daß der junge Hoesch sich seines Vornamens geschämt hätte, doch dem war nicht so. Vielleicht, weil ihn seine Mutter immer bei seinem zweiten Vornamen rief. Nach ein paar Jahren allabendlicher Vorlesungen aus der Ilias konnte Frau Hoesch nämlich den Homer nicht mehr ausstehen. Als sie einmal *Das Leben Karls des Großen* zur Lektüre vorgeschlagen hatte, hatte ihr Ehemann das abgelehnt mit der Begründung, das sei ihr Buch, und er könne doch nicht ein Geschenk zurücknehmen. Sie hatte auf so viel Pedanterie nichts zu erwidern gewußt, aber ihre Abneigung gegen die Ilias verstärkte sich noch, und von Stund an nannte sie ihren Buben nur noch Karl.

Alle andern aber nannten ihn Achilles. Und da er ein kräftiger und rauflustiger Junge war, wurde er seines Namens wegen von seinen Mitschülern nicht nur nicht verspottet, sondern sogar beneidet. So erwarb er sich früh ein Selbstbewußtsein, das vielleicht auch seine Berufswahl bestimmte. Obschon sein Vater ihn gern in der Glasperlenfabrik gesehen hätte, trat er in den Dienst der k. u. k. Österreichischen Staatsbahnen.

Auf die Karriere von Achilles Hoesch brauchen wir hier nicht weiter einzugehen. Er machte bescheiden seinen Weg. Nach 26 Dienstjahren auf verschiedenen Posten wurde er Unterinspektor des Linzer Güterbahnhofs. Etwa zwei Jahre nach dieser Ernennung hatte er während des Nachtdienstes die Gewohnheit angenommen, im Café Schwan eine Tasse Kaffee zu trinken und ein Stück Kuchen zu essen.

Während dieser Beschäftigung war er von Colonel Robinson und seiner Bande in jener Novembernacht gestört worden, als sie mit gezogenen Revolvern im Kaffeehaus aufgetaucht waren und häßliche Drohungen ausgestoßen hatten. Auf ihren

Befehl, die Hände hochzunehmen, hatte er mit einer Wut, die seinem Namensvetter Ehre gemacht hätte, einen Stuhl gepackt und ihn nach Captain Mailler geworfen. Dieser hatte sich geduckt und auf Achilles' Beine geschossen. Die Kugel traf einen Fuß und verursachte, wie man im Spital feststellte, eine Fleischwunde in der Ferse.

Fast jede Stadt, sei sie groß oder klein, hat ihre Quote an nächtlicher Gewalttätigkeit, nur drückt sie sich von Land zu Land, ja von Landstrich zu Landstrich verschieden aus. Im Londoner East End herrschen Schlagring, Rasiermesser und zerbrochene Flaschen vor. In den Pariser Vorstädten wird mit Messer und Pistole hantiert. In Mitteleuropa, nördlich der Linie Basel–Triest, tritt hauptsächlich der Revolver in Erscheinung. Die Zeitungen nehmen von diesen allnächtlichen Vorfällen selten Notiz. Wenn ihnen nicht die geheimnisvolle Qualität einer Schlagzeile zukommt, hört man wenig von ihnen. Ein unbekannter Linzer Bahnbeamter mit einer Schußwunde in der Ferse macht keine Schlagzeilen. Auch ein an einem beliebigen Körperteil verletzter Achilles Hoesch tut dies nicht. Eine Wunde in der Ferse eines Achilles hingegen ist berichtenswert; sie taugt als Witz.

Eine halbe Stunde, nachdem Achilles ins Spital eingeliefert worden war, tickte eine Agenturmeldung per Fernschreiber in den Redaktionen der Wiener Morgenblätter. Alle, mit Ausnahme eines linksradikalen Blattes, brachten sie noch auf die Titelseite der neuesten Ausgabe, unter der Schlagzeile: DIE ACHILLESFERSE.

Am selben Morgen, kurz nach halb acht, kroch Zaleshoff aus dem Stuhl neben dem Ofen in Raschenkos Zimmer, streckte sich, tappte durchs Halbdunkel zum Waschbecken und wusch sich Gesicht und Hände. Dann blickte er zu seiner Schwester, die zusammengerollt in einem Sessel schlief.

»Tamara«, flüsterte er.

»Ja, was gibt's?«

»Ich gehe ein bißchen frische Luft schnappen.«

»Ja, tu das.«

Vom Sofa her tönte ein schwaches Schnarchen, aus dem Bett der schwere Atem Raschenkos.

»Weck sie nicht auf«, fügte er hinzu.

Die Türe quietschte leise, und er war draußen.

Die junge Frau blickte kurz ins sanft verglühende Feuer und schlief wieder ein. Ihr war, als habe sie kaum gedöst, als ihr Bruder sie am Arm berührte und ihr flüsternd befahl, aufzustehen und den Mantel anzuziehen. In der Hand hielt er eine Zeitung.

Als Kenton zwei Stunden später erwachte, waren Tamara und Zaleshoff verschwunden. Die Vorhänge waren nicht ganz zugezogen, und ein Morgensonnenstrahl fiel direkt auf seine Augen. Er setzte sich im Sofa auf, worauf etwas zu Boden fiel. Es war ein dreimal gefaltetes Blatt Papier. Er öffnete es und las:

Lieber Mr. Kenton,

Auf dem Tisch in der Mitte des Zimmers liegt die heutige Ausgabe einer Linzer Zeitung. Die Titelseite enthält zwei Nachrichten, die Sie interessieren dürften. Nehmen Sie die, die Sie direkt betrifft, nicht zu ernst. Die Polizei pflegt seit je zu prahlen, daß die Verhaftung des Täters unmittelbar bevorstehe. Die andere Meldung wird Ihnen erklären, warum wir fort sind. Eile tut not. Setzen Sie sich mit niemandem in Verbindung. Bleiben Sie solange bei Raschenko, bis ich eine Möglichkeit gefunden habe, Sie sicher aus Österreich hinauszubringen. Denn wie Sie gestern Nacht so richtig bemerkten, bin ich nicht ganz unschuldig an Ihrer unangenehmen Lage. Meine Schwester, deren mütterliche Instinkte Sie ganz offensichtlich geweckt haben, läßt herzlich grüßen.

Das Schreiben trug keine Unterschrift. Ein vorsichtiger Mann, dieser Zaleshoff.

Kenton las ohne innere Beteiligung von den »jüngsten Entwicklungen« im Linzer Mordfall.

Als er gehört hatte, daß er wegen Mordes gesucht werde, hatte er zuerst gelacht. Dann hatte er die Abendausgaben gelesen, und das Lachen war einem Gefühl amüsierter Entrüstung gewichen. Selbstverständlich würde er sogleich zur Polizei gehen, ihr wegen ihrer Dummheit eine Standpauke halten, auf Entschuldigungen bestehen, alle möglichen Klagen einbringen. Schließlich hatte er einen Wutanfall bekommen und Zaleshoff des Mordes an Sachs bezichtigt. Es war zu einem stürmischen Auftritt gekommen.

Tamara hatte sie wieder beruhigt.

Der Verdacht der Polizei, so hatte sie erklärt, sei gar nicht so unbegründet. Alles deutete darauf hin, daß Kenton der letzte gewesen war, der Sachs lebend gesehen hatte. Geld war abhanden gekommen. Und auch die Zeugenaussage des Geschäftsführers des Hotels Werner war alles andere als entlastend. Zum Schluß hatte sie gesagt, es wäre am besten, wenn alle schlafen gingen und eine Entscheidung am nächsten Morgen treffen würden.

Jetzt war der Morgen da, aber Zaleshoff und Tamara waren fort. Etwas belemmert suchte er nach der zweiten Nachricht. Als er dann die scherzhaften Zeilen von der Wunde in der Ferse von Achilles Hoesch las, verstand er. Saridza hatte also die Fotografien doch noch bekommen. Nun, da war im Augenblick nichts zu ändern. Unterdessen...

Er schob den Vorhang beiseite und schaute durchs Fenster auf die Straße hinunter. Kinder spielten, zwei Männer eilten vorbei, eine alte Frau schleppte sich dahin. Er hatte plötzlich den Wunsch, das vollgestopfte, muffige Zimmer Raschenkos zu verlassen und an die frische Luft zu gehen. Es gab letztlich keinen Grund, warum er es nicht tun sollte. Er hatte ja nichts verbrochen. Es war völlig absurd, daß man ihn verdächtigte, absurd, daß... aber plötzlich fiel ihm ein, daß man ihn nicht bloß *verdächtigte*. Er war in Österreich, nicht in England.

Solange er seine Unschuld nicht beweisen konnte, war er nicht verdächtig, sondern *schuldig!* Er ließ den Vorhang fallen und stand auf. Der untere Teil seines Körpers schmerzte, er war mit blauen Flecken verziert, und die Gelenke waren noch etwas steif. Arme und Rücken sahen weniger mitgenommen aus. In einem kleinen Wandspiegel betrachtete er sein Gesicht, das, abgesehen von einem unappetitlich sprießenden Bartansatz, wieder einigermaßen normale Proportionen aufwies. Seine Kleider hatten arg gelitten. Die Hose war zerrissen, und auch die Jacke hatte an den Ärmeln und hinten einiges abbekommen. Sein Hemd war so sauber, wie man es nach ununterbrochenem zweiundsiebzigstündigem, strapaziösem Tragen billig erwarten konnte. Er hätte dringend ein Bad gebraucht. Er zog sich aus, ging zum Waschbecken und wusch sich dort, so gut es ging, mit einem Krug kalten Wassers.

Zu seinem Erstaunen stellte er fest, daß die Tatsache, daß er als Mörder gesucht wurde, in ihm fast dieselben Empfindungen hervorrief, die er im Wartezimmer des Zahnarztes hatte: ein Unbehagen in der Darmgegend und einen Kloß im Hals. Er nahm an, daß in beiden Fällen dieselben Drüsen dieselben Sekrete ins Blut abgaben. Die Natur konnte lächerlich knauserig sein. Vielleicht erklärte das auch, weshalb wirkliche Mörder oft geradezu sträflich wenig Besonnenheit an den Tag legten, wenn sie der Polizei gegenüberstanden. Übertriebene Selbstsicherheit war in solchen Fällen gefährlicher als Panik. Er durfte nichts überstürzen.

Mit einem kleinen Handtuch trocknete er sich notdürftig ab und zog Hemd und Hose wieder an. Er würde sich von Raschenko, sobald dieser aufgewacht war, ein Rasiermesser borgen. Er suchte nach Zigaretten, fand eine, zündete sie an, setzte sich hin und dachte nach.

Vorerst galt es zu entscheiden, ob er Zaleshoffs Rat auf dem hinterlassenen Zettel befolgen sollte oder nicht.

Die Entscheidung wäre ihm leichter gefallen, wenn er Sachs wirklich ermordet hätte, denn dann wäre es nur darum gegangen, seine Haut zu retten. So wie die Dinge aber lagen, stand er vor der erschwerenden Notwendigkeit, seine eigene Unschuld zu beweisen. Ein wirklicher Mörder würde sich darum nicht kümmern. Bei erwiesener Schuld wäre ein Prozeß das Letzte, was er sich wünschen konnte. Auch Kenton wünschte sich alles andere als einen Prozeß, er war aber noch nicht so weit, ein Gerichtsverfahren auch nur als Möglichkeit in Betracht zu ziehen. Er hatte Sachs nicht ermordet, ergo würden, ja konnten sie ihm nicht den Prozeß machen. Die ganze Angelegenheit war grotesk. Der Konsul würde das schon in Ordnung bringen.

Plötzlich kam ihm ein grauenvoller Gedanke. Einmal angenommen, sie klagten ihn wegen Mordes an, es gelänge ihm nicht, seine Unschuld zu beweisen, und auch der Konsul hätte nichts ausrichten können, was dann? Es war ja schön und gut, zu sagen, daß die Justiz den Schuldigen sucht und richtet und daß am Ende immer die Gerechtigkeit triumphiert. In der Praxis aber war die Justiz alles andere als unfehlbar. Stumpf, ehrlich und blind stümperte sie ihrer Beute nach. Geriet zufällig ein Unschuldiger in ihre Fänge, so fiel sie über ihn her und verurteilte ihn manchmal sogar. Für die Polizei galt damit der Fall als abgeschlossen, und die Justiz gab sich mit einer Verurteilung zufrieden. In einem solchen Fall war es sinnlos, auf den Triumph der Gerechtigkeit zu hoffen.

Sein Herz schlug schneller. Er nahm eine Zeitung vom Tisch und las etwas gründlicher den Bericht über das polizeiliche Ermittlungsverfahren bei diesem Mordfall. Fingerabdrücke! Und er hatte gedacht, er hätte alle Spuren verwischt. Aber ausgerechnet das Waschbecken, in dem er seine Hände von Sachsens Blut gereinigt hatte, mußte er vergessen haben. Die Zeugenaussage des Nachtportiers! Die Beschreibung, die er von Kenton gab, war ziemlich genau. Er konnte also nicht so betrunken gewesen sein, wie er ausgesehen hatte. Selbst den Namen hatte er bis auf einen Buchstaben genau behalten: Kenten. Es war Geld gestohlen worden. Sachs hatte sein

Zimmer im voraus bezahlt, und der Portier hatte seine Brieftasche gesehen. Vom Geld, das Kenton ans Hotel geschickt hatte, war nicht die Rede, aber die Polizei würde das Kuvert mit seiner Handschrift zweifellos dem Gericht als letzten Happen vorlegen. Was für ein Narr war er doch gewesen, dieses Geld zu schicken. Das Hotel Werner belastete ihn ebenfalls schwer. Der Mörder, sagte der Geschäftsführer aus, sei in den frühen Morgenstunden angekommen und habe sehr zerzaust ausgesehen, als hätte er sich eben mit jemandem gerauft. Als man später seine Flucht entdeckt habe, sei sein Zimmer in größter Unordnung gewesen. Kein Wunder, dachte Kenton, da sowohl Saridza als auch Zaleshoff seine Sachen durchsucht hatten. Es war ein lückenloser Indizienfall. Das einzige, was er zur Verteidigung vorbringen konnte, war die schwächliche Behauptung, daß Sachs schon tot gewesen war, als er, Kenton, aufgekreuzt war. Die Geschichte von den Fotografien würde ihm mehr schaden als nützen. Sie wäre für den Staatsanwalt nur ein zusätzliches Motiv für die Tat, wenn er sie nicht zum vornherein als unverschämten Bluff abtun würde. Eines war sicher: er durfte sich auf keinen Fall der Polizei stellen. Ihm blieb nur die Möglichkeit, selber den Mörder zu finden und ihn der Polizei zu übergeben. Die Alternative war, nach England zu gehen, entweder auf eigene Faust oder mit Zaleshoffs Hilfe, und dort zu bleiben. Aus dem eigenen Land konnte man, soviel er wußte, nicht ausgeliefert werden.

Erregt ging er im Zimmer auf und ab. Wenn sich Zaleshoff nur nicht dünn gemacht hätte! Er hätte den Russen gezwungen, ihm die Wahrheit über den Mord zu gestehen. Entweder hatte Zaleshoff Sachs erstochen oder dann der ›Nazispitzel‹. Einer von beiden mußte der Mörder sein. Er hätte in der vergangenen Nacht die Wahrheit aus dem Russen herausquetschen müssen. Er hätte mehr denken müssen, statt so viel zu reden. Aber wenn man nicht daran gewöhnt ist, aus heiterem Himmel eines Mordes beschuldigt zu werden, so beteuert man natürlich zuerst einmal empört seine Unschuld und übersieht in der Aufregung die vorliegenden Tatsachen. Die Erinnerung, wie er vor dem Einschlafen selbstzufrieden Sätze voller Ironie geprägt hatte, mit denen er andertags die für den Mißgriff verantwortlichen Stümper verhöhnen wollte, diese Erinnnerung war schmerzlich.

Der Gedanke, daß er sich nun tagaus tagein in Raschenkos Zimmer versteckt halten sollte, war ihm unerträglich. Ganz abgesehen vom Risiko, entdeckt zu werden, würde die Chance, sich von der Mordanklage reinzuwaschen, mit jedem ungenutzten Tag geringer werden. Zaleshoff war zweifelsohne auf Grund der Information, die er ihm gestern nacht gegeben hatte, auf dem Weg nach Prag. Der Bösewicht mit dem Teiggesicht aus dem Zug war sicher schon über alle Berge. Zaleshoff kümmerte sich selbstverständlich keinen Deut um das Schicksal eines unbekannten englischen Journalisten. Für ihn war nur wichtig, daß den Wünschen seiner Regierung entsprochen wurde. Kenton verfluchte die Perfidie des Mannes. Von der jungen Frau aber hätte er immerhin erwarten dürfen, daß sie auf ihn etwas mehr Rücksicht nähme. Rücksicht! Er lächelte säuerlich. Was für ein sauberes, ehrbares Wort im Zusammenhang mit einem so unanständigen Geschäft. Er war darauf und dran, jeden Sinn für Proportionen zu verlieren. Für Beschuldigungen hatte er jetzt keine Zeit. Das Problem war: Was sollte er tun?

Nach England gehen? Das war vielleicht keine schlechte Idee. Dort wäre er wenigstens sicher. Andererseits wäre seine Bewegungsfreiheit arg eingeschränkt, da er dann England nur mehr auf die Gefahr hin verlassen konnte, sogleich verhaftet zu werden. In England selber würde er unter Polizeiaufsicht stehen. Das war ein Fall, so schien ihm, wo man unbedingt einen Anwalt beiziehen mußte. In England würde er sich zudem kaum je vom Schuldverdacht reinwaschen können. Vielleicht blieb ihm letzten Endes nur noch die Hoffnung, daß der Mörder auf dem Totenbett noch ein Geständnis ablegte. Unterdessen wäre er in England alles andere als auf

Rosen gebettet. Die gute Gesellschaft würde sich nicht um einen Mann reißen, der wegen eines besonders gemeinen Mordes gesucht wurde. Es lief alles immer darauf hinaus, daß er selber den Mörder finden und der Polizei übergeben mußte.

Düsteren Sinnes dachte er über diese Aussicht nach. Sie schien hoffnungslos. Selbst wenn er Zaleshoff fände, war es nicht sicher, ob der Russe ihm helfen würde. Die Wahrheit aus ihm herausquetschen! Sicher. Fragte sich bloß wie? Er erinnerte sich, wie seine Fragen nach dem Mörder von Sachs auf leere Blicke und kühles Leugnen gestoßen waren. Er seufzte. Wenn er nur etwas geschickter gewesen wäre! Aber Zaleshoff und seine Schwester waren ihm überlegen. Bevor sie ihm von der Polizei erzählt hatten, wußten sie schon, wo die Fotografien waren. Sie hatten nur um deren Preis gefeilscht, um ihn von ihren wahren Absichten abzulenken. Er war auf die Mätzchen des Komödianten hereingefallen! Sie hatten sicher aufgeatmet, als er nicht länger nach dem Mörder von Sachs gefragt hatte. Er entsann sich jetzt bedeutsamer Einzelheiten: die junge Frau hatte hastig eine alte, zerlesene Zeitung fortgeräumt, und immer, wenn er vom Mord an Sachs gesprochen hatte, waren vielsagende Blicke getauscht worden. Ja, die beiden hatten ihn meisterhaft hereingelegt. Es tröstete ihn fast ein wenig, daß sie wenigstens die Fotografien nicht bekommen hatten. Sie ...

Er schrak auf.

Zaleshoff mußte die Fotografien unbedingt haben. Kenton hatte sie eingetauscht gegen eine Story, die er nicht brauchen konnte. Er hatte sein einziges Druckmittel billig aus der Hand gegeben. Angenommen, er würde es sich auf die eine oder andere Weise wieder verschaffen, dann ...

Entmutigt sank er in den Sessel zurück.

Es war verrückt, einfach hoffnungslos. Wie käme er denn wieder zu den Fotografien? Saridza war wahrscheinlich schon in Prag, Zaleshoff hinter ihm her. Welche Chance hatte

Kenton da, dem Russen zuvorzukommen? Schlechtgelaunt drückte er die Zigarette aus und stützte seinen Kopf auf.

Ein Psychiater hätte Kentons Verhalten während der nächsten zwei Minuten ein trübsinnig professionelles Interesse abgewinnen können. Nach eineinhalb Minuten änderte sich der Ausdruck tiefster Niedergeschlagenheit ganz plötzlich und in sonderbarer Weise. Der Kiefer fiel herab, die Augen öffneten sich weit. Dann glätteten sich die Stirnfalten wieder und der Mund verzog sich langsam zu einem Grinsen. Kenton stand rasch auf, schnippte einmal mit den Fingern, rief ›Ha!‹ und fing leise an zu pfeifen. Es war ihm etwas eingefallen, etwas sehr wichtiges, das er ganz vergessen hatte: Colonel Robinson fuhr nach Prag, um *einen Mann namens Bastaki zu treffen.*

Diesen Namen hatte er ganz vergessen zu erwähnen, als er dem Russen aufgeregt sein Erlebnis erzählt und den Schwall seiner Fragen beantwortet hatte. Der Name war ihm bedeutungslos erschienen, vor allem wohl deshalb, weil seine Aufmerksamkeit von Captain Maillers Gummiknüppel voll beansprucht worden war. Nachher hatten die Flucht und Zaleshoffs Geistesakrobatik das scheinbar nebensächliche Detail aus seinem Gedächtnis verdrängt. Auf jeden Fall war ihm Saridzas Reiseziel unwichtig erschienen. Er hatte die Fotografien im Café Schwan in Sicherheit gewähnt.

Nun sah die Sache freilich ganz anders aus. Saridzas Reiseziel war wichtig geworden, wenigstens insofern, als Kenton etwas wußte, von dem Zaleshoff keine Ahnung hatte. Vielleicht konnte er dank diesem Wissen dem Russen trotz dessen Vorsprung die Fotografien vor der Nase wegschnappen. Prag war eine große Stadt. Ohne den geringsten Anhaltspunkt war Zaleshoffs Aufgabe alles andere als leicht zu lösen. Der Name ›Bastaki‹ mochte sich als wertlos herausstellen, aber er konnte ebensogut der entscheidende Hinweis sein. Verlieren konnte er bei der Sache gar nicht. Wenn er Saridza nicht fand, oder wenn er ihn fand, ohne wieder in den Besitz der Fotografien zu gelangen, konnte er immer noch über Polen nach England zurückkehren. Auf jeden Fall war die Tschechoslowakei für ihn das günstigste Land. Um die Schweizer Grenze zu erreichen, mußte er durch ganz Österreich fahren, und nach Deutschland oder Italien zu gehen war zu riskant, weil er dort mit dem Ausfüllen des Meldezettels im Hotel nicht durchgekommen wäre, sondern an jedem Ort seinen Paß bei der Polizei hätte vorzeigen müssen. Ungarn war noch weiter von England weg, und im übrigen konnte er dort nichts ausrichten. Folglich kam nur Prag in Frage.

Jetzt, da er ein Ziel vor Augen hatte, verbesserte sich seine Laune. Insgeheim wußte er, daß seine Chancen, in Prag irgendetwas mit seiner Information zu erreichen, sehr gering waren, aber er wußte auch, daß es keinen anderen Ausweg aus Raschenkos Zimmer gab. Begeistert stürzte er sich auf das nächstliegende Problem: Wie kam er aus Österreich in die Tschechoslowakei, ohne daß man ihn verhaftete und ohne daß er sich durch seinen Paß verriet.

Vorerst aber brauchte er unbedingt Kleider. Hut und Mantel waren im Hotel Werner oder von der Polizei konfisziert worden. Mit seiner zerrissenen Hose konnte er sich nirgends zeigen, ohne aufzufallen. Außerdem brauchte er Geld. Er zählte seine Barschaft. Sie betrug 465 Reichsmark und ein paar Pfennige. Wenn er 65 Mark für Kleider ausgab, konnte er mit dem restlichen Geld gut zwei Wochen auskommen. Er würde in Prag schnell herauskriegen, ob er seine Zeit verschwendete oder nicht. Nötigenfalls konnte er nach Danzig reisen und von dort per Schiff nach Hull.

Er ging zum Bett hinüber.

Raschenko lag mit geschlossenen Augen auf dem Rücken. Sein Atem ging lautlos, und Kenton nahm an, daß der Russe wach war. »Raschenko«, sagte er.

Die Augen öffneten sich.

»Wissen Sie«, fragte Kenton auf deutsch, »daß Zaleshoff und seine Schwester fort sind?«

Raschenko nickte, kroch aus dem Bett und schlüpfte in einen alten Morgenrock. Dann ging er zu einem Tisch und kritzelte rasch etwas auf einen Zettel, den er Kenton reichte. Darauf stand folgendes:

»Sie haben sich entschlossen, wegzugehen. Ich bitte Sie, hierzubleiben. Hier sind Sie in Sicherheit. Andreas Prokovitch wird Sie nicht im Stiche lassen.«

»Wie haben Sie erraten, daß ich fort will?«

Raschenko schrieb wieder etwas auf den Zettel.

»Ich habe Ihr Gesicht beobachtet. Ich sah, wie Sie sich entschieden haben. Es ist gefährlich, von hier wegzugehen. Man wird Sie erwischen.«

Er sah Kenton an und nickte heftig.

»Wenn Sie mir helfen, wird man mich nicht erwischen.«

Raschenko schüttelte den Kopf.

»Soll das heißen, daß Sie mir nicht helfen wollen, oder glauben Sie, daß ich erwischt werde?« fragte Kenton.

Raschenko lächelte schwach und schrieb dann:

»Wir helfen Ihnen gern, aber wenn Sie dieses Haus verlassen, können wir nichts mehr für Sie tun.«

»Ich muß meine Chance wahrnehmen.«

»Wohin wollen Sie denn?«

»Nach England. Dort kann man mich nicht verhaften.«

»Sie werden nicht durchkommen. Spätestens an der deutschen Grenze wird man sie kriegen.«

»Ich gehe über die Tschechoslowakei.«

Für einen Moment blickten die eingesunkenen Augen des Russen mißtrauisch, dann zuckte er die Achseln, ging zum Ofen, machte Kaffee und wärmte ein paar Semmeln, die er aus einem Kasten genommen hatte.

Beim Frühstück brachte Kenton seine Wünsche vor: ein Rasiermesser, Kleider und österreichisches Geld. Raschenko nickte bekümmert, nahm einen von Kentons Hundertmarkscheinen und zeigte ihm, wo das Rasiermesser lag. Dann verschwand er durch die Wohnungstür in den Flur.

Kenton fragte sich, ob der Russe in Nachthemd und Morgenrock einkaufen ging, und begann sich zu rasieren. Er hatte beschlossen, sich einen Schnurrbart stehen zu lassen, wußte aber noch nicht, welche Form er ihm geben sollte. Er hatte noch nie einen Schnurrbart getragen. Mit einem ›Zahnbürstchen‹ würde er zu englisch aussehen. Er entschied sich dafür, die Stoppeln bis zu den Mundwinkeln stehen zu lassen, und stellte mit Vergnügen fest, daß ihm dieser Schnurrbart ein martialisches Aussehen verlieh.

Kritisch musterte er seine Arbeit, als Raschenko mit einem großen Kleiderbündel zurückkehrte.

Kenton griff hastig danach. Obenauf lag das österreichische Geld. Die Kleider waren nicht neu. Ein weicher, grauer, breitkrempiger Hut, ein Paar Hosen aus solidem braunen Stoff und ein weiter dunkelgrauer Mantel.

»Wo haben Sie diese Sachen denn so schnell gefunden?« fragte Kenton.

Raschenko lächelte, gab aber keine Antwort.

Kenton setzte den Hut auf und schaute sich im Spiegel an. Die Einbuchtung an der Krone kam ihm seltsam bekannt vor. Diesen Hut hatte er doch schon mal gesehen. Er zuckte die Achseln. Wahrscheinlich gab es solche Hüte in ganz Europa.

Zehn Minuten später knöpfte er den Mantel zu, verabschiedete sich von Raschenko und verließ das Haus. Auf dem Gehsteig blieb er einen Augenblick stehen, atmete tief ein und wandte sich dann nach links.

12. Kapitel

Mr. Hodgkin

Auf dem Weg, den Raschenko beschrieben hatte, eilte Kenton in Richtung des Stadtzentrums.

Am liebsten wäre er in jeder Seitenstraße, an der er vorüberkam, verschwunden. Er beherrschte sich aber und schlug auch nicht den Mantelkragen hoch, um sein Gesicht zu verbergen. Vorbei an Parkbad und Hotel Weinzinger kam er zum Brucknerplatz, wo er fand, was er suchte – ein Reisebüro. Er ging hinein.

Zu seiner Erleichterung waren viele Kunden da. Am langen Schalter, der eine ganze Zimmerseite in Anspruch nahm, stand ein Schweizer Ehepaar und erkundigte sich nach den Zügen nach Basel. Daneben versicherte eine schlaff aussehende Engländerin mit lauter, durchdringender Stimme, daß die Hotels in Kairo besser seien. Auf der linken Seite des Raumes saß eine Gruppe Touristen, die mit Kameras und Feldstechern bewaffnet waren, und schwatzten. Vor den Stuhlreihen stand eine Tafel, auf der deutsch, englisch und französisch zu lesen war, daß punkt 12 Uhr ein Luxuscar samt Reiseführer zu einer Rundreise in Richtung Böhmerwald losfahren würde.

Was Kenton suchte, war eine Landkarte von Österreich. Als er sich umdrehte, sah er eine an der Wand hängen. Er betrachtete vor allem die Gegend nordöstlich von Linz.

Es schien ihm am klügsten zu sein, mit dem Zug bis zur tschechischen Grenze zu fahren, dort die Nacht abzuwarten, die Straße zu verlassen und auf gut Glück querfeldein zu gehen, in der Hoffnung, im Schutz der Dunkelheit an den Grenzwächtern, die durch die unbewohnte Gegend patrouillierten, vorbeizukommen. Erst auf der tschechischen Seite würde er auf die Straße zurückkehren, die nächste Stadt aufsuchen und einen Zug nach Prag nehmen.

Die Karte bot zwei Alternativen. Er konnte bis zum Grenzbahnhof Aigen marschieren und von dort über die Grenze nach Schwarzbach gelangen. Oder er konnte via die österreichischen Orte Garsbach und Summerau direkt nach Prag fahren. Diese letzte Route schien ihm zu gefährlich. Erstens war kein Grenzstädtchen auf der Karte eingezeichnet, was bedeuten konnte, daß an jedem Punkt der Reise Paßkontrollen durchgeführt wurden und er keine Chance hatte, den Zug zu verlassen. Außerdem war es der wichtigste Grenzübergang, und die Polizei würde sicher jeden Reisenden unter die Lupe nehmen. Die andere Möglichkeit sah besser aus, bis er bei näherer Prüfung an der Grenze nördlich von Aigen einige schwarze Dreiecke bemerkte. Dort hatte es demnach Berggipfel, und da die Bahnlinie mehrere Kilometer vor der Grenze endete, hieß das, daß die Gegend für den Verkehr unpassierbar war.

Wie er sich überlegte, welchen Umweg er nun nehmen sollte, blieb sein Blick an einer dünnen Linie westlich von Freistadt hängen, die über die Grenze in die Tschechoslowakei führte. Es war eine Straße. Er sah noch einmal genauer hin und stieß auf ein Wort, das der Gegend um diese Linie einbeschrieben war: *Böhmerwald.*

Gebannt starrte er auf die Karte. Der *Böhmerwald!* Und hinter ihm saßen die Touristen, die in einem Bus in dieser Richtung fahren würden. Ein Blick auf die Uhr: 20 Minuten vor 12. Dann wandte er sich wieder der Karte zu. Seine Straße führte durch einen Ort namens Neukirchen. Er ging zum Schalter, und ein Angestellter fragte ihn nach seinem Begehr.

»Ich habe nur ein paar Stunden Aufenthalt. Kann ich eine Rundfahrt oder etwas ähnliches machen?«

Aber sicher. Es gab verschiedene Möglichkeiten: Am Nachmittag eine Fahrt nach Hallstadt, zu den Ausgrabungen und den Höhlen, und zu den Aussichtspunkten Bauernberg und Freinberg. Oder Ausflüge auf den Pöstlingberg und nach Steyr. Viele Sehenswürdigkeiten und kulturhistorisch interessante Stätten. Sehr schöne Barockbauten.

Kenton nickte wie zufällig in Richtung der Reisegesellschaft. »Und dieser Ausflug? Ist er der Mühe wert?«

Oh ja. Eindrücke von unvergeßlicher Schönheit. Über Neukirchen hinauf in die Wälder, bis auf 1000 Meter, von wo aus man tief nach Böhmen hineinsehen konnte. Leider sei das nichts für den Herrn, da er ja nur wenig Zeit habe. Der Bus würde erst gegen Abend wiederkommen.

Kenton erklärte hastig, daß er erst mit dem Nachtzug weiterfahre, kaufte sich ein Billett und setzte sich so schnell und so unauffällig wie möglich zu der Reisegesellschaft. Er brach in kalten Schweiß aus. Die Worte ›bis auf 1000 Meter‹ und ›tief nach Böhmen hinein sehen‹ hallten durch seinen Kopf. Er zwang sich, ruhig und regelmäßig zu atmen, und musterte seine Mitreisenden.

Es waren neunzehn und, soviel er sah, zum größten Teil Österreicher. Vor ihm aber saß ein junger Franzose mit finsterer Miene, der leise und eindringlich auf eine Frau neben ihm einredete. Kenton schnappte einzelne Wörter auf: *›ta famille‹*, *›ce vieux salop‹*, *›vicieuse‹*. Neben dem Paar saß ein Mann, in eine Zeitung vertieft. Sein Rücken war Kenton zugewandt, aber der Journalist sah mit Schrecken, daß der Mann den Bericht über den Mord im Hotel Josef las. Er starrte auf den Boden und wünschte, er hätte eine Zeitung oder ein Buch dabei, um sein Gesicht zu verbergen. Aus dem Augenwinkel sah er, wie ihn sein Nachbar erwartungsvoll betrachtete, als wolle er ihn jeden Moment ansprechen. Er sagte sich, daß er sich um jeden Preis normal verhalten müsse, weil er durch Unhöflichkeit, ja sogar schon durch bloße Zurückhaltung die Aufmerksamkeit auf sich ziehen würde. Deshalb raffte er sich zur Bemerkung auf, es sei herrliches Wetter für diesen Ausflug. Inzwischen aber hatte sich sein Nachbar in ein

Gespräch mit einer dicken Österreicherin vor ihm eingelassen und hörte nichts. Kenton kam sich blöd vor und starrte wieder auf den Boden. Dann wanderte sein Blick verstohlen zu einem kleinen Tisch in der Nähe, auf dem schön ordentlich acht Stapel Reiseprospekte lagen. Sehnsüchtig schaute Kenton zu ihnen hinüber. Wenn er so einen hätte, würde er weniger auffallen. Aber um einen zu bekommen, mußte er aufstehen und zwei Meter hin, zwei Meter zurück Spießruten laufen. Dazu brauchte es Mut; schließlich aber stand er auf und machte die paar Schritte zum Tisch. Seine überreizte Phantasie redete ihm ein, daß jeder im Raum seine Beschäftigung unterbrach und wie gebannt auf ihn starrte. Nervös nahm er einen Prospekt vom nächsten Stapel und strebte wieder zu seinem Platz zurück. Der Metallverschluß am Gürtel seines Mantels schwang herum und knallte gegen den Tisch.

Mit hochrotem Kopf stolperte Kenton zu seinem Sitz zurück und vergrub sein Gesicht in dem Prospekt. Es war eine Schiffsabfahrtsliste des Hafens Genua für den Dezember. Zu seiner großen Erleichterung kam wenig später ein Mann in einem langen, mit Goldborten verzierten Mantel herein, zog die Schirmmütze und verkündete, der Bus sei angekommen, und die Herrschaften, die Billette für diese Fahrt hätten, könnten ihre Plätze einnehmen.

Der Wagen war schon zur Hälfte von einer Touristengruppe aus einem Hotel besetzt. Als Kenton, der sich zuhinterst angestellt hatte, einstieg, war nur noch ein Platz frei, und so fand er sich eingezwängt zwischen einer einfältigen Österreicherin mittleren Alters und dem Zeitungsleser, einem Mann mit einem mageren Gesicht und stechenden blauen Augen hinter einer randlosen Brille. Er machte es sich so bequem als möglich und schaute dann aus dem näherliegenden Fenster. Er glaubte, der Schlag treffe ihn, als er einem Polizisten, der draußen auf dem Pflaster stand, direkt in die Augen sah.

Für einen Augenblick verlor er den Kopf und wollte schon

dem Impuls, den Wagen durch die Tür auf der anderen Seite zu verlassen und davonzurennen, nachgeben, als ihm aufging, daß der Polizist ihn wegen der Spiegelung des Fensters gar nicht sehen konnte. Er beruhigte sich etwas, wischte sich mit dem Handrücken verstohlen den Angstschweiß von der Stirn und betete, daß der Chauffeur aufhören möchte, mit dem Reiseleiter zu schwatzen, und endlich losfahre.

»Komische Uniformen, was?«

Kenton zuckte zusammen und traute seinen Ohren nicht. Der Mann mit dem mageren Gesicht hatte ihn in seiner Muttersprache angeredet, mit einem unverkennbaren Londoner Vorstadtakzent.

Kenton bemühte sich, ruhig zu erscheinen, und wandte sich an den Sprecher.

»Wie bitte?«

Die stechenden blauen Augen funkelten belustigt hinter den Gläsern.

»Na, na! Sie wollen mir doch nicht etwa vormachen, daß Sie kein Engländer sind?«

Kenton lachte unsicher.

»Verzeihung, man gewöhnt sich so schnell daran, deutsch zu reden.« Er fühlte, wie er errötete. »Ja, sie sehen schon etwas seltsam aus«, fügte er rasch hinzu.

»Aber sie ist tüchtig, die österreichische Polizei«, fuhr der andere fort. »Ich reise seit vielen Jahren in diesem Land herum, aber ich glaube nicht, daß es eine bessere Polizei in Europa gibt. Das ist nicht so wie bei den Deutschen, bloß Amtsschimmel plus Wichtigtuerei. Soviel ich weiß, schnappen sie jeden. Sie werden alle in Wien ausgebildet.«

Kenton versuchte krampfhaft, das Thema zu wechseln.

»Woran haben Sie gemerkt, daß ich Engländer bin?«

Der andere zwinkerte heftig.

»Das habe ich im Moment gewußt, als Sie hereinkamen.« Es wies mit dem Daumen auf das Reisebüro. »Sie werden nicht erraten, warum.«

»Wegen der Kleider?« fragte Kenton schlau.

»Ja und nein.« Er befingerte verächtlich Kentons Mantel. »Kontinentaler Stoff, kontinentaler Schnitt. Der Hut stammt aus Deutschland. Nein, am Rockaufschlag, der unterm Mantelkragen hervorlugte, habe ich Sie erkannt.«

»An meinem Rock?«

»Ja, er ist englisch.«

Kenton erinnerte sich, daß er den Anzug in London gekauft hatte.

»Ich verstehe nicht, wie Sie das so bestimmt sagen können. Ich hätte denselben Anzug auch in Berlin oder Paris kaufen können.«

Der kleine Mann schüttelte überlegen den Kopf.

»O nein, mein Lieber, das hätten Sie nicht. Es gibt nur ein solches Kammgarn, und das befindet sich in meinem Musterkoffer im Hotel. Ich bin der Vertreter der Firma, die es herstellt – Stockfield, Hatley and Sons in Bradford. Heute habe ich meinen freien Tag. Gestatten Sie, daß ich mich vorstelle: Hodgkin.«

»Sie sind ein guter Beobachter«, sagte Kenton, und ihm wurde mulmig.

»Man kriegt natürlich ein Auge für Stoffe, wenn man in der Branche tätig ist«, sagte Mr. Hodgkin. Dann beugte er sich nach vorn und rief aus: »He, Sie dort! Sollen wir den ganzen Tag hier sitzen bleiben, oder wann geht's los?«

Die anderen Touristen murmelten beifällig. Der Reiseleiter plierte über die Köpfe hinweg und suchte nach dem Urheber dieses Mahnrufes.

»Verschwatzen da die Zeit wie alte Weiber, und wenn man's ihnen sagt, schauen sie auch noch beleidigt drein«, murmelte Mr. Hodgkin und fuhr dann fort: »Das Schlimme an den Österreichern ist, daß sie nichts tun als tratschen. Alles furchtbar nette Leute, aber verglichen mit ihnen ist das Teekränzchen meiner Mutter eine Taubstummenversammlung. Was die zum Beispiel über Politik zusammenschwatzen, das geht auf keine Kuhhaut. In den fünfzehn Jahren, die ich jetzt in der Branche bin, bin ich ganz schön in Europa herumgekommen – mein Bruder hat's besser, der bereist London und die umliegenden Grafschaften – und ich weiß, wovon ich rede. Glauben Sie mir: Solche Schwätzer gibt's nicht wieder. Unlängst sprach ich mit einem Mann in Wien, der eine Reihe Herrenmodegeschäfte hat. Keller heißt er. Vielleicht kennen Sie ihn?«

»Nicht daß ich wüßte.«

»Der Mann ist ein bekannter Einkäufer. Und was tut er am liebsten? Im Kaffeehaus sitzen und über Hitler und den Anschluß witzeln. ›In Deutschland‹, sagt er, ›ist die Lage ernst, aber nicht hoffnungslos. Bei uns in Österreich ist die Lage hoffnungslos, aber nicht ernst.‹ Haben Sie schon jemals so einen hirnrissigen Schmarren gehört? Aber das ist typisch für die Österreicher – immer nur witzeln und keinen Sinn fürs Geschäft.«

Zu Kentons Erleichterung fuhr der Bus jetzt ab, und Mr. Hodgkin schaute einige Zeit aus dem Fenster. Kenton beschloß, beim ersten Halt den Platz zu wechseln. Wenn er seinen Plan, in Grenznähe die Reisegesellschaft zu verlassen, verwirklichen wollte, mußte er zuerst einmal Mr. Hodgkin loswerden, auch wenn er damit eine Unhöflichkeit beging. Der Mann gehörte ganz offensichtlich zur Familie der Kletten.

»Da sind die Tschechen ganz anders«, fuhr Mr. Hodgkin plötzlich fort. »Und wenn ich Tscheche sage, meine ich natürlich nicht Slowene. Ein Slowene ist so wenig ein Tscheche wie meine Tante Muriel. Die Tschechen wissen, was sie wollen. Die verstehen sich aufs Geschäft. Da wird nicht getratscht. ›Glaube, Hoffnung und dreiunddreißig Prozent Marge‹ heißt ihre Devise. Sie haben übrigens auch eine sehr tüchtige Polizei«, fügte er etwas zusammenhangslos hinzu.

Kenton fand diese Anspielungen auf polizeiliche Tüchtigkeit mit der Zeit etwas beunruhigend.

»Wie gehen denn die Geschäfte?« fragte er.

Mr. Hodgkin lachte auf.

»Ich wollt ich wär die Königin von Saba«, sagte er dann verbittert. »Bei den niedrigen Arbeitslöhnen, die sie in der Tschechoslowakei und in Ungarn zahlen, ist es eh ein Wunder, daß wir den Laden nicht schon längst haben zumachen müssen. Ich verkaufe Qualitätsware, und dafür haben diese europäischen Burschen kein Verständnis. Die alten Kunden kaufen mir die Stoffe ab, weil sie mich kennen und weil sie das Tuch gern in die Hand nehmen. Aber sie können die Ware nicht loswerden und wissen es auch. Und warum? Weil die Stoffe zu teuer sind. Ein Kollege reiste für eine Northhamptoner Schuhfirma. Nach dem Krieg kam Bata, und aus war's mit dem Geschäft. So ist's in allen Branchen. Außer dem neuen Modell eines Maschinengewehrs können Sie heutzutage hier nichts mehr verkaufen, und auch das besorgen die europäischen Jungs selber. Ich erlaubte mir einen kleinen Scherz und schrieb in einem meiner Berichte an die Firma, daß wir zwecks Umsatzsteigerung Uniformen herstellen sollten. Ich wollte sie hochnehmen, verstehen Sie? Was glauben Sie, was sie mir geantwortet haben?«

»Keine Ahnung.«

»Sie schrieben, sie hätten eben eine neue Fabrik in Betrieb genommen, die nichts anderes mache. Aber da sie Tag und Nacht arbeiteten, um den Regierungsaufträgen nachzukommen, könnten sie keine Aufträge von Privatkunden mehr annehmen. Zum Lachen, was?« Dann sagte Mr. Hodgkin nachdenklich: »Aber Sie werden wohl genug eigene Probleme haben, da will ich Sie nicht noch mit meinen belästigen. In welcher Branche sind Sie übrigens, wenn man fragen darf?«

»Ich? Ach, ich bin sozusagen auf einer Erholungsreise.«

»Was Sie nicht sagen.« Mr. Hodgkin zog eine Meerschaumpfeife, in deren Kopf ein weibliches Gesicht geschnitzt war, aus der Tasche und stopfte sie aus seinem Tabakbeutel. Während er sich dieser Aufgabe widmete, sprach er weiter: »Wenn ich Ihren Rockaufschlag nicht gesehen hätte, hätte ich Sie für einen Deutschen gehalten. Sie sprachen deutsch wie ein Deutscher, als Sie am Schalter standen. Der Mantel war auch ...«

Kentons Herz setzte einen Schlag lang aus.

»Ich war ein paar Monate in einem bayrischen Sanatorium«, sagte er schnell. »Ich hab's auf der Brust«, fügte er noch hinzu.

»Das tut mir aber leid«, sagte Mr. Hodgkin mitfühlend. »Hoffentlich sind Sie jetzt wieder ganz hergestellt. Ich kannte einmal einen, der ...«

Er unterbrach sich und zeigte mit dem Pfeifenstiel zum Fenster. »Sehen Sie das? Das bedeutet Schnee für heute Nacht.«

Kenton folgte dem Blick seines Mitreisenden. Der Bus fuhr in gemächlichem Tempo einen waldigen Hügel hinunter. Die Sonne schien, aber weit weg, im Nordosten, hatte der Himmel eine seltsame bleierne Farbe.

»Ich freue mich aufs Bett heute nacht«, sagte Mr. Hodgkin fröhlich. »In welchem Hotel sind Sie abgestiegen?«

Es fiel Kenton gerade noch rechtzeitig ein, daß der Vertreter von Stockfield, Hatley und Sons vielleicht seine Unterhaltung mit dem Angestellten des Reisebüros mitgekriegt hatte.

»Ich fahre heute abend nach Wien weiter.«

»Mit dem 10-Uhr-Zug?«

»Ja.«

»Das ist der bequemste.«

Mr. Hodgkin zündete seine Pfeife an. Die Frau, die zur Rechten Kentons saß, bekundete erregt ihre Mißbilligung. Mr. Hodgkin schaute sie an, sog zweimal an der Meerschaumpfeife, inhalierte, stieß den Rauch durch die Nasenlöcher und klopfte die Pfeife sorgfältig am Boden aus.

»So sind sie in ganz Europa«, sagte er ruhig. »Wenn Sie eine stinkende Zigarre rauchen, sagt kein Mensch einen Ton. Raucht man aber anständigen Pfeifentabak, so fallen sie alle über einen her.«

Kenton pflichtete diesem Befund bei, und für eine Weile stockte das Gespräch.

Mr. Hodgkin, so schien es Kenton, war der typische Vertreter einer sonderbaren englischen Gattung – der Exportreisenden. Man traf auf der ganzen Welt diese Leute, und gerade dort, wo man sie am wenigsten erwartet hätte – im Fernen Osten, in kontinentalen Lokalzügen und in den kleinen Hotels der europäischen Städte. Sie sprachen die Fremdsprachen fließend und grammatikalisch, aber mit einem scheußlichen englischen Akzent. Sie verstanden sich glänzend mit allen Leuten, mit denen sie in Kontakt kamen. Sie tranken mit den Einheimischen ihre Getränke, aßen mit ihnen ihre Speisen, teilten ihre Ansichten und blieben doch – von allem unberührt – unweigerlich Engländer. Für sie lag der Unterschied zwischen einer Reise von London nach Istanbul und einer solchen von London nach Manchester lediglich in der Dauer und der gelegentlichen Unterbrechung durch Gepäckkontrollen. Für sie waren die Städte der Erde Bahnstationen, die sich nur durch die Sprache auf den Plakaten und die Währung des Trinkgeldes, das die Träger erwarteten, voneinander unterschieden. Es waren meistens Junggesellen, die ihre Sommerferien allein in Bognor oder Clacton-on-Sea verbrachten, Tee trinkend oder den Klängen der Musikkapelle lauschend. Man brauchte die Phantasie nicht zu strapazieren, um sich Mr. Hodgkin so vorzustellen. Vielleicht hatte er noch eine verheiratete Schwester, die in Clapham oder Hendon lebte und ihm einmal im Monat schrieb. Vielleicht …

Mr. Hodgkin unterbrach diese Betrachtungen, indem er Kenton mit dem Ellbogen in die Seite stieß.

»In Neukirchen machen wir Halt zum Mittagessen. Da werden sie versuchen, uns in eines dieser Touristenrestaurants zu lotsen. Wir lassen uns aber nicht fangen. Denen geben wir keine Wurzen ab. Ich weiß, wo wir ein besseres Mittagessen kriegen, und erst noch billiger.«

Kenton überlegte schnell. Das war die Gelegenheit, den Mann zu brüskieren und so loszuwerden. Er ließ aber seine Chance kläglich fahren.

»Da sag ich nicht nein.«

»Fein. Man muß immer aufpassen: die können einen bis aufs Hemd ausziehen.«

»Das kann ich mir gut vorstellen.«

»Mir können Sie glauben. Ich gehe nämlich oft auf solche Ausflüge. Mir geht nichts über Landschaften. Allerdings sind Devon und der Lake District tausendmal schöner.«

»Auf ihre Weise schon.«

»Nein, nein! In jeder Beziehung. Schauen Sie doch!« Sie fuhren durch ein Tal von majestätischer Schönheit. »Fichten und Tannen. Von hier bis Wladiwostok lauter Nadelwald. Nichts als Fichten und Tannen, auf die Dauer ist das langweilig.«

»Aber Sie sagten doch eben, daß Sie Landschaften gern hätten.«

»Hab ich auch. Ich mache diese Rundfahrt jedesmal, wenn ich in Linz bin. Aber nicht wegen der Fahrt. Die ist das Geld nicht wert. Doch man kommt fast bis auf 1000 Meter hinauf, und bei schönem Wetter hat man eine einmalige Aussicht. Das heißt, zu *sehen* gibt es eigentlich nicht viel, aber das Erlebnis der Weite ist einfach umwerfend. Ich empfinde es wenigstens so. Es hat mir so recht einen Stich ins Herz gegeben, als ich neulich hörte, daß sie den Eiffelturm abreißen wollen.«

Fünf Minuten später hielt der Bus in Neukirchen. Wie Mr. Hodgkin vorausgesagt hatte, wurde das Gros der Touristen in ein malerisches Restaurant in der Nähe des Dorfplatzes geschleppt. Kenton folgte seinem Reisegefährten in eine Seitengasse hinter der Kirche, wo sie in einem unscheinbaren Landgasthof zu Mittag aßen.

Bei Krautwickeln und Bier erzählte Mr. Hodgkin altbekannte saftige Anekdoten in Rabelaisscher Tonart. Alle handelten von Handlungsreisenden und ihren Liebesabenteuern.

»Wie herrlich, sich wieder einmal mit einem Landsmann zu unterhalten«, sagte er. »Die Witze der Ausländer drehen sich immer nur um Politik und Ähnliches. Man würde es nicht glauben, wenn man sieht, wie sie's treiben, aber es ist so.«

Kenton stimmte zu, obschon er nicht genau zugehört hatte, und aß weiter. Er wußte ja nicht, wann er die nächste Mahlzeit kriegen würde. Plötzlich fiel ihm ein, daß Mr. Hodgkin ihm vielleicht in einer wichtigen Sache weiterhelfen könnte. Beim Cognac unterbrach er seine Suada über die mörderische Konkurrenz in Jugoslawien mit der Frage, ob er Prag kenne.

»Wie meine Westentasche«, erhielt er prompt zur Antwort. »Es ist eine schöne Stadt. Die Toiletten sind so sauber wie in Deutschland, was man von Italien nicht behaupten kann, obschon sie dort jetzt deutsche sanitäre Anlagen haben. Mussolini sollte da einmal nach dem rechten sehen, bei den Zügen übrigens auch. Es fahren nämlich noch lange nicht alle pünktlich, sondern bloß die Auslandszüge. Neulich bin ich von Cremona nach Rom gefahren, der Zug hatte 40 Minuten Verspätung, und wir saßen alle dichtgedrängt wie Sardinen beieinander, zusammen mit einer Bande von *Carabinieri,* die nach Rom fuhren, um dekoriert zu werden.«

»Mir gefällt Prag auch«, behauptete Kenton. »Kennen Sie zufällig einen Mann namens Bastaki?«

»Wen?«

»Bastaki.«

Mr. Hodgkin zog die Mundwinkel herunter und schüttelte dann langsam den Kopf.

»Nein. Irgendwie kommt mir der Name bekannt vor, aber ich weiß nicht, wo ich ihn hin tun soll. In welcher Branche ist er denn?«

»Ich weiß es nicht. Ein Freund erwähnte seinen Namen.«

Mr. Hodgkin verdrehte die Augen und schnippte mehrmals mit dem Finger, als wolle er göttliche Hilfe herbeizwingen.

»Was für ein Landsmann ist er?« fragte er plötzlich.

Kenton war jetzt überzeugt, daß Mr. Hodgkin ihm nicht weiterhelfen konnte. Trotzdem sagte er aufs Geratewohl:

»Rumäne.«

Mr. Hodgkin schaute plötzlich ganz erstaunt drein. Dann schlug er leicht, aber triumphierend mit dem Zeigefinger auf den Tisch.

»Ich hab's.«

»Sie kennen den Mann?«

»Ich hab's. Ich wußte, daß ich den Namen schon mal gehört habe. Natürlich, Bastaki. Er ist in Prag.«

Kenton verlor den Mut.

»Ja, ich weiß, daß er in Prag ist.«

»Bastaki, natürlich, das muß er sein«, fuhr Mr. Hodgkin aufgeregt fort. »Heißt Ihr Freund nicht zufällig Eccles? Eccles, von Parker, Sons and Kelsey, in Oldham?«

»Nein.«

»Schade. Eccles würde Ihnen gefallen. Er ist ein netter Kerl. Leider sehe ich ihn nur alle Schaltjahre einmal. Parker, Sons and Kelsey machen zwar oft Geschäfte hier, aber Eccles ist die meiste Zeit in Oldham. Es gefällt ihm eben gut dort, in seinem schönen Haus am Stadtrand. Er ist verheiratet und hat zwei erwachsene Kinder. Der Junge ist übrigens bei der Marine.«

»Und er kennt also Bastaki?«

»Klar. Das erzähl ich Ihnen ja gerade. Bastaki ist in der Elektroindustrie, und ist ein guter Kunde von Eccles. Eccles selber handelt natürlich mit Baumwolle.«

»Aber, Sie sagten doch eben, Bastaki sei in der Elektroindustrie.«

»Ist er auch. Er stellt Kabel her und braucht pro Jahr mehrere Kilometer Garn als Isoliermaterial. Umspinnen ist, glaube ich, der richtige Ausdruck. Eccles verkauft ihm das Garn per Spule, mehrere Kilometer von diesem Zeug. Er hat in der Nähe von Prag eine Fabrik.«

»Wer? Eccles?« Kenton kam nicht mehr nach.

»Nein, Bastaki. Der Kerl ist stinkreich und hat seine Pfoten überall drin. Eccles sagt, daß seinem Alten fast die Hälfte von Rumänien gehört, ich meine natürlich die Industrie, nicht das Land. Wie diesem de Wendel in Frankreich, nur nicht ganz so viel. Ich glaub, seine Frau ist Tschechin.«

»Bastakis Frau?«

»Ja. Schade, daß Sie Eccles nicht kennen. Er ist ein ganz reizender Kerl. Wenn Sie ihn sehen sollten, grüßen Sie ihn doch von mir und erinnern Sie ihn daran, daß er mir noch Geld schuldet. Er weiß schon wofür.« Er grinste anzüglich.

Kenton vermutete einen Witz, lachte pflichtschuldigst und versprach, den Gruß auszurichten.

»Nun«, sagte Mr. Hodgkin und wurde wieder ernst, »ich glaube, wir müssen allmählich zurück. Nicht daß die allerdings schon abfahren würden ...«

Eine halbe Stunde später verließ der Bus Neukirchen. Sie fuhren jetzt wieder durch ebenes Land.

Mr. Hodgkin war diesmal nicht sehr gesprächig, und nach einem weiteren unglücklichen Versuch, Pfeife zu rauchen, schaute er mißmutig durchs Fenster. Kenton, der unbedingt Zeit zum Nachdenken brauchte, gab vor, zu dösen.

Bastaki war also Rumäne. Sein Vater war ein bedeutender Industrieller. Saridza war auf dem Weg zu Bastaki. Verband man diese drei Tatsachen, so hatte man die alte Geschichte. Was Thyssen und Krupp für Hitler, waren Bastaki und Balterghen für Codreanu. Nun schien es Kenton zum erstenmal, daß er gut daran getan habe, Raschenkos Zimmer zu verlassen. Er fühlte sich beschwingt, und an diesem Gefühl konnte auch die Tatsache, daß seine Pläne äußerst vage waren, ja, daß er überhaupt keine Ahnung hatte, was er mit seinem Wissen tun sollte, nichts ändern. Dann fiel ihm aber ein, daß er immer noch in Österreich war, daß er illegal über die

Grenze mußte und daß er sich seine Informationen über Bastaki mit der Klette Hodgkin, Vertreter von Stockfield, Hatley and Sons, Bradford, erkauft hatte. Seine Beschwingtheit erschien ihm unter diesen Aspekten etwas verfrüht. Er mußte jetzt einen Plan machen, und zwar einen einfachen, gescheiten und wirksamen Plan. Aber es war so warm und bequem im Bus, und er hatte so viel Schlaf nachzuholen. Er konnte sich nicht auf seine zukünftigen Probleme konzentrieren, wie sehr sie ihn auch bedrängten. Seltsamerweise dachte er viel lieber an Zaleshoffs Schwester. Auf dem hinterlassenen Zettel hatte Zaleshoff sarkastisch angemerkt, ihre mütterlichen Instinkte seien geweckt worden. Kenton lächelte. Es war angenehm, an sie zu denken. Sie hatte schöne Hände. Mütterlich? Typisch Zaleshoff. Sie hatte einen schönen Mund.

Das Geräusch des fahrenden Wagens wurde immer leiser, das Schwatzen der Touristen lullte Kenton ein, sein Kopf sank auf seine Brust, und schon war er eingeschlafen.

Ein Rippenstoß von Mr. Hodgkin weckte ihn unsanft.

»Wir sind da, mein Freund.«

»Ach ja. Ich muß einen Moment eingenickt sein.«

»Sie haben fast eine Stunde geschlafen.«

Kenton schaute durchs Fenster.

Der Bus kroch zwischen Bäumen, die bis zum Straßenrand standen, einen steilen Berg hinan. Nun kam eine Lichtung in Sicht, in der ein kleiner, blockhausartiger Gasthof stand. Der Bus hielt an.

»Da wären wir, lieber Freund.«

Fröstelnd stiegen sie aus. Mr. Hodgkin blickte über seine beschlagenen Brillengläser hinweg Kenton an.

»Wollen Sie mit den anderen gehen, oder soll ich Ihnen den schönen Aussichtspunkt zeigen, den ich vor zwei Jahren entdeckt habe?«

Kenton blickte unentschlossen zur Touristengruppe, die gerade vom Reiseleiter für den Aufstieg zum Gipfel in Reih und Glied gestellt wurde.

»Wird der Mann uns nicht vermissen?«

»Von dem aus können wir abstürzen. Er hat ja sein Geld schon.«

»Nun gut, wenn Sie meinen.«

Mr. Hodgkin schlug einen Pfad neben dem Gasthof ein, der sich nach einigen hundert Schritten zwischen den Bäumen verlor.

»Immer grad aus«, sagte Mr. Hodgkin.

Vom Gasthof war nun nichts mehr zu sehen. Sie mußten sich den Weg suchen zwischen den hohen Tannen, die so nahe beisammen standen, daß die Sonne nicht durch die Wipfel drang. Es war kalt und ruhig. Sie hörten nur das feine Geräusch der windbewegten Zweige und das Knirschen der Tannenzapfen unter ihren Füssen. Der Weg stieg unversehens an, und Licht schimmerte zwischen den Bäumen. Eine Minute später traten sie aus dem Wald und standen auf einem Felsvorsprung. Dieser war rings von Tannen umgeben, die eine Art Gehege bildeten; vorne öffnete er sich auf die weite bewaldete Hügellandschaft Böhmens: ein unübersehbares Gewoge aus grün-schwarzer Monotonie.

»Schauen Sie«, sagte Mr. Hodgkin.

»Eine wundervolle Aussicht.«

Mr. Hodgkin atmete tief ein und nickte.

»Einfach schön«, murmelte er. Er seufzte und schaute ergriffen zum nebelgrauen Horizont hinüber. Kenton durchraste sein Gehirn nach einem Einfall, aber er fand keinen. Es wäre gescheiter gewesen, mit den andern zu gehen, denn da hätte er sich gleich zu Anfang verdrücken können. Was konnte er jetzt tun? Einfach losrennen? Ja, das war's. Etwas anderes blieb ihm gar nicht übrig. Der Abhang gleich nach der Lichtung war nicht steil, und dann kamen schon bald die Tannen. Selbst wenn Hodgkin ihn verfolgte, würde er ihn zwischen den Bäumen aus den Augen verlieren und die Suche sicher bald aufgeben. Freilich würde er den Vorfall dem Reiseleiter erzählen. Wenn ...

Er sah, daß der kleine Mann ihn mit verschmitzten Augen betrachtete. Er lächelte.

»Die Luft hier oben ist gut«, bemerkte Kenton.

Mr. Hodgkin wandte den Blick ab und sagte langsam:

»Die Grenze ist nur 6 Kilometer entfernt. Wenn sie jetzt losmarschieren, sind Sie noch bei Tageslicht dort, Mr. Kenten.«

Kenton war wie vor den Kopf geschlagen. Er wußte, daß er etwas sagen sollte, aber es fiel ihm nichts ein. Ihm war, als sei er stundenlang so dagestanden, bevor er sich sagen hörte:

»Kent*on*, nicht Kent*en*.« Etwas Besseres fiel ihm nicht ein.

Mr. Hodgkin wandte den Kopf. Seine dünnen Lippen verzogen sich zu einem schwachen Grinsen.

»Tut mir leid, lieber Freund, in den Zeitungen stand Ken*ten*.«

»Na, wenn schon«, sagte Kenton gelassen und hatte sich wieder einigermaßen in der Gewalt. »Wann haben Sie es denn gemerkt?«

»Im Moment, als Sie das Reisebüro betraten.« Er gab sich ernst. »Ich will Ihnen etwas sagen, lieber Freund. Heute haben Sie unheimlich viel Glück gehabt. Es wäre Ihnen ganz recht geschehen, wenn man Sie geschnappt hätte. Sie kommen in ein Reisebüro hereinspaziert, zwei Minuten nachdem die Polizei dort war und nach Ihnen gesucht hat. Sie spähen nach links und nach rechts, als wären Sie der Bösewicht im Film. Dann pflanzen Sie sich vor einer Landkarte auf und brabbeln auf englisch vor sich hin. Auf der Oberlippe haben Sie einen kaum eintägigen Schnurrbart, und unter dem Mantel, der Ihnen nicht paßt, schaut ein englischer Tweedrock hervor. Dann gehen Sie an den Schalter, verkünden, daß Sie bloß zwei Stunden Aufenthalt hätten, und kaufen ein Billett für eine Rundfahrt, die acht Stunden dauert. Weil Sie es so verdammt eilig haben, sich in den Hintergrund zu drängen, stolpern Sie fast über Ihre eigenen Füße. Sie grabschen sich einen Schiffahrtsprospekt, als täten Sie einen Griff in die

Ladenkasse. Beim Anblick eines Polizisten kriegen Sie fast einen Herzanfall. Dann wollen Sie mit einem Zug, der nicht fährt, nach Wien fahren, und von mir wollen Sie Auskunft über einen der größten Gauner von hier bis Shanghai. Sie behaupten, Sie seien in einem bayrischen Sanatorium gewesen, aber Sie reden deutsch wie ein geborener Berliner. Und dann – entschuldigen Sie, wenn ich das sage – ist da hinten an Ihrem Ärmel ein großer Fleck, der nach Blut aussieht. Der Franzose im Bus starrte Sie dauernd an, und wenn wir nicht so ungezwungen miteinander geplaudert hätten, dann hätte er sicher etwas gegen Sie unternommen. Während Ihres Nikkerchens teilte er seiner Frau seinen Verdacht mit. Zu Ihrem Glück hat sie geschmollt, weil er vorher immer an ihr herumgenörgelt hat. Wenn sie ihm seinen Verdacht nicht ausgeredet und ihm erklärt hätte, daß er Gespenster sehe, hätte man Sie in Neukirchen hoppgenommen. Ich habe gesehen, wie er nach der ausgeschriebenen Belohnung in der Zeitung schielte. Nun, Sie wissen ja, was den Franzosen Geld bedeutet. Mein lieber Freund, Sie haben heute wirklich Schwein gehabt.«

Kenton lachte unsicher.

»Die Sache ist nicht zum Lachen«, sagte Mr. Hodgkin streng. »Man kann Sie immer noch schnappen. Es sind 6 Kilometer bis zur Grenze. Sie müssen sich immer etwas rechts halten, weil die Straße gegen die Grenze zu nach rechts abbiegt. Und passen Sie auf die Alarmglocken auf, wenn Sie über die Grenze gehen. Da ist schon mancher Schmuggler draufgetreten. Falls Sie durchkommen – was mich anbelangt, so glaube ich nicht, daß Sie es schaffen werden – falls Sie also durchkommen, können Sie in irgend einem Dorf den Autobus nach Budweis nehmen. Dort werden Sie leicht den Zug nach Prag kriegen. Aber werfen Sie um Himmels willen zuerst den Hut und vor allem den Mantel fort, sonst sind Sie geliefert.«

Mr. Hodgkin drehte sich weg und stopfte seine Pfeife. Nach einer Weile fragte er über die Schulter:

»Auf was warten Sie eigentlich noch? Sie haben keine Zeit zu verlieren.«

»Ich möchte mich bei Ihnen bedanken, Ihnen Lebewohl sagen und Ihnen die Hand schütteln.«

Mr. Hodgkin drehte sich um und machte ein finsteres Gesicht.

»Hören Sie mal zu, lieber Freund. Ich habe heute schon sehr viel getan für Sie. Es wäre gelogen, wenn ich sagen würde, daß ich es widerwillig getan habe. Es hat mir Spaß gemacht, mich mit einem Landsmann zu unterhalten. Aber wenn Sie glauben, daß ich einem kaltblütigen Mörder die Hand schüttle, irren Sie sich.«

Wütend erwiderte Kenton: »Wenn Sie mich genau wie diese Trottel von Polizisten für einen kaltblütigen Mörder halten, bitteschön, warum zeigen Sie mich dann nicht an und stecken die Belohnung ein?«

Auf Mr. Hodgkins scharfgeschnittenem Gesicht erschien ein seltsamer Ausdruck:

»Warum?« erwiderte er spöttisch. »Das will ich Ihnen sagen. Wenn wir in England wären, lieber Freund, würde ich Sie dem nächsten Polizisten übergeben. Das gehört sich so, mögen Sie nun schuldig sein oder nicht. Warum tue ich das jetzt nicht? Ich will's Ihnen sagen, lieber Freund. Weil ich denen etwas heimzahlen möchte. Seit fünfzehn Jahren reise ich jetzt kreuz und quer durch dieses gottverdammte Europa, und ich habe jede Sekunde gehaßt. Ich hasse ihren Fraß, ich hasse ihr Gesöff, ich hasse ihre Art zu leben, ich hasse sie. Sie sagen, wir Engländer hätten ein Vorurteil gegen alles Fremde, wir seien schließlich alle nur Menschen, und sie hätten viele Vorzüge, die uns Engländern abgingen. Das ist alles nicht wahr. Und wenn Sie einmal so lange von zu Hause fort sind wie ich, werden Sie es verstehen. Sie sind ganz und gar nicht wie wir. Die Leute kommen hierher und machen vierzehn Tage Ferien. Sie sehen viele schöne Villen und Burgen und Schlösser, und sie sagen sich, wie herrlich es doch sein müßte, hier zu leben. Sie wissen nicht, wovon sie reden. Sie sehen nur die Oberfläche, sie sehen nicht darunter. Darum entgehen ihnen auch die wahren Unterschiede. Sie sehen nicht hinter die Kulissen. Sie sind nicht dabei, wenn die Volksseele überkocht. Ich war dabei. Ich war 1925 im sonnigen Italien, in Florenz, als die Faschisten ihre blutigen Scherze mit den Freimaurern trieben. Nacht für Nacht nichts als Schlägereien, Schreie, Schüsse. Es war zum Kotzen. Ich war 1934 in Wien, als sie mit Kanonen auf die Arbeiterhäuser schossen, in denen Frauen und Kinder waren. Und viele von denen, die sie nachher gehenkt haben, mußten zum Galgen getragen werden, weil sie wegen ihrer Wunden nicht mehr gehen konnten. Ich sah die Pariser Unruhen, als die *Garde mobile* die Menge zusammenkartätschte und alle wie verrückt *›Mort aux vaches!‹* schrien. Ich habe mitangesehen, wie die Nazis in Frankfurt einen Mann im Gärtchen vor seinem Haus zu Tode trampelten. Nach dem ersten Tritt gab er keinen Laut mehr von sich. Ich wurde als Augenzeuge in derselben Nacht verhaftet, aber sie mußten mich wieder freilassen. Und ich habe gehört, daß sie in Spanien Menschen mit Benzin übergossen und angezündet haben.

Nette Leute, nicht wahr? Malerisch und fröhlich. Gescheite Köpfe, logische Köpfe, nicht solche Dummköpfe wie wir. Und natürlich sind sie gute Geschäftsleute. Ohne Schmiergelder zu zahlen, können Sie nicht mal Ihren kleinen Finger rühren. Die Fabrikbesitzer behandeln die Arbeiter wie Dreck. Warum auch nicht? Es wimmelt ja von armen Schweinen, die so verzweifelt sind, daß sie sich für ein warmes Essen als Streikbrecher verdingen. Reden Sie einmal mit einem Beamten im Außenministerium. Der verbringt sein halbes Leben in der Angst, der Mann auf dem Bürostuhl neben ihm stehle ihm seinen Platz. Die Bosse lieben das, denn es hält die Leute davon ab, mehr Lohn zu verlangen: Und das ist der Grund, warum immer mehr und billiger massenproduzierter Schund auf den Markt kommt. Diese Leute haben gar keinen Berufsstolz. Sie haben keine Ahnung von echtem Handwerk. Es ist ihnen auch egal. Alles, was sie wollen, ist Geld verdienen. Aber das ist nicht der Grund, warum ich sie hasse. Geld verdienen wollen wir ja schließlich alle. Aber sie geben einem nichts Rechtes fürs Geld. So etwas käme ihnen gar nicht in den Sinn. Für die ist ein Geschäft nicht ein ehrlicher Handel, sondern bloß eine andere Art von Politik, und ebenso unehrlich. ›Was kostet dieser Stoff?‹ fragen sie mich. Ich sage es ihnen, und dann lachen sie. Und wenn ich auf die Qualität hinweise, werden sie wütend. Sie zeigen mir dann einen Lumpen, mit dem ich mir nicht einmal die Schuhe putzen würde, und dann sagen sie mir, er sei billiger. Diese Leute reden ganz einfach nicht dieselbe Sprache wie wir. Damit will ich nicht sagen, daß sie nicht Englisch reden. Aber ihre Gehirne funktionieren anders. Das sind keine Menschen, das sind Tiere, und weil mir schon schlecht wird, wenn ich sie sehe und höre, und weil Sie ein Landsmann sind, rate ich Ihnen, zu verschwinden, solange es noch Zeit ist. Also machen Sie schon, daß Sie fortkommen, verdammt nochmal, und lassen Sie mich endlich allein!«

Sein mageres Gesicht war gerötet, und er atmete schnell; hinter den Brillengläsern glitzerten Tränen. Er schaute weg.

Kenton sah ihn kurz an, drehte sich dann um und ging den Hang hinunter auf die Bäume zu. In ihrem Schatten angekommen, schaute er nochmals zum Felsvorsprung zurück, aber Mr. Hodgkin stand nicht mehr dort.

Niedergeschlagen ging Kenton zwischen den Bäumen weiter. Die Luft war voll Tannenduft, und die Sonne schien schräg von Westen zwischen den Stämmen hindurch und zeichnete Lichtkringel auf den braunen Abhang. Ein Bild, das Kenton besser gefiel, als der Blick von Mr. Hodgkins Aussichtspunkt.

13. Kapitel

Stacheldraht

Bei Einbruch der Nacht befand sich Kenton in unmittelbarer Nähe der Grenze.

Er hatte mehr Zeit benötigt, als er erwartet hatte. Er erinnerte sich vage, irgendwo gelesen zu haben, daß ungeübte Waldgänger leicht die Orientierung verlören und im Kreise gingen. Deshalb machte er viele Umwege, um den Kontakt mit der Straße wieder aufzunehmen. So waren aus sechs Kilometern acht geworden. Die Sonne war schon untergegangen, und es dämmerte, als er endlich vom Straßenrand aus in einer Entfernung von einer Viertelmeile das kleine weiße Wachthaus sah und den gestreiften Schlagbaum des Grenzpostens, der sich vom dunkel schwelenden Abendhimmel abhob.

Kenton zog sich etwa einen Kilometer in den Wald zurück und hielt dann auf die Grenze zu.

Es war dunkel, und nur der ansteigende Waldboden gab ihm ungefähr die Richtung an. Nach etwa zwanzig Minuten wurde der Boden eben, und die Bäume standen weniger dicht beieinander. Als er die Hand ausstreckte, um nach Hindernissen zu tasten, berührte er die glatte, kühle Oberfläche eines abgesägten Baumstrunkes. Er blieb stehen. Da die Bäume die Sicht nicht mehr behinderten, konnte er im Licht des frühen Abends die Umrisse einer Buschgruppe erkennen. Wie er weiter ging, traf er wieder auf einen Baumstrunk. Er war an der Grenzlichtung angekommen.

Nun blieb er stehen und lauschte, konnte aber außer dem schwachen Wehen einer aufkommenden Brise nichts hören. Aber sehr weit weg, zu seiner Linken, sah er ein Licht aufblinken. Er schaute scharf hin, und eine Minute später war das Licht wieder da. Diesmal ging es aber nicht wieder aus, sondern zuckte hin und her. Er war zunächst ganz verwirrt, aber als das Licht allmählich größer wurde, begriff er, daß jemand in seiner Richtung näherkam, und daß dieser Jemand mit einer Taschenlampe durch die Büsche leuchtete. Rasch trat Kenton zurück und drückte sich in den Schutz der Bäume.

Das Licht rückte näher, und er hörte die Schritte eines Mannes auf dem Wege knirschen. Die Schritte wurden lauter, und das Licht schien durch die Büsche. Nun war der Mann bei Kenton. Er summte vor sich hin. Das Licht hüpfte einmal über den Boden und dann war der Mann vorbei.

Rasch stand Kenton auf und schaute ihm nach. Er sah eine Uniform und über der linken Schulter ein Gewehr. Im Schein der Lampe aber sah er etwas, das ihn mehr anging und das ihn ganz entmutigte.

Er stand am Waldrand, etwa dreißig Meter von der Grenzlinie entfernt. Bis zum Weg war der Boden stark gelichtet, hie und da ein Baumstrunk und ein paar armselige Sträucher. Der Grenzpfad selber war etwa zwei Meter breit und mit grauen Schieferplatten bedeckt, zwischen denen Unkraut wuchs. Gleich hinter ihm, etwas erhöht, stand ein Zaun, wie ihn Kenton schrecklicher nie gesehen hatte.

Das Gebilde war etwa zweieinhalb Meter hoch und bestand aus Stacheldraht, straff gespannt zwischen mächtigen Stahlpfosten, die im Abstand von drei Metern in Betonsockeln staken. Die Drähte waren so nah beisammen, daß man die Hände nicht hätte dazwischen stecken können, ohne sie blutig zu ritzen. Doch der Erbauer dieses Zaunes wollte offensichtlich nichts dem Zufall überlassen, und so waren die waagrecht gespannten Drähte mit Drahtrollen dergestalt umwickelt, daß das Ganze eher einem Dornbusch glich als einem Zaun.

Kenton setzte sich auf einen Baumstrunk und überdachte seine Lage.

Eines war sicher: Durchkriechen konnte er nicht. Mit einer

starken Drahtschere und Panzerhandschuhen hätte man es versuchen können, aber er besaß keins von beiden. Zudem wollte er, wenn irgend möglich, keine Spuren seines Grenzübertrittes hinterlassen, da er kein Interesse daran hatte, daß die tschechische Polizei jede Grenzstadt nach ihm durchkämmte. Dann überlegte er, ob er seinen Mantel auf den Zaun legen und darüber hinwegsteigen sollte. Unmöglich! Er hätte mindestens ein halbes Dutzend Mäntel gebraucht, um sich genügend vor dem Stacheldraht zu schützen. Und selbst wenn ihm die Überquerung des Zaunes mit Hilfe eines einzigen Mantels gelänge, so würde er diesen nachher nicht mehr aus dem Stacheldraht heraus bringen. Er spielte mit dem Gedanken, mit einem langen Ast im Stabhochsprung über den Zaun zu fliegen, gab ihn aber bald wieder auf. Zwei Meter fünfzig hätte er nie geschafft, nicht einmal mit einem richtigen Stab. Er würde sich bei diesem Versuch wahrscheinlich ein Bein brechen und dann auf dem Zaun oben aufgespießt liegen bleiben. Er zitterte und fühlte sich elend. Der Wind blies stärker, und es war kalt. Er erinnerte sich, daß Mr. Hodgkin Schnee vorausgesagt hatte. Sollte er nicht besser nach Linz zurückkehren? Er verwarf diesen Gedanken sofort. Selbst wenn es ihm auf wunderbare Weise gelänge, dorthin zu kommen, konnte man ihn immer noch erwischen. Seine Überzeugung, der Verhaftung entgehen zu können, war durch das Schnitzerverzeichnis, das ihm Mr. Hodgkin heruntergelesen hatte, sehr erschüttert worden. Es blieb ihm gar nichts anderes übrig, als irgendwie über die Grenze zu gelangen. Das konnte doch gar nicht so schwierig sein. Männer wie Lenin und Trotzki, Masaryk und Benesch, Mussolini und Bela Kun, von ihren Gefährten ganz zu schweigen, waren, laut ihren Biografen, ihr halbes politisches Leben über irgendwelche Grenzen geschlichen, in der Tasche keinen Paß, bloß ihren Steckbrief. Aber vielleicht hatte die heutige Grenzwächtergeneration diese Biografien auch gelesen.

Er warf einen Blick in die Richtung, in die der Wächter

verschwunden war und huschte dann über den Pfad zum Grenzzaun.

Vielleicht konnte er an einem der Stahlpfosten emporklettern, indem er die waagerecht gespannten Drähte als Stufen benutzte. Eine nähere Prüfung mit den Fingern zeigte aber, daß die Drahtgirlanden das unmöglich machten. Es gab nur eine Lösung: Wenn er nicht über den Stachelzaun steigen konnte und sich nicht durch den Stachelzaun winden konnte, mußte er eben unter dem Stachelzaun durchkriechen. Er kniete auf den Boden, um die Chancen für ein solches Unterfangen zu prüfen, und stellte zu seiner großen Freude fest, daß der Boden fast überall aus Steinen bestand, aus großen Steinen, die zu einem kleinen Wall aufgehäuft waren.

Er begann, den Wall abzutragen, und nach fünf Minuten Arbeit konnte er schon seine Hand unter dem untersten Draht hindurchstrecken. Plötzlich erhob er sich und huschte zurück in den Schutz der Bäume. Der Mann mit der Taschenlampe kam wieder.

Kenton duckte sich hinter einem Baum, bis der Grenzwächter vorüber war. Dann rannte er zum Zaun zurück, und machte sich rasend an den Steinen und der Erde zu schaffen. Er durfte nun keine Zeit mehr verlieren, denn je größer das Loch unterm Zaun, desto größer die Möglichkeit, daß es einem patrouillierenden Grenzwächter auffiel. Eine zusätzliche Gefahr waren die Grenzwächter auf der tschechischen Seite, und daß sie bis jetzt noch nicht in Erscheinung getreten waren, bot keine Gewähr, daß es so weiterging.

Zwanzig Minuten später war das Loch so groß, daß Kenton Kopf und Schulter hindurchzwängen konnte. Er versuchte das gerade, als der Grenzwächter mit seiner Lampe zurückkam, und schnell huschte er wieder hinter die Bäume.

Diesmal zitterte er vor Angst. Das Loch war jetzt einen Meter breit, und links und rechts waren Steine und Erde aufgehäuft. Der Wächter mußte das ja sehen. Kenton verfluchte die pflichtgetreue Dienstauffassung des Mannes und versuchte, seine zerschundenen und erstarrten Finger warm zu kriegen, während er unter den Bäumen wartete.

Mit regelmäßigem Schritt kam der Grenzwächter näher. Plötzlich, einen oder zwei Meter vor dem Loch, blieb er stehen, und Kenton hörte ihn etwas murmeln. Klopfenden Herzens wartete er auf den Schuß, der den Alarm auslösen würde. Er duckte sich, und das Herz hämmerte unerträglich. Jetzt unterbrachen Schritte von rechts das Schweigen. Ein paar Sekunden später hustete jemand und sagte:

»Guten Abend.«

»'n Abend«, antwortete der Wächter auf dem Weg.

»Heute Nacht gibt's Schnee.«

»Das glaube ich auch.«

»Ich hab wieder mal eine Erkältung erwischt.«

»Das tut mir leid – wünsche gute Besserung. Bei mir sind's die Füße.«

»Und ausgerechnet diese Woche muß ich Nachtdienst machen.«

»Da hab ich's besser. Morgen hat der Schultz Nachtdienst.«

»Den mag ich nicht. Der tut immer so vornehm.«

»Ja, er ist nicht besonders beliebt. Immer ist er unzufrieden. Er kommt halt aus Kärnten.«

Nachdem Kenton einige Zeit dieser Unterhaltung zugehört hatte, erhob er sich vorsichtig, um die Sprechenden sehen zu können. Der Österreicher stand auf dem Weg, und seine Taschenlampe, die durch den Stacheldrahtzaun hindurchschien, beleuchtete eine tschechische Infanteristenuniform. Und zu Kentons Schrecken standen sie keine zwei Meter von seinem Loch entfernt. Zum Glück hatte der tschechische Grenzwächter seine Taschenlampe nicht eingeschaltet, aber der Österreicher gestikulierte immer wilder mit der seinen, während er sprach.

»Wir haben den Befehl bekommen«, sagte er eben, »besonders nach jenem Engländer Ausschau zu halten, einem gewissen Kenten, der in Linz den Deutschen erstochen hat.«

»Ist man ihm schon auf der Spur?«

»Ja. Eine Frau hat sich gemeldet. Ihr sind zwei Engländer, die in einem Touristenbus eine Rundfahrt durch diese Gegend machten, verdächtig vorgekommen. Als die Reisegesellschaft bei einem Gasthaus Rast machte, ist der eine verschwunden. Die Frau wurde von der Polizei befragt und hat ausgesagt, sie glaube, daß der, der zurückgekommen ist, der Mörder sei. Er habe Pfeife geraucht und sich unverschämt aufgeführt. Aber es scheint, daß seine Papiere in Ordnung sind. Über den anderen wissen wir nichts Näheres, bloß, daß wir nach ihm Ausschau halten müssen. Schöne Deppen, die Polizisten von Neukirchen.«

Er machte mit der Hand eine wegwerfende Geste, und der Lichtstrahl tanzte nahe beim Loch über den Boden. Kenton hielt bang den Atem an und wartete darauf, entdeckt zu werden. Aber der Österreicher schwatzte munter weiter, bis der Tscheche sagte, er müsse sich beim Wachhaus melden, und davonging. Der Österreicher setzten seinen Weg nach rechts fort.

Kaum waren sie außer Hörweite, machte sich Kenton wieder an die Arbeit. Unter den Steinen traf er auf feste Erde, und nun ging's wesentlich langsamer vorwärts. Doch nach einer weiteren Viertelstunde und einer hastigen Probe wußte er, daß er, wenn er auf dem Rücken kroch und mit den Händen den untersten Draht von Gesicht und Kleidern fernhielt, sich durchwinden konnte. Er hatte die Steine sorgfältig neben dem Loch aufeinandergetürmt, damit er es von drüben wieder zustopfen konnte. Nun kroch er los. Zwei Minuten später war ein dreckiger und etwas ramponierter Kenton in der Tschechoslowakei.

Eben hatte er den letzten Stein wieder an seinen ursprünglichen Platz gerückt, als er Schritte aus der Richtung der Straße hörte. In seiner Aufregung hatte er nicht mehr auf den Weg geachtet. Der Mann war ganz nahe. Am Aufleuchten und Erlöschen der Lampe erkannte Kenton, daß es der Tscheche war, denn der Österreicher ließ die seine brennen. Es war keine Sekunde mehr zu verlieren.

Er drehte sich um und rannte in Deckung, hatte aber kaum einige Schritte zurückgelegt, als er sich in einem Baumstrunk verfing. Verzweifelt rang er mit dem Gleichgewicht, als er wieder stolperte und diesmal der Länge nach hinschlug. Gleich darauf berührten seine ausgestreckten Finger einen dicken, rostigen Draht. Blitzartig schoß ihm Mr. Hodgkins Warnung vor Alarmglocken durch den Sinn. Es blieb ihm keine Zeit mehr, aufzustehen und zu verschwinden. So blieb er still liegen und hoffte inbrünstig, das Glück, das ihn davor bewahrt hatte, gegen den Alarmdraht zu rennen, möge noch einige Minuten anhalten.

Die Schritte kamen näher, wurden erst schneller, dann wieder langsamer. Wenige Meter vor dem vor Furcht gelähmten Kenton hielten sie beinahe an. Zweifellos hatte der Grenzwächter gehört, wie Kenton hingefallen war. Das Licht der Lampe flackerte zwischen den Baumstrünken. Dann begann der Mann zu husten. Es war ein schwerer Bronchialkatarrh und offenbar schmerzhaft, denn der Mann fluchte, als der Anfall vorbei war. Die Lampe ging aus, und der Pfad knirschte unter den schweren Stiefeln, als sich der Wächter entfernte.

Kenton atmete tief ein und stand auf. Dann hielt er den rostigen Draht sorgfältig zwischen Daumen und Zeigefinger, stieg darüber hinweg und verschwand im Wald.

Nun lief er so schnell er konnte. Es schien ihm nicht ratsam, die Straße allzunahe beim Grenzposten wieder zu betreten. Fußgänger waren hier sicher eine Seltenheit; er konnte angehalten und aufgefordert werden, seinen Paß vorzuweisen. Also schlug er einen Weg ein, von dem er annahm, daß er frühestens einen Kilometer nach der Grenze zur Straße führen würde. In der Dunkelheit hatte er aber bald die Orientierung verloren, und nachdem er eine Stunde zwischen den Bäumen umhergestapft war, hatte er sich kaum hundert

Meter vom Grenzposten entfernt. Er beschloß nun, da es schon spät geworden war, am Waldrand entlang zu schleichen und sofort im Wald zu verschwinden, wenn jemand auf der Straße vorbeifahren würde. Es herrschte aber kein Verkehr, und zehn Minuten später – von einem Kirchturm schlug es acht – zog Kenton, nachdem er sich gesäubert und seine Krawatte zurechtgerückt hatte, in Manfurth ein.

Auf dem kleinen Dorfplatz stand mit brennenden Lichtern und laufendem Motor ein ausgedienter Omnibus. Darin saß eine Bäuerin mit einem Korb voll lebender Hühner, und vom Trittbrett winkte ein schüchtern grinsender Arbeiter, einen Koffer unterm Arm, einem fröhlichen Grüppchen auf der Straße Lebewohl.

Kenton schaute auf die Linientafel. Der Bus fuhr über Hohenfurth, Silberberg und Kaplitz nach Budweis.

Um 1/4 vor 12 Uhr in derselben Nacht dampfte der Zug aus Budweis langsam in den Prager Bahnhof.

Kenton, der ein leeres Abteil gefunden hatte, stand auf, steckte die linke Hand in die Tasche, damit der Mantelärmel nicht sichtbar war, und ging in den Gang.

Langsam kam der Zug zum Stehen. Kenton stieg aus, ging den Perron entlang, gab seine Fahrkarte an der Sperre ab und wandte sich dem nächsten Ausgang zu.

Es waren ziemlich viel Leute im Bahnhof, und so bemerkte er die beiden Männer erst, als sie neben ihm standen. Sie packten ihn kräftig an den Armen, und er spürte an seinen Rippen einen Revolverlauf. Sein Herz sank.

»Herr Kenton?«

Er zögerte, und zuckte dann die Schultern. Sie hatten ihn also erwischt. Zwar wußte er nicht wie, aber da sie ihn nun einmal hatten, war es zwecklos, sich zu wehren. Dem Unvermeidlichen konnte man nicht entgehen. Er nickte.

»Ja.«

»Gut.«

Sie gingen mit ihm zum Ausgang und die Treppe hinunter zu einer Mercedeslimousine, an deren Steuer ein livrierter Chauffeur saß.

Einer der Männer stieg hinten ein, der andere puffte Kenton mit dem Revolver:

»Einsteigen!«

Kenton gehorchte, und der Mann mit dem Revolver folgte. Die Vorhänge wurden gezogen, und der Wagen fuhr los. Nun erst fiel dem Journalisten ein, daß er die Männer, zwischen denen er jetzt saß, nach einem Haftbefehl hätte fragen sollen. Sie sahen zwar wie Kriminalbeamte aus, waren aber in ihrem Verhalten seltsam unformell.

Er wandte sich an den Mann zu seiner Linken.

»Wo geht's denn hin?« fragte er auf deutsch.

»Maulhalten!«

Um den Befehl zu unterstreichen, wurde ihm der Revolverlauf in die Rippen gestoßen.

Kenton sank in seinen Sitz zurück und dachte fieberhaft nach. Wenn es keine Polizisten waren, wer waren sie dann, und wohin führten sie ihn?

Das Ziel der Fahrt schien nicht in Prag zu liegen. Der Wagen fuhr sehr schnell, und nach zehn Minuten Abbiegen und Bremsen und Hupen, kam er in stetiger Geschwindigkeit auf eine – nach der glatten Oberfläche und den überhöhten Kurven zu schließen – größere Ausfahrtstraße.

Er schaute sich seine Entführer an. Unauffällige, glattrasierte Gesichter, schwarze Regenmäntel, dunkelgraue Filzhüte – sie sahen aus, fand er zu seiner Entschuldigung, wie typische mitteleuropäische Kriminalbeamte in Zivil. Er wollte ein Gespräch beginnen und fragte deshalb, ob er rauchen dürfe. Der Mann mit dem Revolver, allem Anschein nach der Anführer, grunzte Zustimmung, lehnte aber eine angebotene Zigarette ab. Der andere Mann gab überhaupt keine Antwort. Kenton gab es auf.

Einige Minuten später fuhr der Wagen zuerst nach links und dann steil hinunter, hierauf langsam nach rechts, und kurz darauf hielt er an.

Für ein paar Sekunden machte niemand Anstalten, den Wagen zu verlassen. Dann wurde von außen eine Tür geöffnet.

»Aussteigen!«

Kenton krabbelte hinaus und ging, flankiert von seiner Eskorte, eine breite Treppe hinauf, die zu einem imposanten Portal führte. Als er eben eingehend die Fassade des Prachtbaus studieren wollte, öffnete der Chauffeur einen Türflügel, und Kenton betrat eine langgezogene, schmale, hell erleuchtete Halle.

Aus der Tür am andern Ende trat ein Mann auf ihn zu. Er strahlte über das ganze Gesicht. Kenton war so verblüfft, daß er kein Wort herausbrachte. Er nickte bloß.

»Ich hätt's mir ja denken können«, sagte er dann wütend.

»Allerdings«, kicherte Zaleshoff. »Ich habe Sie schon früher erwartet. Sie müssen ganz schön müde sein. Kommen Sie rein und trinken Sie etwas. Tamara«, fügte er hinzu, und ein vertraulicher Blick aus Kuppleraugen traf Kenton, »freut sich, Sie wiederzusehen.«

Völlig belemmert schritt Kenton durch den Flur. Er fragte sich, ob er nicht vielleicht verrückt geworden sei.

14. Kapitel

Manöver

Kenton schaute sich im Zimmer, in das man ihn geführt hatte, um und nickte anerkennend.

»Schön haben Sie's hier.«

Zaleshoff sah vom gläserbefrachteten Tablett auf.

»Der Mann, dem das Haus gehört, ist ein heimlicher Verehrer der seligen Kaiserin Eugénie. Daher all dieser Pomp. Mir ist es nicht ganz geheuer.« Er reichte Kenton einen Whisky-Soda.

Der Journalist nahm das Glas und hielt es gegen das Licht.

»Kein Schlafmittel, seltenes Pflanzengift oder anderes Präparat drin?« fragte er vorsichtshalber.

Zaleshoff runzelte die Stirn.

»Auf die Dauer gehen einem Ihre faulen Witze auf die Nerven. Wenn Sie keinen Whisky haben wollen, sagen Sie es, bevor ich mir selber einen einschenke.«

Seufzend stellte Kenton sein Glas ab.

»Tut mir leid, Andreas, aber ich habe allen Grund, vorsichtig zu sein. Sie lassen mich sitzen, mit einer Anklage wegen Mordes auf dem Hals. Ich bitte Ihren treuen Kumpanen Raschenko, mir aus dieser mißlichen Lage herauszuhelfen, und was tut er? Er gibt mir einen blutbefleckten Mantel; das Blut gehörte einmal, wenn mich nicht alles trügt, einem gewissen Borovansky. Dann lassen Sie mich von zwei als Kriminalbeamte verkleideten Schnapphähnen hierherbringen. Wenn Sie mir jetzt ein Glas anbieten, warum in drei Teufels Namen sollte da kein Narkotikum drin sein?«

Die Tür ging auf und Tamara kam herein. Ihr Gesicht erhellte sich, als sie Kenton sah. Er nickte kühl. Sie lächelte.

»Ich bin froh, daß Sie durchgekommen sind.«

»Mr. Kenton hat eben den Verdacht geäußert«, warf ihr Bruder ein, »daß ich ihm einen giftigen Whisky anbiete.«

»Aber das ist doch Unsinn!«

»Herrgottnochmal«, explodierte Kenton, »Konversation können wir ein andermal machen! Kommen wir zur Sache. Warum zum Teufel haben Sie mich hierherbringen lassen? Verschonen Sie mich mit Ihren Geschichten. Mich interessieren bloß die Tatsachen. Ich bin müde.«

»Immer mit der Ruhe«, sagte Zaleshoff besänftigend. »Setzen Sie sich erst einmal, dann wollen wir die Angelegenheit besprechen. Und legen Sie bitte den Mantel ab.«

»Ich will hier nicht übernachten.«

»Ganz wie es Ihnen paßt. Aber hinsetzen können Sie sich schon.«

»Sie wissen verdammt gut, daß es mir nicht paßt. Ich bin nicht so doof zu glauben, Sie hätten mich hierher bringen lassen, um bei einem Glas mit mir zu plaudern.«

»Fein. Dann können Sie ja den Mantel ablegen.«

Kenton starrte den Russen einen Moment lang böse an. Dann überwand er seinen aufsteigenden Zorn. Er sagte sich, daß er ruhig Blut bewahren müsse, und zog seinen Mantel aus. Zaleshoff nahm ihn ihm ab und zeigte seiner Schwester den linken Ärmel.

»Siehst du«, sagte er, »man sieht den Blutfleck bloß von hinten, und auch nur, wenn der Mantel getragen wird. Raschenko kann nichts dafür. Er hat den Fleck sicher nicht bemerkt.«

»Richtig«, warf Kenton sarkastisch ein, »nur war ich eben der Tölpel, der den Mantel getragen hat. Aber egal. Ich erwarte von Ihnen keine Erklärung.«

Zaleshoff tätschelte Kentons Arm.

»Nun hören Sie mal gut zu, Verehrtester. Als ich heute morgen Linz verließ, habe ich einen Zettel hinterlassen, auf dem stand, Sie sollten in Raschenkos Zimmer bleiben, bis ich

Ihnen weiterhelfen würde. Warum sind Sie weggegangen?«

»Was für eine Frage! Natürlich, weil ich Ihnen nicht traue. Warum sollte ich auch? Sie haben keinen Grund, sich um mich zu kümmern. Sie haben Ihren Auftrag auszuführen, und da kam es Ihnen sicher sehr gelegen, daß man mich des Mordes beschuldigte anstelle Ihres widerlichen Angestellten, den ich im Zug getroffen habe.«

»Ich verstehe kein Wort.«

»Es ist ganz einfach. Männerhüte kriegen eine eigene Physiognomie, wenn man sie eine Weile trägt. Das ist Ihnen sicher auch schon aufgefallen. Wenn ich einen Hut eine Woche lang getragen habe, sieht er aus, als käme er aus dem Kehrichtkübel. Ich zerre allzusehr an der Krempe. Ihre Hüte sehen aus, als würden Sie sich jeden Morgen daraufsetzen. Das dürfte daher kommen, daß Sie die Krone zu hart anfassen, wenn Sie sie aufsetzen.«

»Das ist ja sehr interessant, aber ...«

»Als mir Raschenko diesen Hut gab, kam er mir irgendwie bekannt vor. Heute nacht, während der Flucht, habe ich darüber nachgedacht. Plötzlich fiel mir ein, wo ich ihn schon gesehen hatte. Auf dem Kopf des Mannes, den Sachs als Nazispitzel bezeichnet hat. An den Mantel konnte ich mich nicht mehr so gut erinnern, daß ich auch ihn hätte identifizieren können. Aber ich konnte mir ja ausrechnen, daß dem Mann, dem der Hut gehörte, auch der Mantel gehörte, und daß dieser Mann Ihr Freund war. Am Ärmel war ein Blutfleck. Sachs hat sich vor dem Träger dieses Mantels sehr gefürchtet. Sachs ist erstochen worden. Wie hätten Sie sich das an meiner Stelle zusammengereimt?«

Zaleshoff schürzte die Lippen.

»Sie sagten, daß Sie es sich ja ausrechnen konnten, Mr. Kenton. Was meinten Sie damit?«

»Raschenko fand Hut und Mantel irgendwo im Haus. Er hat es nicht verlassen, denn er zog seinen Morgenrock nie aus.«

»Und so entschlossen Sie sich, nach Prag zu gehen?«

»Ja.«

»Wie haben Sie das eigentlich geschafft? Zeigten Sie Ihren Paß an der Grenze?«

»Ich bin doch nicht blöd. Ich bin bei Manfurth über die Grenze geschlichen.«

Zaleshoff pfiff durch die Zähne.

»Manfurth? Warum denn ausgerechnet dort? Weiter südlich wäre es viel leichter gewesen.«

»Ich habe auf der Karte keine andere Straße gefunden. Und in den Wäldern konnte ich mich ja gut verstecken.«

»Das war aber auch bitter nötig. Sie sagten, Sie seien *über* die Grenze gekommen. Sind Sie denn hinübergeklettert?«

»Wenn Sie es genau wissen wollen: Ich bin unten durchgekrochen.« Er berichtete von seinem Unterfangen.

»Tamara, da kannst du was lernen!« rief Zaleshoff entzückt. »Aber merken Sie sich für ein anderes Mal, lieber Freund, daß die Grenzgebiete, die auf der Karte am günstigsten scheinen, immer am schärfsten bewacht werden.«

»Ich will keine Gewohnheit draus werden lassen.«

Zaleshoff lachte schallend.

»Weißt du, Tamara, ich mag diesen Kenton. Er amüsiert mich.«

»Sie werden lachen, aber Sie amüsieren mich auch, Andreas«, sagte Kenton bissig. »Sie haben eine ganz charmante Art, das Thema zu wechseln, wenn es Ihnen nicht paßt. Kommen wir doch endlich zur Sache.«

Zaleshoff seufzte.

»Meinetwegen.«

»Fein. Ich bin also in einer ganz bestimmten Absicht nach Prag gekommen, nämlich, um Saridza die Fotos abzujagen und mit Ihnen ein Tauschgeschäft abzuschließen. Ich hätte Ihnen die Fotografien überlassen gegen Ihren Freund mit der widerlichen Visage, gefesselt und geknebelt, und versehen mit den nötigen Beweisen für die Polizei.«

»Einmal abgesehen von der Illusion, daß Sie die Fotografien wieder gekriegt hätten, bittschön, wie wollten Sie mich denn auftreiben?«

»Über die sowjetische Botschaft natürlich.«

Ein Schweigen trat ein, das von der jungen Frau unterbrochen wurde.

»Sind Sie da nicht ein bißchen sehr optimistisch, Mr. Kenton?«

»Viel weniger, als Sie glauben. Heute morgen ist mir nämlich etwas in den Sinn gekommen, das ich vergessen hatte, Andreas mitzuteilen. Eine Bemerkung, die Saridza zu Mailler machte. Damals schien sie mir ohne Bedeutung. Nun ist sie plötzlich sehr wichtig geworden.«

»Also heraus damit!« rief Zaleshoff.

Kenton schüttelte den Kopf.

»Nichts zu wollen, Andreas. Wenn man wegen eines Mordes, den man nicht begangen hat, gesucht wird, ändert man plötzlich seine Einstellung zu Dingen und Menschen. Unter anderem wird man verschwiegen.«

Wieder herrschte Schweigen. Dann sagte Zaleshoff:

»Sind Sie sich im klaren, daß ich Sie zum Sprechen bringen könnte, wenn ich nur wollte?«

»Sie belieben zu scherzen.«

»Ganz und gar nicht. Angenommen – es ist nur eine Annahme –, ich sage Ihnen, daß ich weiß, wer Borovansky ermordet hat. Angenommen ferner, ich sage Ihnen, daß ich diese Kenntnis von Anfang an verwenden wollte, um Sie vom Mordverdacht reinzuwaschen, und angenommen, ich sage Ihnen, daß ich Sie in Anbetracht Ihrer Starrköpfigkeit der Polizei ausliefern werde, was würden Sie dann sagen?«

»Ich würde immer noch sagen: Sie belieben zu scherzen.«

»Tatsächlich? Wissen Sie eigentlich, wie sich Ihr Fall aus polizeilicher Sicht ausnimmt?«

»Das weiß ich nur zu gut. Wenn ich sage, daß Sie zu scherzen belieben, dann nur, weil ich weiß, daß Ihnen eine

Verbindung zu Saridza wichtiger ist, als einen Mörder zu decken oder mir eins auszuwischen.«

Die junge Frau lachte.

»Sehr gut, Mr. Kenton, wirklich sehr gut. Und nun trinken Sie schon Ihren Whisky-Soda. Er ist bestimmt nicht vergiftet.«

»Und ums Himmelswillen, setzen Sie sich doch endlich«, fügte Zaleshoff gereizt hinzu. »Ich kann nicht denken, wenn Sie hier so herumstehen.«

Kenton setzte sich neben Tamara und nippte vorsichtig an seinem Glas. »Es gibt hier wenig zu überlegen, Andreas«, sagte er. »Entweder reden wir endlich vom Geschäft, oder wir lassen es bleiben. Das ist ganz einfach.«

Zaleshoff schaute ihn eine Weile nachdenklich an. Endlich sagte er:

»Wissen Sie was, Kenton? Sie haben einen Geburtsfehler. Sie sind Angehöriger eines der herrschenden Völker. Ein natürlicher Sinn für Gefahr ist Ihnen abhanden gekommen. Ihre Eingebildetheit hat monumentales Ausmaß. Oder fehlt es Ihnen vielleicht ganz einfach an Phantasie?«

»Sie meinen, ich sei in meiner jetzigen Lage außerstande, Ihnen Bedingungen zu stellen?«

»Genau das meine ich. Die beiden Männer, die Sie hierhergebracht haben, sind nicht nur gute Revolverschützen, sondern sie haben auch keinerlei Hemmungen, auf lebende Zielscheiben zu schießen. Sie könnten dieses Haus nicht verlassen, ohne meine ausdrückliche Erlaubnis.«

»Ich weiß immer noch nicht, warum ich hierhergebracht worden bin.«

»Das glaube ich Ihnen. Wären Sie sehr überrascht, wenn ich Ihnen sagte, daß das vor allem zu Ihrem Schutz geschehen ist?«

»Allerdings. Und wenn Sie gestatten: Ich würde es Ihnen kaum glauben.«

»Eben.«

Der Russe erhob sich und ging im Zimmer auf und ab. Endlich blieb er vor dem Journalisten stehen und schaute wütend auf ihn hinab.

»Hören Sie mal zu! Ich glaube nicht, daß Sie mir irgend etwas, was Saridza betrifft, verschwiegen haben. Ich glaube, daß Sie mich bluffen wollen, kann's Ihnen aber nicht beweisen. Um ehrlich zu sein – ich brauche diese Fotografien unbedingt. Kriege ich sie nicht, so gibt's Ärger, und nicht bloß in Rumänien. Wenn Sie irgend etwas wissen, was ich nicht weiß, dann darf ich nicht darüber hinwegsehen. Ich frag Sie noch einmal: Wissen Sie etwas?«

»Ja.«

»Gut. Auf jeden Fall will ich Ihnen sagen, was ich weiß. Ich werde Ihnen also sagen, wer Borovansky ermordet hat, und ich werde Ihnen heraushelfen aus der Tinte, in der Sie sitzen. Aber Sie werden erst dann etwas unternehmen, wenn ich es erlaube. Sie bleiben jetzt hier, bis ich bereit bin. Den Grund hierfür werden Sie bald verstehen. Und anschließend können Sie mir sagen, was Sie wissen. Für den Fall, meine ich, daß Sie überhaupt etwas wissen.«

»Über letzteres können Sie beruhigt sein.«

»Hoffentlich.«

Zaleshoff goß sich nochmals einen Whisky ein, kippte ihn hinunter und ließ sich in einen Sessel fallen.

»Als Borovansky von Berlin abreiste, schickte einer meiner Freunde einen Spanier namens Ramon Ortega hinter ihm her. Ortega sollte Borovansky in Österreich die Fotografien abnehmen.«

»Ortega ist der Eigentümer meines Hutes und meines Mantels«, stellte Kenton fest.

»Unterbrechen Sie mich nicht!«

»Tut mir leid.«

»Ortega hatte den Auftrag, die Fotografien an sich zu bringen. Es scheint, daß er ein bißchen zu weit gegangen ist. Im Hotel Josef hat er Borovansky erstochen. Er sagte, es wäre Notwehr gewesen, Borovansky hätte seinen Revolver gezogen. Wahrscheinlich aber hat er gelogen. Ortega sticht nämlich gern Leute ab. Er arbeitete früher in einem Schlachthaus in Ceuta. Vielleicht ist er dort auf den Geschmack gekommen.«

»Sachs trug eine Pistole in einer Halfter unterm Arm. Als ich ihn fand, war die Pistole weg.«

»Ortega hat sie mitgenommen. Nicht mitgenommen hat er dagegen die Fotografien, denn die hatten *Sie*. Ortega floh durch die Hintertür und ging zur Kölner Straße 11. Raschenko versteckte ihn dort in einem leeren Zimmer. Dann trat die Polizei auf den Plan und suchte nach Ihnen. Das war mir sehr peinlich, denn wenn ich auch nicht sentimental bin, so bin ich doch auch nicht so herzensroh, wie Sie zu glauben scheinen. Ich bin dagegen, daß man einen Menschen wegen eines Mordes verfolgt, den er gar nicht begangen hat. Also habe ich Meister Ortega überredet. Er hat ein Geständnis niedergeschrieben und es auch unterzeichnet.«

Giftig warf Kenton ein: »Sie fragten ihn ganz freundlich, ob es ihm nichts ausmachen würde, sich auf Lebenszeit in einen österreichischen Kerker zu begeben, was?«

Zaleshoff sprang mit einem Wutschrei auf.

»Tamara«, fauchte er, »sag bitte diesem Reporter, diesem – Schmock, daß er mich nicht dauernd unterbrechen soll.«

»Schon gut, schon gut. Ich wollte Sie nicht beleidigen«, beruhigte ihn Kenton. »Fragen wird man wohl noch dürfen.«

»Auf Ihre Fragen verzichte ich gern. Sie sollen zuhören.«

»Ich bin ganz Ohr.«

»Gut. Sie halten den Mund und reißen keine Witze mehr.«

»Ich will's gewiß nicht wieder tun.«

»Ortega unterzeichnete sein Geständnis, weil er keine andere Wahl hatte und weil es ihm so oder so schnuppe ist. Er wird in Lissabon wegen Mordes gesucht, und ich drohte ihm mit der Auslieferung, wenn er den Mord an Borovansky nicht gestehe. Ich habe ihm selbstverständlich nicht erzählt, wozu ich das Geständnis brauche. Er hat wohl gedacht, wir wollten es später einmal als weiteres Druckmittel gegen ihn verwenden. Im übrigen: Was bedeutet schon für einen Menschen seines Schlages eine Verurteilung mehr oder weniger? Vielleicht wird er auch in Spanien wegen Mordes gesucht. Sowohl Österreich als auch Portugal haben die Todesstrafe wegen Mordes abgeschafft. Und er kann ja nicht an zwei Orten gleichzeitig sitzen. Also, was macht's schon aus? Auf jeden Fall habe ich sein Geständnis, falls es für Sie brenzlig werden sollte. Das Problem war nur das: ich habe ziemlich viel zu tun. Wenn man Sie verhaftet, würden Sie bestimmt Ihre Geschichte erzählen, und das wäre mir momentan sehr unangenehm. Hätte ich Ortega ans Messer geliefert, so hätte wiederum er aus der Schule geplaudert noch und noch. Als Raschenko mir am Telefon mitteilte, daß Sie ausgerissen seien, war mein erster Gedanke, daß Sie sich der Polizei stellen wollten. Zu Ihrem Glück haben Sie das nicht getan, denn aus dieser Klemme hätte ich Ihnen nicht heraushelfen können. Wenn die Polizei einen einmal hat, ist sie von seiner Schuld auch überzeugt und läßt sich nur selten eines Besseren belehren. Aber Raschenko sagte, daß Sie auf dem Weg nach Prag seien, und da ich ihm nicht befohlen hätte, Sie festzuhalten, habe er Sie gehen lassen und Ihnen noch Ortegas Hut und Mantel mitgegeben. Wenn er auch nur den Schatten eines Verdachtes gehabt hätte, daß Sie sich stellen würden, hätte er Sie eher niedergeschossen, als Sie gehen zu lassen. Aber er versteht es, die Leute richtig einzuschätzen, und er hat Ihnen geglaubt, daß Sie nach Prag wollten. Er hat nur eines übersehen: den Blutfleck am Ärmel. Als ich ihm das am Telefon mitteilte, hat ihn fast der Schlag getroffen. Ich muß gestehen, daß ich etwas besorgt war, bis Sie kamen. Es wird Ihnen klar geworden sein, daß Sie es dem Blutfleck verdanken, daß meine Leute Sie am Bahnhof erkannt haben.«

»Wie kann ein Stummer wie Raschenko denn überhaupt telefonieren?«

»Er hat sich ein besonderes Signalsystem eingerichtet.«

»Hm! Es ist mir immer noch schleierhaft, warum er mir Ortegas Hut und Mantel gegeben hat.«

Zaleshoff seufzte laut.

»Aus einem einfachen Grund, mein lieber Mr. Kenton. Es wäre zu riskant gewesen, die Sachen in einem Laden zu kaufen. In einer Kleinstadt wie Linz! Die Polizei besteht nicht nur aus Vollidioten.«

»Nun gut. Und wie geht's weiter? Ich nehme an, ich muß hier herumsitzen, bis es Ihnen beliebt, der österreichischen Polizei meine Unschuld zu beweisen?«

»Erraten!« sagte Zaleshoff strahlend. »Nur ist es nicht ganz so einfach. Ortega muß unter glaubwürdigen Umständen entdeckt, und Raschenko und ich dürfen unter gar keinen Umständen in die Sache hineingezogen werden. Raschenko muß sowieso sein Quartier wechseln.«

»Warum?«

Zaleshoff antwortete nicht.

»Der Grund dürfte wohl der sein, daß ich seine Adresse kenne, nicht wahr?«

»Möchten Sie noch etwas trinken, Mr. Kenton?«

»Danke gern. Sie sind ein kaltblütiger Teufel, nicht wahr, Andreas? Dieser Ortega mag ja ein mieser Messerstecher sein, aber es gefällt mir nicht, daß Sie ihn der Polizei ausliefern wollen mit einem Geständnis, das er geschrieben hat, um seinen Kopf zu retten.«

Zaleshoff spritzte Soda in den Whisky.

»Was ist denn plötzlich mit Ihnen los? Eben beschwerten Sie sich noch, daß man Sie, einen Unschuldigen, verfolge. Und jetzt, wo Aussicht besteht, daß Ihnen Gerechtigkeit widerfährt, paßt es Ihnen auch nicht.« Er wandte sich zu seiner Schwester. »Hier hast du ein typisches Beispiel angelsächsischen Denkens, Tamara.«

Die Russin entnahm der Schachtel auf dem Tablett eine Zigarette und zündete sie an.

»Mr. Kenton«, sagte sie, »machen Sie sich doch bitte Ortegas wegen keine unnötigen Sorgen. Der wird die Sache mit stoischer Ruhe aufnehmen, wenn's so weit ist.«

»Das war nicht eben eine taktvolle Bemerkung, meine Liebe«, bemerkte ihr Bruder.

Kenton wollte gerade fragen, was das bedeuten sollte, als es laut an der Türe klopfte.

Zaleshoff entschuldigte sich, stand auf, verließ das Zimmer und schloß die Türe hinter sich.

»Was ist los?« fragte Kenton.

»Keine Ahnung«, antwortete Tamara.

Kenton entgegnete nichts auf diese offensichtliche Unwahrheit.

»Ich habe des Rätsels Lösung noch nicht gefunden«, meinte er dann. »Warum sind Sie in einem solchen Geschäft tätig? Sie haben doch nichts dagegen, wenn ich es ein Geschäft nenne?«

»Nein. Man kann es schon als Geschäft bezeichnen. Was Ihre andere Frage betrifft, so stelle ich sie mir selber fortwährend und habe noch keine Antwort gefunden. Momentan hoffe ich auf baldige Ferien. Es wären die ersten seit Jahren. Wir könnten dann – für eine kleine Weile wenigstens – wie normale Menschen leben und hätten Ruhe vor diesem blödsinnigen Eile mit Weile.«

»Das tönt ja, als würden Sie es nicht gerne spielen.«

»Es ist nicht eine Frage des gern oder nicht gern Spielens. Man ist dem Zufall ausgeliefert.«

»Sie können doch auch gewinnen.«

»Darauf kommt's mir nicht an. Mein Bruder ist da anders. Gewinnt er, so geht's ihm gut, verliert er aber, dann geht's ihm schlecht. Für mich kommt das auf dasselbe hinaus. Für mich ist das so oder so eine Art Eile mit Weile.«

»Ich halte nicht viel von solchen Allegorien. Die führen nämlich nirgends hin.«

»Da haben Sie recht. Aber sie sind bequem, sie ersparen

einem das Denken. Mein Bruder nennt diese Art der Weltbetrachtung ›Schlafwagen-Philosophie‹, weil den Leuten diese Dinge immer im Zug einfallen.«

»Das stimmt. Ich entsinne mich da eines Mannes, der mich im Schlafwagen nach Athen eine ganze Nacht wachhielt, indem er mir das Universum als Pokerspiel deutete. Er kam gerade von einem solchen und hatte natürlich gewonnen.«

Sie lachte und wollte eben antworten, als die Tür aufging und ihr Bruder eintrat.

Sein Benehmen war verändert. Die Herzlichkeit von vorhin war in gespielte Nachlässigkeit umgeschlagen, auf die sich Kenton keinen Reim machen konnte. Sein Blick bat Tamara um eine Erklärung, aber sie starrte geistesabwesend ins Feuer.

»Es tut mir leid, daß es solange gedauert hat«, sagte Zaleshoff, »ich hatte etwas Geschäftliches zu erledigen.«

»Haben Sie jemanden gekidnappt oder ihn gleich kaltgemacht?«

Der Russe ignorierte die Stichelei und setzte sich auf den Sesselrand.

»Nun, Mr. Kenton«, begann er freundlich, »wollen wir – um mit Ihren Worten zu sprechen – zur Sache kommen. Was die unselige Angelegenheit des Borovansky-Mordes betrifft, habe ich Sie beruhigt. Wie wär's, wenn Sie mir jetzt einen Gegendienst erweisen würden und mir jene kostbare Information, von der Sie eben sprachen, mitteilten?«

Er sprach beiläufig, fast uninteressiert, aber diese Unbeteiligtheit war nur gespielt, und Kenton spürte die Spannung, die jeden Moment zur Explosion führen konnte. Während er mit Tamara geplaudert hatte, mußte etwas sehr Wichtiges passiert sein.

»Nun?« fragte Zaleshoff.

Kenton nickte.

»Einverstanden. Aber unter einer Bedingung.«

»Noch mehr Bedingungen, Mr. Kenton?«

»Es ist eigentlich gar keine Bedingung. Ich möchte dabei

sein. Ich möchte zu gern Saridzas Gesicht sehen, wenn ihm die Fotografien abgenommen werden.«

»Sie meinen *falls?«*

»Ich meine *wenn: dann, wenn.«*

»Lassen wir die Wortklaubereien. Die Chancen, Saridza zu treffen, sind gering.«

»Aber, wie wollen Sie in den Besitz der Fotografien gelangen, ohne ihn zu treffen?«

»Lassen wir das. Vorderhand warte ich immer noch auf Ihre Information.«

»Nun gut! Dann hören Sie mal zu.« Kenton lehnte sich mit wichtiger Miene nach vorn. »Als ich Ihnen erzählte, daß Saridza nach Prag wolle, hatte ich etwas vergessen. Er fügte hinzu, daß er einen Mann namens Bastaki treffen müsse. Auf dem Weg zur Grenze traf ich einen englischen Handlungsreisenden namens Hodgkin. Dieser erzählte mir, Bastaki sei Rumäne und sein Vater einer der bedeutendsten Industriellen des Landes. Bastaki selbst hat eine Elektrokabelfabrik in der Nähe von Prag, und mein Tuchreisender nannte ihn einen der größten Gauner von hier bis Schanghai. Wenn das nichts Wissenswertes ist, will ich Ortegas Hut aufessen.«

Zaleshoff erhob sich langsam und trat ans Fenster. Er starrte eine Weile auf das Muster der schweren Vorhänge, drehte sich dann um und erwiderte in feierlichem Ton:

»Mr. Kenton, mir fehlen die Worte. Ich habe mich ganz und gar vergebens bemüht. Ich hätte Sie besser in Linz der Polizei übergeben, statt Zeit und Kraft an Sie zu verschwenden, in der Hoffnung, dafür etwas Wissenswertes von Ihnen zu erfahren.«

»Ja glauben Sie mir etwa nicht?«

Zaleshoff faltete die Hände vor der Stirn und schloß die Augen, als bete er um Stärke.

»Aber sicher glaube ich Ihnen, Mr. Kenton, sicher.« Seine Stimme wurde lauter, und dann prasselten die Zornesworte nur so auf Kenton nieder. »Ich glaube Ihnen, lieber Mann, weil ich das, was Sie mir soeben gesagt haben, vor drei Minuten am Telefon gehört habe. Ich kann noch etwas hinzufügen, das Sie überraschen wird. Vor genau einer Stunde hat sich Saridza mit Bastaki in der Kabelfabrik getroffen. Er hatte die Fotografien bei sich. Eine halbe Stunde später, als Sie mit dem Problem beschäftigt waren, ob ich Ihnen Gift in den Whisky getan hätte, fuhr Bastaki zum Bahnhof und nahm den 12-Uhr-20-Zug. Saridza und Mailler fuhren zu Bastakis Haus auf der andern Seite der Stadt. Vor einer halben Stunde waren diese Fotografien in Griffweite, Mr. Kenton. Dank Ihnen sind sie nun auf dem Weg nach Bukarest.« Er unterbrach sich und atmete tief. »Nun, Sie Bescheidwisser, was haben Sie dazu zu sagen?«

Kenton starrte auf den Teppich.

»Nicht viel.«

Zaleshoff ließ ein unangenehmes Lachen hören. »Nichts? Das ist ja tröstlich. Da brauchen wir wenigstens nicht um unseren gesunden Menschenverstand zu fürchten.«

»Ich sagte ›nicht viel‹.«

Zaleshoff schnaubte ungeduldig und ging wütend auf und ab. Dann sprach er schnell auf seine Schwester ein:

»Ruf die Polizei an, Tamara, und melde, es wäre dir ein Halsband gestohlen worden, ein Diamantenhalsband. Ein Mann hätte es dir vom Hals gerissen. Sag, daß der Mann deinen Wagen in der Altstadt aufgehalten hätte. Gib eine Beschreibung Bastakis; sie ist bei den Akten. Sag, dein Chauffeur hätte den Mann bis zum Bahnhof verfolgt, wo er ihn in den 12-Uhr-20-Zug nach Bukarest hätte einsteigen sehen. Sag, sie sollen ihn in Brünn verhaften. Nein, so geht's nicht. Laß dir was Besseres einfallen. Es muß aber so glaubhaft klingen, daß sie Bastaki an der Grenze festhalten, bis wir dort sind. Serge soll seine Uniform anziehen und dich im kleinen Wagen zur Polizei fahren. Ich nehm den Mercedes. Sag Grigori, er soll sich bereit halten. Mach schnell, jede Minute zählt!«

Tamara eilte zur Türe.

»Warten Sie noch kurz«, sagte Kenton.

Die junge Frau blieb stehen.

»Was wollen Sie noch, Kenton?«

»Ich würde mir wegen Bastaki keine Sorgen machen.«

»Was soll das heißen? Tamara, geh schon!«

Kenton lehnte sich zufrieden in seinen Sessel zurück.

»Wissen Sie, Monsieur Zaleshoff«, sagte er und parodierte boshaft die Redeweise des Russen, »Sie haben einen großen Fehler. Sie nehmen sich und Ihre Tätigkeit zu ernst.«

»Sparen Sie sich Ihre Scherze. Was wollen Sie sagen? Wir haben keine Zeit zu verlieren.«

»So eilt es jetzt auch wieder nicht. Sie sind vorschnell in Ihren Schlußfolgerungen. Wenn ich Ihnen gleich zu Anfang von Bastaki erzählt hätte, so hätte Ihnen das auch nichts genützt, denn wie sie eben sagten, hat er Saridza vor einer halben Stunde verlassen.«

»Ich kann meine Zeit nicht länger mit Ihnen vertrödeln.«

»Nur noch einen Augenblick! Ich sagte, Sie seien vorschnell in Ihren Schlußfolgerungen. Bastaki trifft Saridza, der die Fotografien hat. Hierauf fährt Bastaki zum Bahnhof und nimmt einen Zug. Sie haben nun eine solche Höllenangst, diese Fotografien könnten nach Bukarest gelangen, daß Sie als sicher annehmen, Bastaki habe sie bei sich. Hat er aber nicht.«

»Warum wissen Sie das so sicher?«

»Weil ich schon oft mit dem 12-Uhr-20-Zug gefahren bin. Es ist ein sehr bequemer Zug. Bloß fährt er nicht nach Bukarest. Er fährt nach Berlin.«

»Nach Berlin?«

»Ja. Und wenn Sie tatsächlich ein Grützkopf wären, wüßten Sie auch, warum Bastaki nach seiner Begegnung mit Saridza ausgerechnet nach Berlin fährt.«

»Und warum fährt er ausgerechnet nach Berlin, Sie Besserwisser?«

»Erinnern Sie sich noch an Ihre Schilderung von Saridzas Beziehungen zu den rumänischen Faschisten?«

»Natürlich.«

»Dann wissen Sie sicher auch noch, daß Sie gesagt haben, Codreanus Hauptbestreben sei ein Bündnis mit Deutschland.«

Zaleshoff nickte.

»Haben Sie sich denn nicht gefragt, warum Bastaki überhaupt in Erscheinung tritt und warum Saridza nach Prag kommt, statt direkt nach Bukarest zu fahren?«

»Nein.«

»Aber, aber! Nun, Bastaki ist verhältnismäßig unwichtig, und die Tatsache, daß sein Vater ein bedeutender Industrieller ist, verwirrt die Sache nur. Warum hat Saridza nicht mit Bastaki senior verhandelt, der doch finanziell ergiebiger gewesen wäre? Welche Rolle spielt Bastaki junior? Diese Fragen, Andreas, stellte ich mir, als ich heute abend in Budweis auf den Zug wartete. Und da ich genügend Zeit hatte, machte ich mir einen Jux und setzte mich mit einer Prager Nachrichtenagentur in Verbindung, gab mich für ihren Wiener Korrespondenten aus, der übrigens ein Freund von mir ist, und stellte Nachforschungen über die Bastakis an. Dabei bin ich auf etwas Pikantes gestoßen. Bastakis Frau ist Tschechin – darum arbeitet er hier –, aber Tschechin deutscher Abstammung. Und ob Sie's glauben oder nicht: ihr Bruder ist kein Geringerer als der Nazi Schirmer, der Unterstaatssekretär im Deutschen Außenministerium. Verstehen Sie jetzt, warum Bastaki nach Berlin geht, nachdem er Saridza getroffen hat? Seine Aufgabe war, die Fotografien zu prüfen, sich zu vergewissern, daß sie echt sind, und dann nichts wie los und dem Schwager die Freudenbotschaft überbringen. Codreanu ist kein Narr. Er versichert sich einer Rückendeckung, bevor er angreift. Unterdessen sitzt Saridza schön brav auf den Fotografien, bis Bastaki mit dem Segen von oben zurückkehrt. Auch Balterghen ist kein Narr. Der rührt keinen Finger für Codreanu, ehe er nicht sicher ist, daß es sich für ihn auszahlt. Ich mache jede Wette, daß sich Saridza in den nächsten sechsunddreißig Stunden nicht aus Bastakis Haus rühren wird – nämlich bis Bastaki zurückkehrt. Sie können natürlich Ihren Freund in Berlin anrufen, damit er Bastaki aufhält. Das würde ich aber nicht empfehlen. Wenn's schief geht, haben Sie Ihre Karten verspielt, und Saridza ist im Nu und auf Nimmerwiedersehen verschwunden.«

Zaleshoff hörte auf, im Zimmer auf- und abzugehen, und blickte zur Decke. Kenton spritzte sich etwas Sodawasser ins Glas und trank einen Schluck. Plötzlich spürte er die Hand des Russen auf der Schulter.

»Mir scheint, Mr. Kenton, daß ich langsam alt werde. Vielleicht liegt's auch daran, daß ich die letzten drei Nächte nicht geschlafen habe. Auf jeden Fall tut's mir leid, daß ich Sie beschimpft habe.«

»Schon längst vergessen.«

»Aber«, unterbrach die junge Frau, »warum haben Sie uns das nicht gleich gesagt?«

»Weil ich ihm immer übers Maul gefahren bin«, schnaubte ihr Bruder wütend und wandte sich dann freundlich an Kenton: »Sechsunddreißig Stunden, haben Sie gesagt?«

»Vielleicht etwas länger. In dieser Zeit kann er bequem nach Berlin reisen, Schirmer treffen und wieder nach Prag zurückkehren.«

Tief in Gedanken versunken ging Zaleshoff zur Tür. Dort drehte er sich um.

»Kann ich irgendetwas für Sie tun, mein Freund? Kann ich Sie auf irgendeine Weise entschädigen?« Schnell fügte er allerdings hinzu: »Abgesehen natürlich von der Sache mit Ortega?«

»O ja, das können Sie«, sagte Kenton sofort. »Ein heißes Bad und ein weiches Bett wären mir sehr willkommen.«

Der Russe wandte sich zu seiner Schwester. »Weißt du, Tamara«, grinste er, »ich mag diesen Kenton. Er ist so vernünftig.«

Vierzig Minuten später bezog Kenton, zum ersten Mal seit drei Tagen wieder, ein Bett.

Ein paar Minuten lag er auf dem Rücken, entspannte sich und genoß den wohligen Schmerz seines ermatteten Körpers. Als er die Hand ausstreckte, um das Licht zu löschen, hörte er vom Gang her ein leises Knarren und das beruhigende Geräusch eines sich drehenden Schlüssels. Er grinste in der Dunkelheit vor sich hin, drehte sich auf die Seite und hörte – schon im Halbschlaf –, wie vor dem Haus ein Wagen startete. Dann schlief er ein.

Frau Bastaki war eine schweigsame Dame mittleren Alters mit unordentlichem, ergrauendem Haar und einer ungesunden Gesichtsfarbe. Sie saß steif in einem Stuhl mit hoher Lehne und starrte auf ihre gefalteten Hände. Es war offensichtlich, daß ihr die Gäste ihres Mannes so unangenehm waren wie sie ihnen. Als sie sah, daß die beiden Männer ihren Brandy getrunken hatten, stand sie auf und erbot sich, ihnen die Zimmer zu zeigen.

Der Mann, der sich Colonel Robinson nannte, stand auf und machte eine leichte Verbeugung.

»Auf geht's«, sagte er auf englisch zu Mailler. »Die Dame möchte uns loswerden.«

Captain Mailler murmelte eine einsilbige, ungalante Beschreibung der Gastgeberin, leerte sein Glas bis zur Neige und folgte den beiden.

Wenig später nickten die zwei Männer einander ein gleichgültiges ›Gute Nacht‹ zu und verschwanden in ihren nebeneinanderliegenden Zimmern.

Saridza entkleidete sich nicht, sondern nahm aus einem seiner Koffer eine Pillenschachtel, eine kleine Flasche und einen zusammenklappbaren Trinkbecher. Er schluckte eine Pille, füllte den Becher zur Hälfte mit Wasser, goß etwas Flüssigkeit aus der Flasche nach und trank die Mischung. In einer Stunde würde der Schlaftrunk wirken. Er löschte das Licht, legte eine Decke um seine Schultern und setzte sich ans Fenster.

Unbeweglich saß er so eine halbe Stunde in der Dunkelheit. Draußen verdeckten Wolken, die ein starker Wind vorbeiblies, den aufgegangenen Mond. Plötzlich lichteten sie sich, und für ein paar Sekunden lag der Garten im vollen Mondlicht. Plötzlich lehnte er sich nach vorn und wischte den schwachen Beschlag vom Fenster. Dann stand er auf und ging zur Verbindungstür.

Captain Mailler war schon im Bett, als Saridza eintrat.

»Hallo, Chef, schlafen Sie noch nicht?«

»Gehen Sie unauffällig in das Zimmer hinunter, das neben dem liegt, in dem wir vorhin saßen. Machen Sie Licht und tun Sie, als suchten Sie nach Zigaretten. Draußen auf der Terrasse ist jemand. Ich möchte gern wissen, wer.«

»Ich verstehe nicht, wie ...«

»Die Vorhänge in dem Zimmer sind nicht zugezogen. Das Licht wird auf die Terrasse fallen. Dann kann ich ihn erkennen. Nein, lassen Sie den Revolver hier; tun Sie bloß, was ich gesagt habe.«

Er ging zum Fenster zurück und schaute aufmerksam auf die Terrasse hinunter. Eine Minute später war sie plötzlich hell beleuchtet, und eine kleine, gedrungene Gestalt rannte ins Dunkel.

Als Captain Mailler ins Zimmer zurückkam, war Saridza dabei, ins Bett zu gehen.

»Haben Sie ihn erkannt, Chef?«

»Ja. Es ist Zaleshoff, der Mann, der Ihnen den Journalisten weggenommen hat.«

»Verdammt noch mal, den kleinen Dreckskerl kriege ich noch.« Er rannte zur Tür.

»Kommen Sie zurück, Mailler, und gehen Sie schlafen.«

»Verdammt, aber ...«

»Tun Sie, was ich Ihnen sage.«

Der Captain ging mürrisch auf die Tür zu. Dort drehte er sich um.

»Wenn ich diesen kleinen Dreckskerl erwische . . .«

Saridza schaute zu seinem Untergebenen hin und lächelte schwach.

»Sie werden ihn bald erwischen, glauben Sie mir. Gute Nacht, Mailler.«

»Nacht.«

Schläfrig kroch Saridza ins Bett. Das Mittel brauchte lange, bis es wirkte, aber dann wirkte es, Gottseidank.

15. Kapitel

Plan und Ausführung

Als die Tür seines Schlafzimmers aufgeschlossen wurde, erwachte Kenton. Eine Pause, dann ein leichtes Klopfen. Kenton sagte: »Herein!«, und ein Mann mit einem Tablett erschien. Der Journalist erkannte ihn wieder. Es war einer der beiden ›Kriminalbeamten‹, die ihn gestern gekidnappt hatten.

Der Mann sagte: »Guten Tag, Genosse«, stellte das Tablett auf das Nachttischchen und zog die Vorhänge auf. Hierauf ließ er im Badezimmer, neben dem Schlafzimmer, Wasser einlaufen und entfernte sich mit einem freundlichen Nicken.

Kenton aß sein Frühstück und ging dann ins Badezimmer. Rasiermesser, Zahnbürste, Haarbürste, Kamm und ein Handtuch lagen bereit.

Als er ins Schlafzimmer zurückkam, sah er, daß in seiner Abwesenheit ein Anzug samt Hemd und Unterwäsche auf sein Bett gelegt worden waren. Der Anzug aus grünem Tweed paßte ihm zu seiner Verwunderung gar nicht schlecht, verlieh ihm allerdings das Aussehen eines Salontirolers. In dieser Aufmachung ging er hinunter in das Zimmer, in das man ihn gestern geführt hatte.

Zaleshoff saß vor einem prasselnden Feuer, trank Tee und las eine Zeitung. Als Kenton eintrat, legte der Russe die Zeitung beiseite und musterte ihn kritisch.

»Nicht schlecht«, sagte er dann, »gar nicht schlecht. Gut, daß Sie den Schnurrbart nicht abrasiert haben. In einer der Taschen muß eine Brille mit Fensterglas sein. Setzen Sie die doch bitte mal auf.«

Kenton tat wie geheißen und betrachtete sich dann in einem großen Spiegel mit vergoldetem Rahmen.

»Sieht ein bißchen übertrieben aus«, befand er.

»Das kommt Ihnen bloß so vor, weil Sie nicht daran gewöhnt sind. Fragen Sie doch Tamara. Sie muß jeden Augenblick herunterkommen. Haben Sie gut geschlafen?«

»Ausgezeichnet, danke. Ihr Kidnapper gäbe einen ausgezeichneten Kammerdiener ab. Er nannte mich ›Genosse‹.«

»Grigori arbeitet als Mechaniker in Prag, wenn er nicht für mich oder den Besitzer dieses Hauses tätig ist.«

»Gleichwohl: an ihm ist ein Kammerdiener verloren gegangen. Ich hoffe, auch Ihnen ist der Schlaf gut bekommen.«

Zaleshoff kicherte.

»Sie haben mich also wegfahren hören? Ja, ich habe mir Bastakis Villa etwas näher angeschaut. Wie Sie sehen, nehme ich Ihre Schlußfolgerungen ernst. Das Haus ist etwa 6 Kilometer von hier entfernt und steht auf einem großen Grundstück.«

»Da weiß ich soviel wie zuvor. Wo genau ist ›hier‹? Ich habe aus allen Fenstern hinausgeschaut, aber nur Bäume gesehen.«

»Wir sind ganz in der Nähe von Prag.«

»Das habe ich festgestellt, als man mich hierher fuhr. Nun, das ist ja nicht so wichtig. Was wollen Sie jetzt tun? Einen Großangriff auf die Festung Bastaki machen, Mailler und Saridza über den Haufen schießen und die Fotografien zurückerobern?«

Zaleshoff zuckte zusammen.

»Gott nein, nichts so Plumpes.« Er schwenkte die Zeitung. »Sie machen heute morgen übrigens wieder Schlagzeilen. Man hat Sie in Wien verhaftet.«

»Was hat man?«

»Man hat Sie verhaftet. Ein alter Trick der österreichischen Polizei. Sie gibt eine Verhaftung bekannt, der Gesuchte lacht sich ins Fäustchen, kommt aus seinem Versteck hervor und läuft der Polizei in die Arme.«

»Und wenn jetzt Ortega das liest?«

»Raschenko hat schon dafür gesorgt, daß er es nicht zu sehen kriegt.«

»Das beruhigt mich. Was nun unseren Freund Saridza betrifft, so interessiert es mich wirklich, wie Sie es anstellen wollen, ihm die Fotografien abzunehmen.«

Zaleshoff goß sich noch etwas Tee ein.

»Darüber wollte ich gerade mit Ihnen reden.« Er betrachtete nachdenklich einen Zitronenschnitz. »Wollen Sie nicht mittun bei dem Unternehmen?«

»O doch, sehr gern sogar. Was muß ich tun?«

»Verschiedenes«, war die ausweichende Antwort. »Ich brauche nämlich mehr Leute, als ich hier habe, auch wenn Tamara den Chauffeur spielt.«

Kenton grinste den Russen an.

»Wenn Sie einmal direkt sagen, was Sie meinen, und nicht erst wie die Katze um den heißen Brei herumschleichen, dann weiß ich, daß etwas faul ist. Sie brauchen wohl alle Leute und können keinen hierlassen, der mich bewacht, nicht wahr?«

»Dummes Zeug, lieber Freund. Sie sagten gestern nacht, Sie wollten das Gesicht sehen, das Saridza macht, wenn wir ihm die Fotografien wieder abnehmen. Dazu haben Sie heute nacht Gelegenheit.«

Kenton seufzte.

»Sie müssen doch immer recht haben. Also, was muß ich tun?«

»Sie brauchen nur eine ungeladene automatische Pistole einzustecken und mitzukommen.«

»Das klingt nicht sehr nutzbringend.«

»Ist es aber. Wir glauben zwar, daß Saridza die Fotografien hat, wissen aber nicht genau, wo sie sind. Trägt er sie auf sich, oder hat er sie in seinem Zimmer verborgen? Wir müssen ungehindert nach ihnen suchen können. Das kann man nicht, wenn man zugleich Leute bewachen muß.«

Kenton hielt das für eine faule Ausrede, sagte aber nichts. Saridza trug die Fotografien selbstverständlich auf sich. Aber wenn Zaleshoff Angst hatte, ihn allein zurückzulassen, um so besser. Es würde ihm ein Vergnügen sein, die Bekanntschaft mit Colonel Robinson und Captain Mailler aufzufrischen.

»Haben Sie schon einen Schlachtplan entworfen?«

Zaleshoff zog eine Übersicht-Skizze der Villa aus der Tasche und referierte zehn Minuten.

»Das Ganze ist ein Kinderspiel«, schloß er. »Und was Sie anbelangt, so brauchen Sie bloß die Befehle zu befolgen. Serge übernimmt die Garage, Peter bewacht das Tor, und Grigori, Sie und ich, wir durchsuchen das Haus.«

»Angenommen, Saridza hat seine Rabauken bei sich?«

»Er und Mailler sind alleine dort, das weiß ich. Grigori wird sich um Frau Bastaki und das Dienstpersonal kümmern. Sie und ich erledigen die Hauptsache.«

»Ich sehe nicht so recht, was ich mit einer ungeladenen automatischen Pistole erledigen könnte.«

»Es darf keine Schießerei geben. Sie werden eh schon von der österreichischen Polizei wegen Mordes gesucht, und es wäre ausgesprochenes Pech, wenn Sie wirklich jemanden umbringen sollten. Automatische Waffen gehen leicht von selbst los, wenn man nicht mit ihnen umgehen kann, und mit einer ungeladenen Pistole wirken Sie ebenso bedrohlich wie mit einer geladenen.«

»Nun gut. Wann geht's los?«

»Ungefähr um 10 Uhr abends. Ich will nicht warten, bis sie zu Bett gegangen sind. Wir gehen um Viertel vor zehn von hier weg.«

In diesem Augenblick kam Tamara herein.

»Ich habe eben Mr. Kenton das heutige Abendprogramm erklärt«, sagte Zaleshoff. »Er ist enttäuscht, weil er nur mit einer ungeladenen automatischen Pistole mitspielen darf. Ich sagte ihm, er könnte sonst jemanden töten.«

»Seiner Aufmachung nach wäre es ihm zuzutrauen«, bemerkte Tamara. Sie selbst sah, wie Kenton zugeben mußte, in Rock und Bluse sehr attraktiv aus.

»Ihr Bruder hat gesagt, daß Ihnen meine Verkleidung gefallen würde.«

Sie lächelte.

»Wenn Saridza eine Sonnenbrille trägt, muß er schon genau hinsehen, um Sie zu erkennen.«

»Das beruhigt mich aber gar nicht.«

»Machen Sie sich keine Sorgen«, meinte Zaleshoff. »Saridza wird nicht zur Polizei gehen, um Sie anzuzeigen. Da müßte er zu viele Erklärungen abgeben.«

Kenton dachte ein Weilchen nach.

»Es nimmt mich wunder, was Saridza sagt, wenn wir ihm die Fotografien wegnehmen.«

Zaleshoff schaute auf die Uhr.

»In neun Stunden werden wir es hören. Komm Tamara, wie haben noch viel zu tun.«

Der sich selbst überlassene Kenton zündete sich eine Zigarette an und ging zum Bücherregal in einer Ecke des Zimmers. Er sah fast nur russische Bücher. Wie er schlechtgelaunt weiterschmökerte, in der Hoffnung, doch noch etwas zu finden, was er lesen könnte, stieß er auf einen einzelnen Band von Florios *Montaigne*. Er trat mit dem Buch zum Fenster, schlug es aufs Geratewohl auf. Sein Blick blieb an einem Satz in der Mitte der Seite hängen.

Mit Hinsicht auf der Kriegskunst Unterfangen, so ist Keiner blind, des Schicksals Anteil nicht zu erspähen: zu allen Rathschlägen und Muthmaassungen muss sich Zufall und Glück uns gesellen, denn was die Weisheit uns bewirkt, ist kein grosse Sache. Scharff gewitzet und geschwinde so es ist, so findt es Schwachheit in ihm selbst und traut mitnichten diesem Selbst.

Mit einem Seufzer schloß er das Buch und stellte es wieder ins Regal zurück. Dann trat er langsam zum Kamin und starrte auf die Flammen, die aus einem Stück Holzkohle herauszischten. Wenn doch bloß Herr Sachs sich ein anderes Abteil ausgesucht hätte.

Am Abend, etwas nach 21 Uhr 30, inspizierte Zaleshoff eine große automatische Luger-Pistole, vergewisserte sich, daß das Magazin leer war, und gab sie Kenton.

Der Journalist steckte sie in die Tasche des Regenmantels, den man ihm geliehen hatte, und fühlte sich sofort besser. War die Waffe auch nicht geladen, so gab sie ihm doch jenes Gefühl des Dramatischen, das er bisher vermißt hatte.

Den ganzen Tag über hatte er seiner Phantasie freien Lauf gelassen und sich die Szene vorgestellt: die grimmig entschlossene Versammlung in der Halle, Zaleshoffs letzte Instruktionen, das Schweigen, die gespannte Atmosphäre vor dem Aufbruch. Nun sah die Wirklichkeit ganz anders aus, und das ärgerte ihn.

Sie hätten ebensogut zu einem Picknick aufbrechen können. Tamara zeigte stolz eine Thermosflasche mit heißem Kaffee, Zaleshoff war sich nicht schlüssig, ob er einen Schal tragen sollte oder nicht, und Serge und Grigori stritten sich um die Plätze im Wagen. Kenton, dessen Nerven zum Zerreißen gespannt waren, wollte eben alle anbrüllen, als Zaleshoff nach einem Blick auf die Uhr den Befehl zum Aufbruch gab.

Kenton, der gehofft hatte, die Umgebung von Zaleshoffs Hauptquartier kennenzulernen, sah sich getäuscht. Nachdem Tamara sich ans Steuer gesetzt hatte, zog sie die Vorhänge bei den übrigen Fenstern. Kenton mußte hinten neben Zaleshoff Platz nehmen. Ihm gegenüber saßen Grigori und Serge. Der dritte Mann, Peter, saß vorne neben Tamara.

»Sie gehen aber auch gar keine Risiken ein, nicht wahr, Andreas?«

Zaleshoff kicherte, gab aber keine Antwort und unterhielt sich auf russisch mit Grigori.

Der Mercedes fuhr zuerst zur Hauptstraße, der er eine Weile folgte, und bog dann nach links in eine mit Schlaglöchern durchsetzte Nebenstraße ein. Eine Viertelstunde lang holperte und schlitterte der Wagen dahin, dann fuhr er langsamer, der Motor wurde abgestellt, und er hielt an.

»Psst! Vorsicht!« sagte Zaleshoff.

Sie stiegen aus.

Der verdunkelte Wagen war vor einem kaum sichtbaren Pfad stehen geblieben. Beim schwachen Sternenlicht konnte Kenton gerade noch wahrnehmen, daß sie rings von Bäumen umgeben waren. Die Straße, auf der sie gekommen waren, bog weiter nach links und verlor sich als blasser Streifen im Dunkeln. Es war kalt. Als Kenton seinen Mantelkragen hochschlug, berührte jemand seinen Ellbogen.

»Los, kommen Sie«, sagte Zaleshoff, »die anderen sind schon vorangegangen.«

Als sie in die Dunkelheit des Weges traten, sah Kenton hinter der Windschutzscheibe Tamaras Zigarette aufglühen und bildete sich ein, sie winke ihm zum Abschied. Dann verdeckten die Bäume den Himmel, und sie gingen im Dunkeln. Plötzlich tappte Zaleshoffs Hand nach dem Arm des Journalisten.

»Vorsicht!«

Sie kamen nun aus der Finsternis der Bäume heraus und stiegen eine steile Böschung hinan. Kenton hörte das Rauschen von Wasser, und gleich darauf wurde der Boden unter seinen Füßen sehr hart und seine Schritte widerhallten. Er strengte seine Augen an und sah, daß sie auf einer eisernen Brücke über einen Fluß gingen.

Am anderen Ufer bog der Weg nach links ab, und eine Weile konnte Kenton gut sehen, wo er ging. Plötzlich ragte vor ihnen etwas zum Himmel empor, und Zaleshoff blieb stehen.

»Das ist das Tor bei den Bäumen. Die andern werden dort auf uns warten.«

Als er das gesagt hatte, war das leise Geräusch eines auf Stein scharrenden Fußes zu hören, und die Schatten beim Tor bewegten sich. Ein Flüstern, und Kenton war allein. Er machte einige Schritte vorwärts, dann blieb er stehen und streckte die Hand aus. Sie traf auf Mauerwerk. Er stand vor einem Pfosten des Gartentores. Zaleshoff trat, von Grigori begleitet, zu ihm.

»Vorwärts! Aber leise!«

Kenton erinnerte sich an die Zeichnung, die Zaleshoff vom Grundstück und der Villa gemacht hatte. Die Zufahrt zum Haus verlief in einem Bogen um einen mit Bäumen und Sträuchern bestandenen Rasen. Zaleshoffs Weg führte quer durch den Rasen über die Zufahrt zu einem Punkt links vom Haus. Auf der Skizze hatte alles ganz einfach ausgesehen, aber nach wenigen Schritten hatte Kenton die Orientierung völlig verloren. Er versuchte gar nicht erst, sich zurecht zu finden, sondern folgte einfach den zwei dunklen Gestalten vor ihm, bis sie stehen blieben und er sie einholte.

»Jetzt trennt uns nur noch eine Baumreihe vom Garten. Sie werden das Haus gleich sehen. Aber wir müssen warten, bis Serge bei der Garage ist.«

Fünf Minuten warteten sie, ohne sich zu rühren. Das Gras war feuchtkalt, und Kenton hatte schon alles Gefühl in seinen Füßen verloren. Endlich gab Zaleshoff ein Zeichen, und sie gingen auf das Haus zu. Wenige Sekunden später traten sie aus den Bäumen heraus.

Das Haus stand auf einem Hügel. Der stufenförmig angelegte Garten endete unterhalb einer Steinterrasse, auf die von den Zimmern zur ebenen Erde drei Flügelfenster hinausgingen. Rechts von der Terrasse, in einem kleinen Seitenflügel des Hauses, befand sich der Haupteingang, zu dem die Auffahrt in einem Bogen führte. Die Villa lag im Dunkeln. Nur zwischen den Vorhängen zweier Parterrezimmer schimmerte Licht.

Zaleshoff flüsterte Grigori etwas auf russisch zu, worauf dieser leise verschwand.

»Er geht ums Haus herum, um sich die Küche vorzunehmen. Wir lassen ihm eine Minute Zeit und betreten dann über die Terrasse das Haus.«

Sie warteten etwas und schlichen dann im Schutz einer

schön gestutzten Hecke auf die Terrasse zu. Wenig später standen sie auf einem Steinpfad unterhalb der Terrasse.

»Jetzt nur noch auf Zehenspitzen«, flüsterte Zaleshoff.

Sie machten ein paar Schritte auf dem Steinpfad, kamen zu einer Lücke im Geländer der Terrasse, gingen drei Stufen hinauf, huschten über die Terrasse und standen dann im Schatten der Hausmauer. Vorsichtig schob sich Zaleshoff auf das erste erleuchtete Fenster zu, und Kenton, dessen Herz zum Zerspringen klopfte, folgte ihm.

Einen Schritt vor dem Fenster blieb Zaleshoff stehen. Kenton beugte sich nach vorn. Durchs Fenster war undeutlich eine Männerstimme zu vernehmen. Zaleshoff lauschte aufmerksam.

»Polnisch«, sagte er leise über die Schulter.

Er lauschte noch einige Sekunden, drehte sich dann um und schob Kenton sachte vor sich her die Hausmauer entlang.

»Es ist zu undeutlich. Ich kann nicht verstehen, was er sagt«, flüsterte er. »Saridza spricht nicht polnisch, aber er ist bestimmt hier. Kommen Sie.«

Er ging über die Terrasse zum unbeleuchteten Fenster, und Kenton sah, daß er etwas aus der Tasche zog, das einem Stechwerkzeug glich, wie es die Graveure haben. Sorgfältig steckte der Russe das Eisen in den Fensterpfosten und drückte leicht dagegen. Das Fenster ging sofort auf.

Schnell trat Zaleshoff zurück.

Ein paar Sekunden rührte er sich nicht.

»Gute Arbeit«, murmelte Kenton.

Der Russe drehte sich um.

»Die Fenster waren nicht geschlossen«, brummte er. »Das gefällt mir nicht.« Dann zuckte er die Achseln. »Gehn wir weiter.«

Sie betraten das dunkle Zimmer. Kenton spürte einen dikken Teppich unter seinen Füßen, und seine ausgestreckte Hand berührte einen kleinen Tisch. Plötzlich überkam ihn der starke Wunsch, wieder hinauszugehen. Aus einem ihm unverständlichen Grund spukte ein Wort durch seinen Kopf. ›Hausfriedensbruch‹ – die abgegriffene juristische Vokabel schepperte und ratterte mit rhythmischer Beharrlichkeit. Als seine Finger über die glatte Oberfläche des Tisches fuhren, hatte er nur den einen Gedanken: Fliehen. Nichts wie raus. Weg vom weichen Teppich, weg vom glatten Tisch, die jemand anderem gehörten, fort von diesem schwachen Geruch, hinaus aus der Dunkelheit ins Helle, in die erleuchtete Stadt, wo die Leute auf den Straßen vorbeieilten. Er machte einen Schritt nach vorn.

»Zaleshoff«, flüsterte er.

Der Russe packte ihn am Arm.

»Achtung! Ein Stuhl! Halten Sie Ihre Waffe bereit!«

Kentons Hand fuhr in die Manteltasche. Die Pistole verfing sich im Futter, als er sie herausziehen wollte. Seine Hand war schweißnaß. Er fummelte am kalten, glatten Metall herum und fluchte leise. Zaleshoff hatte die Tür zur Halle schon geöffnet und starrte in die Dunkelheit. Kenton zauderte eine Sekunde, dann folgte er ihm.

Sie standen in einer geräumigen Halle. Zaleshoff schloß die Tür sorgfältig und wandte sich nach links. Unter einer Tür schimmerte ein Lichtstreifen hervor. Wieder hörten sie undeutlich eine Männerstimme. Kenton sah, wie Zaleshoff, gegen den Türpfosten gelehnt, langsam die Falle hinunterdrückte. Das Blut pochte in seinen Schläfen, und unwillkürlich hob er die automatische Pistole. Plötzlich bewegte sich Zaleshoffs Arm, die Türe ging auf, und das Licht eines Kronleuchters flutete in die Halle und blendete Kenton. Zaleshoff stürzte sich ins Zimmer.

Im Kamin brannte ein fröhliches Feuer. Zigarettenrauch hing in der Luft. Auf einer Seite stand ein großes Radio. Als Kenton das Zimmer betrat, verstummte die Stimme, die polnisch gesprochen hatte, und aus dem Lautsprecher tönte ein schwaches Summen. Aber der Journalist bemerkte diese Dinge nicht, denn er starrte blöde auf den Mann, der im Zimmer auf dem Boden lag. Es war Serge. Sein Mund stand offen, und die Augen blickten starr. Zwischen seinen Schulterblättern stak bis ans Heft ein Messer.

Zaleshoff regte sich als erster. Er kniete sich neben die Leiche und faßte nach ihrem Handgelenk, ließ es aber sogleich wieder los und stand auf.

»Es ist etwas schiefgegangen«, flüsterte er. »Wir müssen weg, so schnell wie möglich. Kommen Sie!«

Er trat aufs Fenster zu. Kenton machte einen Schritt, um ihm zu folgen. Weiter kam er nicht.

»Keine Bewegung! Werfen Sie die Waffen weg!«

Eine Sekunde lang herrschte eisiges Schweigen. Kenton ließ seine automatische Pistole los, die mit einem dumpfen Laut auf dem Teppich aufschlug. Das Blut war aus seinem Kopf gewichen, und in seinen Ohren dröhnte es. Er sah, wie Zaleshoffs Revolver auf den Boden fiel, aber er hörte nichts.

»Umdrehen!«

Der scharfe Befehl tönte, als komme er durch eine dicke Watteschicht. Langsam drehte sich Kenton um.

In der Tür stand Saridza. Er lächelte sein gelbes Lächeln. In der Hand hielt er einen schweren Revolver.

16. Kapitel

Ein ziviler Unglücksfall

Saridza bedeutete ihnen mit dem Revolver, vom Fenster wegzugehen.

»Schießeisen liegenlassen! Hände hinterm Kopf verschränken! So ist's brav.«

Er spannte langsam den Hahn des Revolvers und beugte sich über die Stuhllehne. Ein paar Sekunden herrschte Schweigen.

Dann fuhr er fort: »Das ist aber ein fröhliches Wiedersehen, Genosse Zaleshoff. Hoffentlich verderben Sie es nicht durch einen selbstmörderischen Fluchtversuch.«

Zaleshoff schüttelte den Kopf.

»Nein, den Gefallen tue ich Ihnen nicht.« Und zu Kenton gewandt fügte er hinzu: »Saridza ist bekannt für seine Treffsicherheit.«

Saridza strahlte.

»Ich beneide Sie um Ihr Gedächtnis, Zaleshoff. Sie erinnern sich bestimmt auch noch an unsere letzte Begegnung in New York? Es war doch New York, nicht wahr?«

»Ja. 1930.«

Kenton glaubte zu träumen. Die beiden Männer unterhielten sich über alte Zeiten, als wären sie Geschäftsfreunde.

»Was ist eigentlich aus Ihrem damaligen Spezi geworden?« hörte er Saridza fragen. »Wie war doch gleich sein Name? Fing mit ›R‹ an, glaube ich. Ach ja, Rogojin hieß er. Wo ist er jetzt?«

»In Moskau.«

»Sieh mal an, da muß ich mich getäuscht haben. Ich glaubte, er sei jetzt Ihr Agent in Basel. Nun, dann wird's wohl ein anderer gleichen Namens sein.« Er grinste. Dann blickte er zu Kenton. »Mr. Kenton, wenn ich mich nicht irre? Es überrascht mich etwas, Sie hier zu finden. Sie werden es nicht glauben, aber ich nahm Ihnen Ihre Geschichte, Sie hätten Borovansky im Zug kennengelernt, tatsächlich ab. Sie haben mich schön hinters Licht geführt. Mailler wird sich jedenfalls freuen, wenn er erfährt, daß die österreichische Polizei Sie nicht erwischt hat. Er hat geradezu Sehnsucht nach Ihnen. Und auch nach Ihnen, Genosse Zaleshoff. Sie müssen ihn aber noch ein Weilchen entschuldigen. Er bewacht nämlich gerade einen Ihrer Männer, der in den Dienstbotenzimmern herumschnüffelte. Kurios, wieviel Leute in dieser Nacht durch Frau Bastakis Haus schleichen. Den armen Teufel, der hier am Boden liegt, überraschte Mailler in der Garage, wo er an einem Auto herumfummelte. Wir haben die Leiche hierhergebracht, um Ihnen eine kleine Überraschung zu bereiten. Es war Maillers Idee. Zugegeben, der Einfall ist etwas makaber, aber Mailler hat nun mal ein Faible fürs Makabre. Mir gefiel die Idee aus einem andern Grund. Sie kennen doch das alte mosaische Gesetz, nicht? Auge um Auge, Zahn um Zahn. Borovansky ist gerächt. Seine Seele kann nun in Frieden ruhen. Das erfüllt mich mit Genugtuung.«

»Sie reden immer noch gleich viel wie früher«, sagte Zaleshoff.

Das Lächeln auf Saridzas Lippen verblich.

»Ja, Zaleshoff. Ich rede immer noch gern. Aber dasselbe gilt fürs Handeln, was Ihnen nicht entgangen sein dürfte.«

»Nein. Wie haben Sie eigentlich von meinem Besuch erfahren?«

»Das verdanke ich meiner Schlaflosigkeit.«

»Sie haben mich also gestern Nacht gesehen, als Mailler das Licht andrehte. Ich habe geglaubt, ich sei noch rechtzeitig im Schatten verschwunden.«

»Leider nicht. Ich hätte Sie bequem abknallen können, aber

ich hoffte, Sie würden mit Ihren Freunden wiederkommen. Zur Vorsicht habe ich eine kleine Garnison einquartiert und Frau Bastaki samt dem Personal nach Prag geschickt. Meine Vermutung erwies sich als richtig, obwohl ich nicht mit der Anwesenheit dieses Herrn gerechnet habe. Nun, Mr. Kenton, warum so schweigsam? Machen Ihnen der Schnurrbart oder die Brille so zu schaffen? Als wir uns das letzte Mal trafen, waren Sie nicht auf den Mund gefallen.«

In diesem Augenblick vernahmen sie die Stimme des Radioansagers, und nach einem Trommelwirbel und einem Tusch dröhnte der Walzer ›An der schönen blauen Donau‹ aus dem Apparat.

Zaleshoff lachte.

Saridza trat zum Radio, drehte an einem Knopf, und die Musik verstummte.

»Ein seltsam groteskes Zusammenspiel, nicht wahr?« bemerkte er ernst. »Ein toter Mann auf dem Boden, daneben zwei Männer mit erhobenen Händen, so gut wie tot, und als Trauermarsch ein Straußwalzer – was könnte lustiger sein? Übrigens – der Lautsprecher, das war ein kleiner Scherz von mir. Sie sind prompt darauf hereingefallen. Schade, daß Sie so früh gekommen sind. Da konnten wir Ihnen nichts besseres bieten als einen Vortrag über galizische Volkstänze aus Krakau. Wären Sie eine halbe Stunde später gekommen, so hätten Sie aus Leipzig eine Rede von Doktor Goebbels gehört. Mir wär natürlich Radio Moskau am liebsten gewesen. Aber Sinn für Humor ist nicht ungefährlich. Wenn die zufällig gerade die Internationale gespielt hätten, wer weiß, ob Sie da nicht hellhörig geworden wären.«

Kenton hörte nur mit halbem Ohr zu. Serge war tot. Grigori, der Mechaniker, war vielleicht auch tot. Was war mit dem Wachposten am Tor geschehen? Und wo war wohl Tamara? Aus der Ferne unterbrachen drei Schüsse in schneller Folge diese Gedanken. Was war das? Jetzt knallte es wieder, diesmal etwas lauter.

Er schielte nach Zaleshoff. Der Russe verzog keine Miene. Kenton schaute zu Saridza. Dieser lächelte immer noch, aber sein Gesichtsausdruck war gespannt, so als lausche er aufmerksam. Eine ganze Minute lang herrschte Schweigen im Zimmer.

Dann räusperte sich Zaleshoff.

»Wär das aber ein Pech, wenn es Captain Mailler erwischt hätte.«

»Das ist kaum anzunehmen.«

»Ich an Ihrer Stelle wäre da nicht so sicher. Meine Schwester schießt nicht schlecht, und der Wagen gibt ihr Deckung.«

Kenton erschrak. Was zum Teufel sagte der Mann da?

»Sie haben doch nicht etwa geglaubt, wir seien hierhergekommen, ohne auf Überraschungen gefaßt zu sein?« fragte Zaleshoff ruhig.

Kenton ließ ein warnendes Hüsteln hören, aber der Russe ignorierte es.

»Vielleicht war's der Mann, den ich am Tor zurückließ. Er könnte Mailler und seinen Kumpanen in den Rücken gefallen sein.«

Der Journalist warf seinem Mitgefangenen wütende Blicke zu. Dabei bemerkte er jedoch etwas, das ihn die Augen abwenden ließ. Gleichgültig sah er vor sich hin. Zaleshoff schob sich fast unmerklich auf die eine Ecke des Kaminsims zu, und seine erhobenen Hände tasteten nach einer kleinen Messingvase. Kenton hielt den Atem an.

In diese Stille hinein hallten Schritte aus dem Flur. Dann trat Mailler ins Zimmer.

Der Ex-Black-and-Tan-Captain warf einen Blick auf die beiden Gefangenen und brüllte sofort: »Weg vom Kaminsims, aber rasch!« Zaleshoff machte einen Schritt nach vorn, und Kentons Hoffnung wurde zunichte.

»Gratuliere, Chef, daß Sie den Schweinehund gekriegt haben«, sagte Mailler. »In der Küche liegt noch einer. Ich habe ihm eins übergezogen und ihn gefesselt.«

»Was hat die Schießerei zu bedeuten?«

»Da waren noch zwei, in einem Auto. Sie knallten ein bißchen in die Luft und rasten dann davon. Ich schoß auf den Benzintank, aber es war dunkel.«

Saridza knurrte wütend.

»Sie hätten sie nicht entkommen lassen dürfen, Mailler. Die kommen bestimmt zurück. Wir müssen diese Männer hier wegbringen. Passen Sie auf sie auf, während ich das Nötige veranlasse!«

»In Ordnung!«

Mailler richtete seinen schweren Colt auf die Gefangenen. Saridza ging aus dem Zimmer, und Mailler betrachtete Zaleshoff und Kenton mit zusammengekniffenen Augen. Kenton spürte, daß er erkannt worden war.

»Da haben wir keinen schlechten Fang getan«, sagte der Captain mit sanfter Stimme. Dann brüllte er: »Heinrichs, komm her!«

Herein kam ein langer Kerl, dessen Gesicht durch ein Muttermal verunstaltet war. Er stolperte über die Beine des toten Serge und trat sie wütend aus dem Weg. Mailler befahl auf deutsch:

»Halt sie mit der Waffe in Schach, und paß auf, daß sie nicht an den Kaminsims herankommen!«

»Zu Befehl, Captain!«

Der Mann stellte sich in Positur und spannte den Hahn des Revolvers.

Mailler, die Hände in den Taschen seines Trenchcoats vergraben, starrte eine Weile auf die Gefangenen. Kenton sah vorne am Mantel eine dünne Blutspur. Plötzlich hob der Captain seinen Revolver und ging auf Zaleshoff zu. Einen Schritt vor ihm blieb er stehen.

»Sie sind also dieses Bolschewikenschwein?«

Zaleshoff schaute ihn gelassen an.

»Es freut mich, daß Sie wieder im Land sind, Captain. Ich hab mich übrigens ein bißchen nach Ihnen erkundigt. Sie heißen in Wirklichkeit Hollinder, und Sie werden in New Orleans von der Polizei gesucht, weil Sie eine Negerin namens Robins ermordet haben.«

Mailler holte aus und schlug seine behandschuhte Faust mitten ins Gesicht des Russen, der nach hinten stolperte. Dann krachte ihm der Revolver des Captains auf den Schädel, und er fiel aufs Gesicht und blieb liegen.

Mailler wandte sich zu Kenton.

»Gleich sind Sie an der Reihe, alter Junge.«

Er zog aus seiner Tasche einen dicken Kupferdraht und eine Zange hervor und band Zaleshoff die Hände auf den Rücken. Mit einer heftigen Drehbewegung der Zange straffte er die Fessel und schnitt dann die losen Enden ab.

»Jetzt zu Ihnen – runter mit den Händen – langsam – und schön hinterm Rücken kreuzen.«

Kenton tat, wie befohlen, und der Draht schnitt ihm ins Fleisch. Zunächst versuchte er, die Handgelenke zu drehen, damit sich der Draht nachher lockern würde, aber die Drehbewegung der Zange vereitelte sein Vorhaben. Der Schmerz war unerträglich, und er zuckte zusammen.

Mailler lachte.

»Schneidet schön ein, alter Junge, was? Gleich werden Sie Ihre Handgelenke nicht mehr spüren. Setzen Sie sich!«

Er stieß Kenton zurück und stellte ihm ein Bein. Kenton fiel zu Boden, und Mailler fesselte ihm mit dem Draht die Füße. Er hatte eben den Draht ein letztes Mal angezogen, als Saridza, in Hut und Mantel, ins Zimmer trat. Er sah den bewußtlosen Zaleshoff und fragte:

»Was soll das bedeuten, Mailler?«

»Der Schweinehund ist frech geworden.«

Saridza runzelte die Stirn und blickte dann auf Kenton hinunter.

»Darf ich Ihnen noch schnell sagen, wie sehr ich es bedaure, daß wir uns schon wieder trennen müssen? *Partir, c'est mourir un peu.* Leider muß ich das Sterben ganz allein Ihnen und

Ihren Leidensgenossen überlassen. Wir machen jetzt eine kleine Ausfahrt. Mailler, schaffen Sie sie in den Wagen. Wir bringen sie zum Kabelwerk. Der Mann in der Küche wird's zwar nicht mehr lange machen, aber vorsichtshalber nehmen wir ihn auch mit.«

Nachdenklich betrachtete er die Leiche auf dem Teppich.

»Sie haben da mit Ihrem blutigen Scherz den Teppich ganz schön versaut, Mailler. Daß mir das wieder in Ordnung kommt, bevor Bastaki zurückkehrt. Was den Kadaver betrifft, so versenken Sie ihn im Teich hinterm Haus. Mit Gewichten beschwert! Los! Schnell jetzt!«

»Zu Befehl!«

Er ging hinaus und kam wieder mit einem jungen Mann, der ein blasses gemeines Gesicht hatte und den er mit ›Berg‹ anredete. Unter Maillers Anleitung trugen Heinrichs und der Neuankömmling Serges Leiche aus dem Zimmer.

Schweigend schaute Saridza zu. Als die drei mit dem Toten draußen waren, trat er zu Kenton und blickte auf ihn hinunter.

»Sie, mein Freund, Sie sind ein Narr.«

»Zum erstenmal bin ich mit Ihnen einer Meinung.«

»Und doch«, fuhr Saridza fort, »freut's mich eigentlich gar nicht, daß Sie sterben müssen. Sie sind einigermaßen intelligent. Sie sind ein talentierter Journalist. Und Sie haben eine Eigenschaft, die ich als Geschäftsmann besonders hochschätze: Sie sind loyal. So etwas findet man selten. Natürlich kann man Loyalität erzwingen. Man kann sie auch kaufen. Nur verlassen kann man sich auf diese Arten von Loyalität nicht. Ich könnte Ihre Dienste gebrauchen, Mr. Kenton.«

»Offerieren Sie mir einen Posten?«

»Ja, genau das tue ich. Ich verlange von Ihnen nicht, daß Sie diesen Zaleshoff verraten. Der zählt nicht mehr. Ich offeriere Ihnen eine Alternative zum Tod. Wenn Sie meinen Vorschlag akzeptieren, brauchen Sie die Ausfahrt nicht mitzumachen.«

»Und was schlagen Sie mir vor?«

»Etwas ganz Simples. Sie arbeiten weiter wie bisher, nur unter meiner Leitung. Von Zeit zu Zeit würde ich Ihnen bestimmte Neuigkeiten zuspielen, die Sie dann zu berichten hätten. Das ist alles. Ihr Honorar würde sich jährlich auf 50 000 französische Francs belaufen. Sie kämen aber beträchtlich höher, weil Ihnen als meinem Protégé Möglichkeiten offenstünden, die dem gewöhnlichen Kenton verschlossen blieben.«

»Das tönt ja sehr verlockend.«

»Ihre Auffassung freut mich. Aber denken Sie bitte nicht, Sie könnten durch eine scheinbare Einwilligung zu meinem Vorschlag auf den Verlauf dieser Geschichte Einfluß nehmen. Ihre Freiheit kann ich Ihnen leider erst in ein paar Wochen wiedergeben.«

»Wenn Codreanu an der Macht ist und mit Deutschland ein Bündnis geschlossen hat, nicht wahr? Und wenn die Ölkonzessionen zugunsten der Pan-Eurasischen Oelgesellschaft revidiert worden sind, was?«

»Sie sind sogar noch gescheiter, als ich gehofft habe. Ja. Wenn die Angelegenheit in Bukarest geregelt worden ist.«

»Und das ist alles?«

»Nicht ganz. Es wäre ja möglich, daß Sie mein Angebot bloß annehmen, um Ihre Haut zu retten, und sich mit dem Hintergedanken tragen, später aus dem Geschäft wieder auszusteigen. Dem möchte ich vorbeugen. Ich muß einen Beweis für die Ehrlichkeit Ihrer Absichten verlangen.«

»Und der wäre?«

»In der Küche liegt ein Mann, den Mailler gefangen genommen hat. Hier neben Ihnen liegt Zaleshoff, sein Auftraggeber. Morgen um diese Zeit sind beide tot. Das ist sicher, so unsicher alles Übrige auf dieser Welt ist. Wie wäre es nun, wenn Sie die beiden an unserer Statt erschießen würden? Das ginge sehr einfach: zwei Schüsse, Maillers Gehilfen als Zeugen, und das wäre schon alles. Sie würden höchstens dem Unvermeidlichen zuvorkommen. Was sagen Sie dazu?«

Es ist nicht leicht, würdig auszusehen, wenn man wie ein Paket verschnürt am Boden liegt. Irgendwie gelang es Kenton jedoch.

»Ich sage«, antwortete er bedächtig, »daß Sie in eine Anstalt für geisteskranke Verbrecher gehören.«

Saridzas Lippen zogen sich über seinen gelben Zähnen zusammen.

»Sind Sie sicher, daß nichts Sie veranlassen könnte, Ihre Meinung zu ändern?«

»Ganz sicher.«

Saridza seufzte. Dann sagte er:

»Das ist das erste Mal, daß vor mir ein Mann mit zwei Worten Selbstmord begeht.«

Er drehte sich um, Mailler war ins Zimmer gekommen.

»Schnell! Wir dürfen keine Zeit verlieren. Bringen Sie diese zwei hier zum Wagen.«

Kenton wurde über den Flur getragen und in den Fond eines Wagens gelegt, der mit laufendem Motor in der Auffahrt stand. Einige Minuten später warfen sie den bewußtlosen Zaleshoff neben ihn. Dann erschienen Mailler und Berg wieder mit Grigori. Kenton sah im Licht, das aus dem Flur fiel, daß das Gesicht des Mechanikers blutverschmiert war. Der Mann stöhnte schwach, als sie ihn auf den Sitz legten. Sein Atem ging röchelnd.

Einige Minuten später erschien Saridza.

»Nehmen Sie Berg mit«, hörte Kenton ihn sagen. »Heinrichs und ich folgen im andern Wagen. Schauen Sie, daß Sie mit dem Nachtwächter fertig werden. Dem Mann darf nichts Ernstliches geschehen, aber er darf Sie unter gar keinen Umständen so lange sehen, daß er Sie wiedererkennen könnte.«

Mailler brummte Zustimmung, die vordere Tür wurde zugeschlagen, und der Wagen schoß davon.

Mit halsbrecherischer Geschwindigkeit und dröhnendem Motor ging's auf der mit Schlaglöchern übersäten Straße, auf der sie früher hergekommen waren, dahin. Kenton wurde erbarmungslos hin- und hergeworfen, und seine Lage wurde durch den bewußtlosen Grigori, der ständig nach vorne kippte, keineswegs besser. Er hatte alle Mühe, zu verhindern, daß der Mann auf ihn und Zaleshoff fiel.

Nach etwa zwanzig Minuten hielt der Wagen, und die beiden Männer stiegen aus. Kenton hörte Stimmengemurmel und sich entfernende Schritte, kurz darauf einen erstickten Schrei und ein Schlurfen. Ein paar Sekunden war es still, dann öffnete sich quietschend und rasselnd ein schweres Tor. Er schloß daraus, daß sie beim Kabelwerk waren. Wahrscheinlich hatte der Wachmann geschrien. Mailler und Berg kamen wieder zurück und stiegen in den Wagen, sprachen aber kein Wort. Als von hinten das Geräusch eines sich nähernden Autos ertönte, fuhren sie mit einem Ruck an und bogen langsam links ein. Nach einigen Metern hielt der Wagen, Türen wurden zugeschlagen, Schritte verloren sich in der Ferne. Ein paar Minuten später kamen Berg und Heinrichs, hoben Kenton heraus und trugen ihn über einen zementierten Weg zu einem Holztor in einer Backsteinmauer. Das Tor sprang auf, und Berg hielt es offen, während Heinrichs Kenton hindurchschleifte.

Trotz der Finsternis erkannte Kenton am Dach, daß er in einer langgestreckten Fabrikhalle war. Es roch stark nach Rohgummi und Asphalt. Er sah die seltsamen Umrisse von Maschinen, die im Halbdunkel wie riesige Insekten aussahen. Vom andern Ende der Halle kam Licht aus einem Nebenraum, der bloß durch eine Wellblechwand vom Haupttrakt getrennt war.

Kenton wurde dorthin getragen und auf dem kalkstaubbedeckten Zementboden fallen gelassen. Das Licht stammte von einer einzelnen Birne in einem Reflektor, der von einem Dachträger herabhing. Darunter standen Mailler und Saridza.

»Los, bringt auch die beiden andern!« sagte Saridza auf deutsch. Während die Männer verschwanden und Saridza und Mailler miteinander flüsterten, schaute Kenton um sich.

Die Abteilung war etwa 8 Meter breit und doppelt so lang. Maschinen waren keine zu sehen, aber im Boden waren im Abstand von 3 Metern zwei Schmalspurgeleise eingelassen. Sie liefen durch die ganze Abteilung, vom Portalkran auf dem Querträger, der im rechten Winkel in den Haupttrakt führte, bis hin zu zwei runden, konvexen Stahltüren. Diese hingen an massiven Scharnieren und maßen etwa 2 Meter im Durchmesser. Auf einem Geleise standen drei Rollwagen. Zwei davon trugen große metallene Kabeltrommeln.

Mailler verschwand in der Dunkelheit der Fabrikhalle, und Saridza trat zu Kenton.

»Sind Sie verwirrt, Mr. Kenton?«

»Das kann man wohl sagen.«

»Dann will ich Ihnen die Lage erklären. Es lohnt sich nicht, auf die beiden andern zu warten. Sie haben noch genügend Zeit, um ihnen alles genau zu erzählen. Ich habe mich also anders besonnen. Eigentlich habe ich euch hergebracht, um euch hier erschießen zu lassen. Doch diese Unannehmlichkeit werde ich euch ersparen. Wissen Sie, was heute für ein Tag ist?«

»Nein.«

»Heute ist Samstag. Das heißt, seit einer Weile ist es schon Sonntag. Bis Montag früh wird kein Mensch hierher kommen. Der Nachtwächter wohnt zwar auf dem Grundstück, aber der kann Ihnen nur helfen, wenn ihn vorher jemand losbindet. Bis dahin bin ich über alle Berge. Nun ist diese Fabrik zwar ein idealer Ort für Erschießungen, aber sie hat noch andere Vorzüge. Mailler hat mich daraufgebracht. Die Schüsse könnten ja in den Arbeiterhäusern gleich hinter den Rangiergeleisen gehört werden. Da ist eine leise Methode doch sicherer, meinen Sie nicht auch?« Er zeigte auf die beiden Stahltüren. »Wissen Sie, was das ist?«

»Schaut aus wie zwei Tresore.«

»Es sind Vulkanisieröfen. Die Trommeln mit den gummierten Kabeln werden auf diesen Rollwagen – zwei aufs

Mal – hineingeschoben, dann wird Dampf eingelassen, und nach zirka einer Stunde kommen die Rollwagen wieder heraus. Die Gummikabel sind nun bereit für das Umspinnen. Es ist ein sehr interessanter Vorgang.«

»Wenn ich Sie richtig verstanden habe, sollen wir zu Tode geschmort werden?«

»Gott bewahre! Wo denken Sie hin? Übrigens ist der Dampf jetzt abgestellt. Ich möchte euch Zeit zum Nachdenken lassen. Die Türen schließen fast hermetisch.«

»Soll das heißen, daß Sie uns langsam zu Tode ersticken?«

»Glauben Sie mir, Mr. Kenton, ich bedaure das fast so sehr wie Sie. Aber es muß sein. Sie sind Journalist und von Berufs wegen neugierig. Zu Ihrem Pech haben Sie Ihre Nase in eine Sache gesteckt, die vorläufig die breitere Öffentlichkeit nichts angeht. Später vielleicht, wenn Codreanu einmal an der Spitze der rumänischen Regierung marschiert, hätte man nichts gegen Sie einzuwenden gehabt. Momentan aber wissen Sie zuviel. Der Journalist muß über das schreiben, was geschehen ist, nicht über das, was geschehen wird. Ich gebe zu, Sie tun mir leid. Ein Kerl wie Zaleshoff weiß, was er tut, und auch, was ihm blühen kann. Sie sind sozusagen ein ziviler Unglücksfall. Ich will Sie indessen nicht unnötig demoralisieren. Es gibt schlimmere Todesarten als Ersticken. Sie werden einfach langsam einschlafen. Am Anfang mag's ja etwas lästig sein, aber ich versichere Ihnen, daß das Ende friedlich sein wird.«

Plötzlich verlor Kenton die Fassung. Er bemühte sich krampfhaft, seine Hände frei zu bekommen. Dann wurde ihm schwindlig. Er hörte, wie er Saridza anbrüllte, aber er verstand nicht, was er sagte. Für ein Weilchen war er nur noch halb bei Bewußtsein. Undeutlich nahm er wahr, daß Zaleshoff neben ihn auf den Boden gelegt wurde, und daß der Russe ihn ansah. Dann war er plötzlich wieder bei vollem Bewußtsein und merkte, daß er heftig zitterte. Stiefel knarrten neben ihm und jemand lachte. Dann sah er, daß Mailler die Radmutter, die die Tür verschloß, löste und den Vulkanisierofen öffnete. Die Stahltür war offensichtlich sehr schwer und ging nur langsam auf. Endlich aber sah er in den dunklen Schlund.

Mailler kam mit einem der Männer, und die beiden faßten Kenton bei den Armen und zerrten ihn über den Boden. Wenige Sekunden später lag er im Ofen neben den Schienen. Er hörte, wie Saridza Mailler etwas zuflüsterte. Dieser grunzte und fügte dann laut hinzu: »Der ist inzwischen abgekratzt.«

Der Leichnam Grigoris wurde hineingeworfen und blieb in grotesker Stellung an die Ofenwand gelehnt liegen. Zum Schluß wurde Zaleshoff hereingetragen. Langsam ging die Stahltür zu.

Schweigend und ungerührt sah Kenton, wie die Lichtsichel immer dünner wurde. Ihm war sterbensübel. Jetzt sah er nur noch einen Lichtstreifen, und dann war's dunkel. Die Radmutter quietschte leise, als sie angezogen wurde.

17. Kapitel

Zeit zum Totschlagen

Einige Zeit hielt Kenton die Augen offen, doch die Finsternis lastete schwer auf seinen Lidern. Er schloß die Augen und lauschte Zaleshoffs Atemzügen.

Der Ofen war tagsüber in Betrieb gewesen, somit noch warm, und es stank nach Kautschuk. Lange konnte es nicht mehr dauern, tröstete sich Kenton, bis die Bewußtlosigkeit ihn von seinem Elend erlösen würde. Aber noch war es nicht so weit, und es mußten Sekunden, Minuten, vielleicht sogar Stunden ausgestanden werden, bis alles vorbei war. Während dieser Zeit würde sein Verstand weiterarbeiten und sein Körpergefühl weiterbestehen. Das war das Fürchterliche. Verglichen damit war der Tod selber nichts. Ob seine Seele dann ins Fegefeuer flattern oder ob sein Körper sich nach den Gesetzen der Biochemie schmerzlos auflösen würde, darauf kam es jetzt nicht an. Ehe die Zeit ihn tötete, mußte er die Zeit totschlagen. Er entsann sich, daß Cornelius de Witt sich die Zeit mit dem Rezitieren der Horazschen Ode an Regulus vertrieben hatte, als man ihn zu Tode folterte, und begann, sich Bruchstücke von vertrauten Versen in Erinnerung zu rufen. Ein Sonett von Donne, ein Fragment von Wilfred Owen, Teile aus ›Kubla Khan‹, eine Rede aus Marlowes ›Tamburlaine‹ – doch nach einer Weile fiel ihm auf, daß er stets dieselbe Zeile wiederholte, und schließlich gab er es auf. Die Poesie befaßte sich mit der Liebe zum Leben und der Furcht vor dem Tod, und weniger mit der Aussicht auf Unsterblichkeit. Und gegen körperliche Schmerzen half sie, wie er feststellte, verblüffend wenig. Vielleicht hatte de Witt seine Schinder bloß zur Eile antreiben wollen. Vielleicht ...

»Kenton!«

Der Name war nur geflüstert, aber in dem verschlossenen Raum dröhnte es.

»Sind Sie es, Zaleshoff?«

»Ja.«

»Sind Sie eben erst zu sich gekommen?«

»Nein, ich wurde wach, als sie mich aus dem Wagen trugen.«

Kenton zögerte ein paar Sekunden, bevor er fragte:

»Dann wissen Sie also, wo wir sind?«

»Ja. Es tut mir leid. Es ist alles mein Fehler.«

»Wie fühlen Sie sich?«

»Miserabel. In meinem Kopf bohrt ein Preßluftbohrer, und ich kann ihn nicht abstellen.«

»Haben Sie gehört, was Saridza mir erzählt hat?«

»Nein, aber ich hörte, was Sie ihm sagten. Sie schrien wie ein Tobsüchtiger, als ich kam.«

Kenton entschloß sich, Zaleshoff die Wahrheit zu sagen.

»Wir sind hier in einem Vulkanisierofen.«

Zaleshoff brummte.

»Das habe ich mir gedacht.«

»Er ist hermetisch abgeschlossen.«

«Auch das habe ich mir gedacht. Wie groß ist der Durchmesser der Tür?«

»Ich weiß nicht. Ungefähr 2 Meter, nehme ich an.«

»Und wie lang ist dieser Ofen?«

»Saridza sagte, daß er Platz für zwei Rollwagen habe. Ich würde etwa 4 Meter schätzen. Warum interessiert Sie das?«

Zaleshoff brummte etwas vor sich hin.

»Das bedeutet«, sagte er dann, «daß wir hier drin etwa zwölfeinhalb Kubikmeter Luft haben. Ziehen wir die Volumen unserer Körper ab, bleiben elf. Lebt Grigori?«

»Ich glaube nicht.«

»Dann bleiben für jeden von uns fünfeinhalb Kubikmeter. Wenn wir Glück haben und wenn sich dieser Ofen rasch genug abkühlt, reicht die Luft für sieben Stunden zum Atmen. Wir dürfen uns aber auf keinen Fall bewegen und nicht sprechen. Bis dann sollten die Arbeiter hier sein.«

Kenton verschluckte die Antwort, die ihm auf den Lippen lag.

»Besteht die Möglichkeit, daß Tamara oder der andere Mann, Peter, hier nach uns suchen werden?«

»Tamara wird bestimmt kommen, wenn sie weiß, daß wir hier sind. Aber in diesem Loch wird sie uns wohl nicht vermuten. Zudem hat sie ja andere Aufgaben. Haben Sie die drei Schüsse gehört?«

»Ja.«

»Das war ihr Signal, daß sie entkommen ist. Sie wird Saridza beschatten und mit unseren Leuten in Prag Kontakt aufnehmen. Ich begreife nicht, warum Saridza uns nicht erschossen hat. Er wird auf seine alten Tage weichherzig.«

Kenton atmete tief ein.

»Ich wollte, er hätte uns erschossen. Leider verhält sich die Sache aber so, daß die Arbeiter vor 30 Stunden nicht kommen werden. Heute ist nämlich Sonntag.«

Eine Minute lang war nur das Ticken von Zaleshoffs Armbanduhr zu hören. Dann lachte er still vor sich hin.

»Ach so«, sagte er, »dann müssen wir uns also etwas einfallen lassen, nicht wahr?«

»Und das wäre etwa?«

Der Russe gab keine Antwort. Während längerer Zeit sprach keiner von beiden. Kenton fühlte, wie ihm warm und wärmer wurde. Er schwitzte stark, und sein Atem ging schneller als gewöhnlich. Die Sauerstoffmenge im Ofen hatte offenbar schon stark abgenommen. Kenton rührte sich nicht und versuchte, wenn auch vergeblich, tief und regelmäßig zu atmen.

»Sind Sie sicher«, fragte Zaleshoff nach einer Weile, »daß Saridza gesagt hat, es habe hier drin Platz für *zwei* Rollwagen?«

»Ja. Warum?«

»Weil die Luft schon schlechter wird. Wir sind bestimmt noch keine Stunde hier.«

»Mir kam's länger vor.«

»Das glaube ich. Ist kein Nachtwächter da?«

»Doch. Aber Mailler hat ihn niedergeschlagen.«

»Wir müssen unbedingt etwas unternehmen. Haben Sie nichts, mit dem wir gegen die Türe hämmern können? Wenn Tamara kommt oder der Nachtwächter sich befreien kann, müssen wir uns irgendwie bemerkbar machen.«

Kenton glaubt nicht so recht an diesen Glücksfall, aber er hatte jetzt wenigstens etwas, worüber er nachsinnen konnte.

»Nein, ich habe nichts. Und Grigori?«

»Vielleicht haben Sie ihm den Revolver nicht abgenommen. Haben Sie Streichhölzer?«

»In der Tasche, ja. Aber ich kann sie nicht erreichen.«

»Rollen Sie sich zu mir herüber.«

Kenton tat wie geheißen, und er spürte Zaleshoffs gefesselte Hände, die in seinen Taschen herumwühlten. Ein paar Sekunden später brummte der Russe befriedigt. Er hatte die Streichholzschachtel.

»Wir dürfen damit keinen Sauerstoff verschwenden«, sagte er. »Ich zünde jetzt ein Hölzchen an und lösche es nach drei Sekunden wieder aus. Dann müssen Sie wissen, wo Grigori liegt und wo seine rechte Manteltasche ist. Und dann kriechen Sie auf dem Rücken zu ihm hin und suchen nach dem Revolver.«

Das erste Streichholz brach ab, bevor es brannte.

»Kein Gefühl in den Fingern«, brummte Zaleshoff.

Kurz darauf brannte ein Streichholz auf, beleuchtete eine Seite des Ofens und verlosch. Kenton kroch auf die Leiche zu. Es dauerte ein paar Minuten, bis er sich in eine günstige Position manövriert hatte; er japste vor Anstrengung, und Schweißtropfen liefen ihm in die Augen. Als er's geschafft hatte, preßte er seine gefesselten Hände gegen den Mantel des

Toten. Die Tasche war leer. Er wälzte sich zur Seite und lag ruhig, um wieder zu Atem zu kommen.

»Nichts?«

»Nein. Aber ich weiß jetzt, warum der Sauerstoff so schnell abnimmt.«

»Warum?«

»Weil hier drin noch ein Rollwagen mit einer Kabeltrommel drauf ist.«

»Ist der Kern der Trommel hohl?«

»Darauf habe ich nicht geachtet.«

»Dann nähme sie nämlich zusammen mit dem Rollwagen und den Kabeln fast einen Drittel des Volumens weg. Sieht ganz so aus, als hätten wir bloß noch 4½ Stunden Zeit.«

»4½ Stunden zuviel.«

»Vielleicht haben Sie recht.«

Sie schwiegen. Kentons Kopf schmerzte, und obschon er todmüde war, konnte er nicht einschlafen. Ihm war, als läge er schon Wochen oder Monate hier. Sein Blut pochte wie rasend im Kopf. Wenn er sich auf den Schienen aufrichtete und sich an die Innenwand des Ofens anlehnte, würde das Blut vielleicht aus seinem Kopf wieder abfließen. Aber er brachte die Kraft dazu nicht auf. Unzählige Male zählte er auf zehn und nahm sich vor, sich bei elf aufzurichten. Jedesmal aber war ihm nur in der Einbildung Erfolg beschieden. Der Körper rührte sich nicht. In seinen Ohren summte es leise. Es tönte genau wie das Summen einer Mücke. Plötzlich schrak er zusammen. Er hatte ja gedöst. Es war ihm klar, daß er sich um jeden Preis wachhalten mußte. Es war ja möglich, daß jemand kam. Doch kaum hatte er das gedacht, als auch schon die bittere Erkenntnis folgte, daß von allen menschlichen Torheiten die Hoffnung die allerschlimmste war, die unerschütterliche Hoffnung, die sich gegen das Unabänderliche auch dann noch auflehnte, wenn die Schritte des Henkers schon durch den Gang dröhnten. Es war ja möglich, daß jemand kam. Für einmal mochte das Unmögliche eintreffen.

Das Zeitalter der Wunder ... in letzter Sekunde ... die wunderbare Rettung. Seine Augen füllten sich mit Tränen.

»Zaleshoff«, sagte er endlich, »könnten wir nicht versuchen, uns gegenseitig die Fesseln zu lösen?«

Keine Antwort.

»Zaleshoff!« schrie er scharf.

»Ich bin noch da. Ich habe bloß nachgedacht. Haben Sie zufällig bemerkt, auf welche Weise die Türe verriegelt wurde?«

»Ich dachte schon, Sie seien eingeschlafen. Ja. Es ist eine Art Nase mit einem Schlitz drin. Ein langer dicker Bolzen mit einer Radmutter sitzt im Schlitz, und dann wird die Mutter angezogen.«

»Ist die Nase Teil der Türe oder verbolzt?«

»Teil der Tür, glaube ich. Warum? Von dieser Seite können Sie nicht an sie ran.«

»Und die Scharniere?«

»Die sind etwa 12 Zentimeter dick.«

»Sind sie ein Teil der Türe?«

»Das weiß ich nicht. Worauf wollen Sie hinaus?«

»Wir suchten doch nach etwas, mit dem wir an die Türe schlagen können. Wir haben es gefunden.«

»Was soll das heißen?«

»Der Rollwagen mit den Kabeln drauf. Der fährt doch auf Schienen. Eine sticht mich ins Kreuz. Das hat mich darauf gebracht. Wenn wir uns hinter ihn stellen, haben wir zwei Meter bis zur Tür. Ist die Kabeltrommel voll?«

»Ja.«

»Dann macht das zusammen mit dem Rollwagen wohl fast eine halbe Tonne. Wenn wir da ein bißchen stoßen, dann knallt er ganz schön gegen die Türe.«

»Und macht einen Heidenkrach. Ich verstehe, was Sie meinen.«

»Auf den Krach kommt's mir nicht so sehr an. Ich habe die Oberfläche dieser Türe berührt. In einem Vulkanisierofen hat es nicht viel Druck, und darum ist Kesselblech überflüssig. Der Ofen ist aus Gußeisen. Drum habe ich doch gefragt, ob die Nase Teil der Türe sei.«

»Ich verstehe kein Wort.«

»Gußeisen ist brüchig.«

Kentons Herz setzte für einen Schlag aus. War da ein Hoffnungsschimmer? Er unterdrückte seine aufkommende Begeisterung.

»Solange wir an Händen und Füßen gefesselt sind, hilft uns das auch nicht.«

»Ich weiß. Zuerst müssen wir uns befreien. Wir können ja versuchen, einander die Handfesseln zu lösen, wie Sie das vorgeschlagen haben, aber mit dem Draht werden wir Schwierigkeiten haben. Ich habe kein Gefühl in den Händen.«

»Ich auch nicht. Aber probieren kann ja nichts schaden.«

Sie wälzten sich auf dem Boden, bis sie Rücken an Rücken lagen und ihre Arme sich berührten. Kenton preßte seine Hände gegen etwas, aber da seine Finger empfindungslos waren, wußte er nicht, ob er Zaleshoffs Handgelenke oder die Schienen berührte.

»Es hat keinen Sinn«, meinte er nach ein paar Minuten, »ich spüre überhaupt nichts mit meinen Fingern.«

»Mir geht's gleich«, sagte Zaleshoff. »Es bleibt uns nichts übrig, als den Draht auf der Schiene durchzufeilen. Die innere Kante ist sehr scharf.«

»Das werden wir nie schaffen.«

»Wir müssen es versuchen.«

Kenton setzte sich langsam auf. Wenn er sich zur Seite drehte, konnte er zwar mit den Händen die Schienenkanten berühren, in dieser Stellung aber keinen Druck auf sie ausüben. Er mußte sich deshalb längs der Schiene auf die kurzen Querstücke legen, die als Schwellen fungierten. Er feilte den seinen Händen zunächst liegenden Draht an.

Die beiden Männer arbeiteten schweigend. Zuerst kratzte die Schienenkante auf dem Draht an Kentons Handgelenk bloß hin und her, doch dann entstand eine Kerbe, und nun ging es voran. Aber die Anstrengung in der schnell schlechter werdenden Luft und die verkrampfte Haltung ließen Kenton bald nach Luft japsen.

Schweißgebadet hörte er auf und lehnte seinen schmerzenden Kopf gegen die warme Ofenwand.

»Nur nicht nachlassen«, keuchte Zaleshoff.

»Ich tu ja, was ich kann.«

Er biß auf die Zähne und kämpfte weiter mit dem Kupferdraht. Diesmal versuchte er schon gar nicht, seine Kräfte einzuteilen. Handgelenke und Arme waren zerschunden, die Finger hatten Schnittwunden. Er rieb verzweifelt weiter. Sein ganzes Wesen war auf ein kleines Stück zähen Kupferdrahtes konzentriert. Dem würde er es zeigen. Noch zwanzig Mal hin und her, und es wäre erreicht. Aus zwanzig Mal wurden vierzig, achtzig, hundert Mal. Dann fing er wieder von vorne zu zählen an. Die Zeit verging und mit ihr der Sauerstoff, aber der Kupferdraht gab nicht nach. Kenton schluchzte beinahe vor Erschöpfung, als Zaleshoff einen heiseren Triumphschrei ausstieß.

»Geschafft!«

Mit letzter Kraft ging Kenton wieder auf den Kupferdraht los. Nach zwei Minuten hatte er ihn durchgefeilt, und der Druck auf seine Handgelenke ließ nach. Er drehte sich auf den Rücken und streckte voll Freude seine Finger aus. Dann massierte er sie, um die Blutzirkulation wieder in Gang zu bringen. Zuerst taten die Finger weh, und als das Blut wieder in die Hände zurückfloß, schmerzten sie ganz entsetzlich. Er löste seine Fußfesseln und stand langsam und schwankend auf. Eine Hand berührte seinen Mantel.

»Wie geht's?« fragte Zaleshoff.

»Einigermaßen.«

»Dann also hinter den Rollwagen!«

»Was machen wir mit Grigori?«

»Den müssen wir von den Schienen nehmen.«

»Zwischen den Schienenschwellen ist Platz.«

Sie tappten zur Leiche hin und zerrten sie zur Geleisemitte. Dann ließen sie Grigori, die Füße voran, zwischen zwei Querbalken gleiten. Als sie vorsichtig den Kopf hinunterbetteten, murmelte Zaleshoff andächtig ein paar russische Worte. Dann fügte er hinzu:

»Er war ein guter Sowjetbürger und ein Angehöriger der orthodoxen Kirche.«

Einen Augenblick schwieg er. Dann sagte er:

»Weiter geht's!«

Nachdem sie sich am Rollwagen vorbeigequetscht hatten, stellten sie mit Befriedigung fest, daß zwischen der Kabeltrommel und der Ofenwand gerade noch Platz für sie war. Die Luft war unterdessen fast unerträglich heiß und stickig geworden. Bevor sie sich an die Arbeit machten, zogen sie ihre Oberkleider aus.

»Jetzt stoßen wir miteinander«, keuchte Zaleshoff. »Geben Sie acht, daß Sie nicht zwischen die Schwellen geraten.«

Sie stemmten sich gegen den Rollwagen, der aufquietschte und sich etwas bewegte.

»Nochmals!«

Nun setzte sich der Rollwagen in Bewegung und sauste krachend gegen die Türe. Sie stolperten ihm nach und versuchten, die Türe zu öffnen, aber sie blieb fest verschlossen.

»Zurück und noch einmal!«

Sie schoben den Rollwagen zurück und ließen ihn wieder gegen die Tür krachen. Sie gab nicht nach. Nach dem achten Versuch sank Kenton erschöpft zu Boden. Ihm schwindelte, das Herz tat ihm weh, er wollte sich übergeben, und seine Arme und Beine fühlten sich fremd an.

»Nützt alles nichts», stöhnte er, und sein Atem pfiff, »wir sind erledigt.«

Er konnte hören, wie auch der Russe nach Atem rang.

»Wir dürfen nicht aufgeben«, zischte dieser endlich, »aber zuerst verschnaufen.«

Kenton kämpfte verzweifelt, um seiner Lunge genügend Sauerstoff zu verschaffen. Ein enormes Gewicht schien ihn niederzudrücken, ihn zu zerquetschen. Tiefer und immer tiefer drückte es seinen Kopf ...

Ein schmerzhafter Schlag ins Gesicht brachte ihn wieder hoch.

»Kenton!«

»Ja?«

»Los, aufstehen!«

Langsam rappelte er sich auf und tappte zum Rollwagen hin.

»Wieder zurück mit ihm, Kenton ... Stoßen Sie doch, verdammt noch mal!«

Kenton, der kaum mehr wußte, was er tat, stemmte die Schulter gegen den Rollwagen und stolperte vorwärts. Der Wagen rollte schwerfällig zum Ende des Ofens.

»Auf die andere Seite!«

Kenton schleppte sich, nach Luft ringend, am Rollwagen vorbei.

»Ich ...«, begann er.

Zaleshoff schüttelte ihn.

»Schnell ... Kenton«, schrie er, »letzte Chance ... dann schlafen ... Los!«

Durch das Rauschen des Blutes in seinem Kopf hörte Kenton die Stimme des Russen. Mit einer Gewaltanstrengung riß er sich zusammen und packte den Rollwagen an. Neben sich spürte er Zaleshoff.

»Jetzt!«

Der Wagen setzte sich in Bewegung. Zaleshoff seufzte tief, und Kenton warf sich mit letzter Kraft vorwärts. Der Wagen kreischte über die Schienen und krachte gegen die Tür. Der Aufschlag tönte wie ein Peitschenknall. Zaleshoff schrie auf. Undeutlich hörte Kenton ihn auf die Tür zustolpern. Dann fühlte er, wie er über die Schienen gezerrt wurde. Einen Augenblick später atmete er frische Luft.

Eine Viertelstunde lang sprach keiner von ihnen ein Wort. Dann brach Zaleshoff das Schweigen.

»Wir müssen unsere Kleider wieder anziehen», sagte er, »sonst kriegen wir eine Lungenentzündung.«

Sie tasteten sich in den Ofen zurück und klaubten ihre Kleider zusammen. Draußen zogen sie sie an.

Es wurde langsam Tag, und das Fenster im Dach färbte sich dunkelblau.

Zaleshoff zündete ein Streichholz an und schaute auf seine Uhr.

»Zehn vor fünf«, sagte er, »aber sie ist kaputt gegangen. Wir müssen über vier Stunden in dieser Stinkhöhle gewesen sein.«

»Was, nicht länger?«

»Mir hat's gereicht.«

»Mir auch. Aber es ist mir wie sechs Stunden vorgekommen.«

»Solange hätten wir es nicht ausgehalten. Der Kautschukgestank war ja schrecklich. Wie fühlen Sie sich denn?«

»Abgesehen von einem Kopf, der jeden Moment zu bersten droht, und einem rasenden Puls, geht's mir eigentlich gar nicht schlecht. Ich möchte mich bei Ihnen bedanken, Andreas.«

»Wofür?«

»Daß Sie mir das Leben gerettet haben. Ohne Sie wäre ich da drinnen verloren gewesen.«

»Aber ohne mich und meine Blödheit wären Sie gar nicht erst reingekommen. Wie geht's den Beinen?«

»Sie sind noch ein bißchen wacklig.«

»Aber Sie können doch gehen, nicht wahr? Wir müssen nämlich unbedingt hier raus.«

»Ich bin bereit.«

»Dann gehen wir.«

»Was machen wir mit Grigori?«

»Der bleibt dort, wo er ist.«

»Was geschieht, wenn man ihn findet?«

»Dasselbe, was geschehen wäre, wenn man uns neben ihm gefunden hätte. Die Polizei wird kommen.«

»Sollten wir sie nicht informieren?«

»Dann wird man Sie verhaften und mich wird man vernehmen. Ich habe Gescheiteres zu tun. Ich muß diese Fotografien haben. In ein oder zwei Stunden wird Bastaki eintreffen.«

»Na, dann nichts wie raus!«

Sie gingen zurück in die Fabrikhalle.

Die Tür, durch die man sie hereingebracht hatte, war verschlossen. Zaleshoff nahm sein ›Stechwerkzeug‹ aus der Tasche und machte sich damit am Schloß zu schaffen. Nach ein paar Minuten richtete er sich wieder auf und sagte:

»Ich bring's nicht fertig.«

»Wie haben's denn die anderen gemacht?«

»Die haben wahrscheinlich dem Nachtwächter die Schlüssel abgenommen.«

»Gibt's keine Fenster?«

»Ich glaube nicht, aber wir können ja nachschauen.«

Sie schauten sich sehr sorgfältig um, aber sie fanden keine Fenster. Hingegen fanden sie drei weitere Türen. Eine war von außen verschlossen. Die beiden anderen ließen sich von Zaleshoff und seinem Werkzeug nicht öffnen. Er fluchte verärgert.

»Dieses Ding taugt nichts für diese Art Schlösser.«

»Es muß hier doch irgendwelche Luftzufuhr geben.«

»Wahrscheinlich auf dem Dach.«

»Warum versuchen wir es denn nicht auf diesem Weg?«

»Aber wie?«

»Ich habe in dieser Vulkanisierabteilung einen Luftkran gesehen. Wenn der mal nicht läuft, muß man doch zu ihm hinaufsteigen können, um ihn wieder in Gang zu bringen.«

»Eine gute Idee.«

Zaleshoff war dagegen, Licht zu machen, und Kenton verbrauchte fast eine ganze Streichholzschachtel, bevor er eine

Stahlleiter gefunden hatte, die an eine Stütze des Querträgers lehnte. Der Russe bat Kenton, unten zu bleiben und kletterte die Leiter hoch. Kenton blickte ihm nach, wie er sich zwischen den Tragbalken bewegte, eine undeutliche schwarze Gestalt, die sich schwach abhob vom Blaugrau des beginnenden Tages. Etwa eine Minute später rief ihm Zaleshoff zu, daß er herunterkomme.

»Es gibt wirklich ein Fenster», berichtete er, als er wieder bei Kenton stand. »Es befindet sich im unverglasten Teil des Daches und läßt sich von hier unten öffnen. Wir müssen aber zuerst den Kran dorthin bugsieren, sonst kommen wir nicht hinauf.«

Sie suchten weiter und fanden eine Schalttafel. Daneben war der Schaltkasten des Krans. Als der Russe einen der Schalter hinunterdrückte, blitzte es und der Schaltergriff kippte mit einem Knall zurück.

»Verdammt noch mal!« sagte Zaleshoff.

»Das ist der Anlasser für einen der Motoren«, belehrte ihn Kenton. »Man muß da sachte schalten. Aber wir wollen ja nicht die ganze Anlage in Betrieb setzen. Lassen Sie doch mich mal ran.«

Zaleshoff zündete eines der wenigen übriggebliebenen Streichhölzer an, und Kenton betrachtete die Schalttafel.

»Verstehen Sie denn überhaupt etwas von solchen Dingen?« fragte der Russe mißtrauisch.

»Nicht viel. Aber ich glaube, wir sollten zuerst den Schalter probieren, der durch ein Kabel mit der Steuerung verbunden ist. Hier ist er schon.«

Er drückte einen Griff hinunter und ging zum Schaltkasten, und da hörte man auch schon von oben ein Surren und das Rattern von Rädern.

»Machen Sie weiter so«, sagte Zaleshoff. »Wenn er unterm Fenster steht, rufe ich.«

Es dauerte noch einige Zeit, bis Kenton den Kran an die richtige Stelle manövriert hatte. Als er den Strom abschaltete, drehte der Russe schon heftig an der Kurbel, die das Dachfenster öffnete.

»Es geht nur etwa einen halben Meter auf«, sagte er, »da müssen wir uns ganz schön durchquetschen.«

Er ging voran, zurück zur Stahlleiter, und kletterte dann hinauf. Kenton folgte. Die Leiter war etwa einen halben Meter kürzer als die Stütze. Kenton hielt sich an einem Dachträger fest, bis er mit beiden Füßen sicher auf dem Querträger stand.

»Seien Sie vorsichtig«, warnte Zaleshoff. »Das Zeug ist glitschig.«

Der Querträger war etwa 25 Zentimeter breit. Das in der Mitte verlaufende Geleise für die Räder der Laufkatze hatte ungefähr eine Spurweite von 12 cm, so daß links und rechts eine schmale Leiste freigelassen wurde. Vorsichtig ging Kenton auf Zaleshoff zu, der bei der Laufkatze stand.

»Ich würde hier auf allen vieren kriechen, Kenton.«

Zaleshoff kroch entlang der beiden Tragbalken zum Stahlgehäuse, das das Getriebe umschloß, kletterte daran empor und richtete sich auf. Nur wenige Sekunden später war Kenton neben ihm. Zweieinhalb Meter über ihren Köpfen war die Dachluke.

»Sie gehen voran«, sagte Zaleshoff. »Von jenem Querbalken aus sollte es gehen.«

Kenton hielt sich am Balken fest und zog sich hinauf. Für einen Moment hing er in der Luft, doch dann gelang es ihm, zwischen zwei Eisenstäben Fuß zu fassen. Seine Hände ließen nun den Balken los und fanden am Rahmen der Dachluke Halt. Sekunden später hatte er sich durch die Luke hindurchgezwängt und lag bäuchlings auf dem steilen, galvanisierten Blechdach. Kühler Regen liebkoste seinen Hinterkopf.

Von unten war Scharren und Kratzen zu hören, und bald lag Zaleshof neben ihm.

Der Himmel war jetzt grau, und Kenton sah hinter dem hohen Metallkamin am Ende des Daches, auf dem sie lagen, die zackigen Umrisse des Kabelwerkes. Es war still. Leichter Regen tropfte aufs Dach, und in der Ferne ratterte ein Zug vorbei. Zaleshoff hatte sich bewegt. Jetzt sprach er, und seine Stimme tönte im Freien, als käme sie von weit her.

»Wenn Sie sich einen halben Meter hinuntergleiten lassen, können Sie in der Dachrinne Fuß fassen.«

Kenton tat wie geheißen.

Vorsichtig schob er sich hinter Zaleshoff die Rinne entlang bis zum Ende des Daches. Dann ließen sie sich die Abzugröhre hinunter und standen wenig später auf einem schlackenbestreuten Weg, der zwischen zwei Fabrikgebäuden hindurchführte.

»Hier geht's durch«, sagte Zaleshoff.

Sie gingen bis zum Ende des Weges, wo der Russe stehen blieb.

»Jetzt heißt's aufpassen.«

Aus dem Schutz der Mauer traten sie in einen großen Hof. Vor ihnen war das Fabriktor – zwei riesige verrostete Türen mit Eisenspitzen oben drauf. Das Tor war zu. Daneben stand ein kleines Backsteinhaus, dessen Fenster auf den Hof ging.

Sie liefen am Rand des Hofes entlang, bis sie zum Eingang des Häuschens kamen. Zaleshoff hielt seine Hand empor und gebot Schweigen. Eine Minute etwa warteten sie. Dann hörten sie ein schwaches Stöhnen aus dem Innern.

»Der Nachtwächter«, flüsterte Zaleshoff.

Als sie nach längerem Warten keine weitern Lebenszeichen aus dem Häuschen hörten, huschten sie daran vorbei zum Tor. Es war natürlich abgeschlossen. Kenton warf einen Blick hinauf zu den Eisenspitzen und schaute dann zu Zaleshoff. Dieser zuckte die Achseln.

»Die Götter sind gegen uns. Wir müssen es woanders versuchen.«

Sie kehrten zurück zur Abflußröhre, an der sie hinunter gestiegen waren. Zaleshof zeigte zwischen zwei Gebäude, die etwas weiter weg lagen.

»Probieren wir es hier durch.«

Sie schritten zunächst weiter über Schlacke und Asche, traten dann durch eine schmale Maueröffnung zur Linken und standen nun auf Gras und Unkraut. Sie sahen nicht bis ans Ende des Weges, und Kenton glaubte schon, daß sie in eine Sackgasse geraten seien, als Zaleshoff einen Freudenschrei ausstieß und vorwärts rannte. Kenton folgte ihm.

»Was ist los?«

»Ein Fabrikgeleise, schauen Sie doch!«

Bald sah Kenton, was vorher im Dunkeln gelegen hatte. Hinter der Fabrikmauer war ein kleiner Damm mit einem Geleise, auf dem ein leerer Güterzug stand.

»Wie soll uns das weiterhelfen?« fragte er.

Unwirsch antwortete Zaleshoff: »Irgendwo muß das Geleise doch aus dem Fabrikareal hinausführen.«

Kenton ging hinter ihm her auf den Bahndamm und dann dem Zug entlang bis zum letzten Wagen. Im Lichte der Morgendämmerung konnte er erkennen, daß die Schienen in einem Bogen von der Fabrik wegführten, auf einen hohen Wellblechzaun zu.

»Wo ein Bahngeleise ist, ist auch eine Bahnschranke«, belehrte ihn Zaleshoff.

Sie überquerten die Schienen und näherten sich dem Zaun. Dies war offensichtlich der Abfallplatz der Fabrik, denn sie sanken knöcheltief in Asche und Schlacke, und lose Drähte verfingen sich in ihren Schuhen. Plötzlich ging's ein paar Meter steil hinunter, und nun stapften sie durch eine taunasse Wiese auf die Stelle zu, wo sich Geleise und Zaun trafen. Keiner sagte ein Wort. Das Gras dämpfte ihre Schritte. Da hörten sie vor sich das Geräusch quietschender Scharniere. Wie angewurzelt blieben sie stehen.

»Warten Sie hier«, flüsterte Zaleshoff. »Ich gehe nachschauen.«

Kenton sah, wie der Russe aus einem Abfallhaufen ein Kabelstück mit einem Bleimantel fischte und es mit einem

Gesichtsausdruck, der nichts Gutes verhieß, in der Hand wog. Dann ging er weiter und verschwand im Schatten des Zaunes. Etwa eine Minute lang sah Kenton nichts. Dann hörte er schnelle Schritte durchs Gras rascheln und einen Schrei. Er rannte nach vorn und sah zwei ineinander verklammerte Gestalten, die hin und her wankten.

Er blieb stehen. Es waren Zaleshoff und Tamara.

18. Kapitel

Die Smedoff

Als der Mann Peter aus dem Dunkel gerannt kam, mit Mailler, Heinrichs und Berg auf den Fersen, hätte Tamara beinahe den Kopf verloren. Daß dies nicht geschah, war, wie sie später erklärte, weniger ihrer Geistesgegenwart zuzuschreiben als ihrem rechten Fuß, der auf dem elektrischen Anlasser des Mercedes ruhte. In ihrer Aufregung trat sie auf ihn, und das Aufheulen des Motors brachte sie wieder zu Besinnung. Nun handelte sie zielbewußt. Als Peter auf das Trittbrett sprang, hatte sie das Steuer schon herumgerissen und fuhr im ersten Gang aus dem Feldweg hinaus. Dann schaltete sie in den zweiten, griff ins Türfach, holte eine automatische Pistole heraus und feuerte die drei Signalschüsse aus dem Fenster. Maillers Antwort knallte neben Peters Bein in die Wagentür.

Nach einem Kilometer drehte sie die Lichter an und brachte den Mercedes zum Stehen.

Peter stieg ein und setzte sich neben sie.

»Was ist denn geschehen?« fragte sie auf russisch.

»Sie kamen im Dunkeln auf mich zu. Ich hörte ihre Schritte und dachte, es sei Andreas Prokovitch mit dem Engländer. Als sie fast bei mir waren, redeten sie miteinander, und da wußte ich, daß es Feinde waren. Ich verdrückte mich, und sie sahen mich nicht. In der Dunkelheit stolperte ich aber, und da hörten sie mich.«

»Wie fandest du heraus, daß es Feinde waren?«

»Ich hörte, was sie sagten. Einer fragte: ›Wer erschießt sie denn?‹, und der andere lachte und antwortete: ›Das wollen wir ausknobeln.‹«

Tamara dachte nach und klopfte dabei mit der automatischen Pistole auf das Steuerrad.

Endlich sagte sie:

»Geh zurück, Peter, und paß auf, ob sie weggehen. Ich komme zurück, sobald ich kann.«

Peter stieg aus.

»Sie werden sich beeilen, Tamara Prokovna, nicht wahr? Wenn sie fortgehen, kann ich nichts unternehmen.«

»Ich werde mich beeilen.«

Tamara fuhr zum Hauptquartier ihres Bruders, stellte eine Prager Telefonnummer ein und führte ein kurzes Gespräch, das zur Folge hatte, daß zwei unauffällige Männer, jeder mit einer Fotografie von Petre Bastaki in der Tasche und sehr präzisen Anweisungen, das Original betreffend, die Nacht im Prager Bahnhof zubrachten, und zwar in der Nähe des Perrons, auf dem die Züge aus Berlin einliefen. Dann ging sie zu einem Schrank, entnahm ihm zwei Colts und eine Schachtel Munition und kehrte zum Mercedes zurück. Fünf Minuten, nachdem sie Peter am Ende des Weges wieder getroffen hatte, fuhren die beiden Wagen zum Kabelwerk. Sie folgte in sicherem Abstand und wartete in der Nähe des Fabrikeinganges. Nach einer halben Stunde kamen die vier Männer wieder heraus, und sie folgte ihnen zur Villa Bastaki. Während ihrer Abwesenheit war die Verstärkung, um die sie ersucht hatte, eingetroffen – ein kleiner Mann auf einem großen Motorrad war bei Peter. Er sagte, er komme von der Genossin Smedoff. Tamara erteilte diesem Mann genaue Anweisungen und fuhr im Mercedes wieder zum Kabelwerk.

Nachdem sie eine Stunde vergeblich versucht hatte, hineinzugelangen, kehrte sie in die Stadt zurück. Bei der ersten Telefonkabine hielt sie an und telefonierte während fünf Minuten. Dann suchte sie eine verkehrsarme Straße in der Nähe des Kabelwerks auf, blieb im Wagen sitzen, trank aus der Thermosflasche Kaffee und rauchte Zigaretten. Als der Morgen dämmerte, begab sie sich wieder auf die Suche.

Das Wiedersehen zwischen Zaleshoff und Tamara war herzlich, aber kurz. Zaleshoff erzählte mit wenigen und, wie Kenton fand, stark bagatellisierenden Worten ihr nächtliches Abenteuer und erkundigte sich dann sofort nach dem, was in seiner Abwesenheit vorgefallen war.

»Saridza kehrte zu Bastakis Haus zurück, nachdem er euch hierher verbracht hatte«, sagte Tamara. »Ich hab ihm einen von Smedoffs Leuten nachgeschickt. Kurze Zeit später ist er mit Mailler ins Hotel Amerika gefahren, begleitet von zwei Männern, die aber nicht im Hotel abgestiegen sind. Ich schickte auch zwei von den Unsrigen zum Bahnhof, damit sie Bastaki in Empfang nehmen konnten, falls er ankäme, bevor wir hier fertig waren. Ich dachte, das würde Saridza vielleicht aufhalten.«

»Gut. Dann müssen wir Smedoff veranlassen, diese Befehle zu widerrufen. Ich will Bastaki nicht ins Gehege kommen, wenn es sich vermeiden läßt. Wie kommen wir hier raus?«

»Hinterm Haus liegt ein Stück unbebautes Land. Ich wäre früher gekommen, aber in der Dunkelheit sieht man nichts, und ich konnte in deiner Abwesenheit keine Risiken eingehen. Smedoff hat nur vier Leute, Peter inbegriffen, und die sind dort, wo ich dir sagte. Sonst hätte ich dir Hilfe geschickt. Wo sind Grigori und Serge?«

Nachdem Zaleshoff es ihr erzählt hatte, schwieg sie einen Augenblick. Kenton sah den versteinerten Ausdruck in ihrem Gesicht, den er auch schon bei ihrem Bruder beobachtet hatte. Dann sagte sie: »Du blutest an Händen und Handgelenken, und Mr. Kenton übrigens auch.«

»Das können wir unterwegs in Ordnung bringen.«

Sie folgten ihr durch das Tor, stiegen über das Geleise und stakten durch das trostlose, dreckige Grundstück zu einem kaputten Holzzaun. Kenton sah ein paar Gasometer und dahinter die Silhouetten einer Reihe kleiner Häuser. Dann gingen sie auf einer schmalen Schotterstraße durch ein unbebautes, von Gestrüpp überwuchertes Stück Land, das von Starkstromleitungen und Telegrafenmasten durchzogen war.

»Wohin fahren wir jetzt?«, fragte Kenton, als sie beim Wagen ankamen.

»Zuerst zu einer Telefonkabine und dann nach Hause«, sagte Zaleshoff.

Er blieb nur etwa 30 Sekunden in der Telefonkabine.

»Unsere Pläne haben sich verändert«, sagte er schroff, als er wieder eingestiegen war. »Wir gehen zu Smedoff. Mr. Kenton«, fügte er hinzu, als der Wagen losfuhr, «ich muß Sie bitten, über alles, was Sie in den nächsten Stunden sehen oder hören werden, strengstes Stillschweigen zu bewahren.«

»Selbstverständlich.«

»Was ist denn geschehen, Andreas?« fragte Tamara über die Schulter.

»Bastaki ist vor 10 Minuten im Hotel Amerika angekommen.«

»Das gibt's doch nicht! Und unsere Leute am Bahnhof?«

»Er kam im Flugzeug.«

Während der Fahrt nach Prag ignorierte der Russe den Journalisten und starrte finster auf den Boden des Wagens. Selbst eine Zigarette lehnte er mit einem mürrischen Grunzlaut ab.

Es war früh am Morgen, und der Wagen raste durch die leeren Straßen der Stadt. Erst in der Altstadt verlangsamte Tamara die Fahrt. Nachdem der Mercedes durch ein Netz von sauberen, ruhigen Straßen mit Bürohäusern gegondelt war, hielt er vor einem kleinen Gebäude, das, wenigstens allem Anschein nach, eine Furnierholzfabrik war. Die Tür zu den Büroräumen stand offen.

Sie stiegen aus dem Wagen und betraten einen steinernen Gang, der sie zu einem Lift führte. Drinnen drückte Zaleshoff auf den Knopf, neben dem ›Keller‹ stand. Zu Kentons Überraschung fuhr der Lift langsam hinauf bis in den 6. Stock, wo

Zaleshoff die Türe auf der Gegenseite öffnete. Sie traten auf einen leeren Flur, und zunächst sah Kenton keine Türe. Doch dann bemerkte er eine, die am Ende des Flurs bündig in die Mauer eingelassen war.

»Wartet hier«, sagte Zaleshoff und verschwand durch diese Türe, die hinter ihm zuschlug.

»Wo sind wir?« fragte Kenton.

»Vor der Wohnung einer Freundin«, war die Antwort.

Kenton schluckte diese fade Erklärung wortlos hinunter. Dann kam Zaleshoff wieder aus der Tür heraus und winkte ihnen.

»Wie wär's mit einem warmen Bad und Kaffee, Kenton?«

»Das wär fein.«

»Sollen Sie haben.«

Sie traten ein.

Kenton stand in einem kleinen, mit Teppichen belegten Vorzimmer, das ihm drei Türen zuwandte.

»Schlafzimmer, Wohnzimmer, Badezimmer«, stellte Zaleshoff sie in dieser Reihenfolge vor. »Tamara, du kannst ins Schlafzimmer gehen und dich dort erfrischen. Mr. Kenton ist sehr dreckig, und ich schließlich auch. Gehen Sie zuerst ins Badezimmer, Kenton, und beeilen Sie sich. Der Kaffee wird gleich fertig sein.«

Kenton ging ins Badezimmer.

Von der Wand hinter der Wanne schaute die mächtige Reliefplatte aus Pappmaché eines Leninkopfes auf ihn herab. Kenton schloß die Tür und guckte sich um. Eine Ecke war voll von Badesalzen, eine erstaunliche Vielfalt an Farben und Gerüchen. Darüber ein Regal voll Gesichtscrèmen, Nährcrèmen, Gesichtswassern, Adstringentien und anderen Kosmetika. Sie schienen häufig gebraucht zu werden. Von einem Rasierzeug keine Spur. Ganz offensichtlich das Badezimmer einer alleinstehenden Frau. Kenton dachte nicht weiter darüber nach und stieg in die Wanne.

Vom Aufenthalt im Vulkanisierofen war er über und über

mit Rost bedeckt, und die Kletterei am Kran hatte an Händen und Füßen eine schwarze Fettschicht hinterlassen. Er hatte sich kaum vom gröbsten Schmutz gereinigt, als Zaleshoff schon an die Türe polterte.

Er beeilte sich, stürzte sich in die Kleider und betrat das Wohnzimmer.

Es war ein kleiner Raum, in dem ein paar Stahlsessel mit roten Sitzen, ein Stahltisch mit einer Glasplatte und ein wachstuchbezogener Diwan standen. Über einem verchromten elektrischen Kamin hing die Reproduktion eines Stillebens von Juan Gris, an der Wand gegenüber in einem vergoldeten Rokokorahmen eine vergilbte Fotografie von Rosa Luxemburg. Der Gesamteindruck war, gelinde gesagt, bizarr.

Am Tisch tranken Zaleshoff und Tamara Kaffee. Ihnen gegenüber saß eine der dicksten Frauen, die Kenton je gesehen hatte. Sie unterhielt sich auf russisch mit Tamara.

Zaleshoff bedeutete ihm, sich zu setzen.

»Bitte schenken Sie sich doch Kaffee ein. Dies«, er zeigte auf die dicke Frau, »ist die Smedoff.«

Die Frau schaute kurz auf, nickte und sprach weiter mit Tamara. Zaleshoff ging ins Badezimmer. Kenton nippte an seinem Kaffee und starrte fasziniert auf Madame Smedoff.

Sie mochte zwischen 60 und 90 Jahre alt sein. Auf dem fetten Fältchengesicht, das wabbelte und schwabbelte, wenn sie sprach, haftete wie Schimmelpilz eine weiße Puderschicht. Das kurzgeschnittene hennarote Haar stand ihr in ziellosen Löckchen vom Kopf ab, und sie wirkte im Licht, das durchs Fenster hereinfiel, wie eine zerrupfte Chrysantheme. Ihr Mund war sehr sorgfältig geschminkt, um eine herabhängende Unterlippe zu verbergen. Zwei fiebrige Tupfen Wangenrouge, etwas zu hoch aufgetragen, ausgezupfte und nachgezeichnete Augenbrauen und dunkelblaue Lidschatten vervollständigten das Kunstwerk. Nicht die Spur eines persönlichen Zuges war in diesem Gesicht übriggeblieben. Sie trug ein schwarzes Seidenkleid mit langen Ärmeln und hatte kleine, wohlgeformte

Hände. Den Ringfinger der Linken schmückte ein großer Speckstein, und um die Schultern trug sie wirklich und wahrhaftig einen roten Tartanschal, mit dem sie beim Sprechen spielte.

Plötzlich unterbrach sie ihre Unterhaltung mit Tamara und schaute Kenton unverwandt an. Dann – er traute seinen Augen nicht – klimperte sie mit den Wimpern, und ein kokettes Lächeln umspielte ihre Lippen.

»Ich habe schon von Ihnen gehört, Mr. Kenton«, sagte sie auf englisch. »Sie erinnern mich an Maupassant. Sie haben denselben Mund.«

»Das ist unmöglich, Madame Smedoff.«

»Was ist unmöglich?«

»Wie kann ich Sie an Maupassant erinnern? Als der starb, können Sie höchstens ein Kind gewesen sein.«

Madame Smedoff schaute zunächst verblüfft drein, strich sich dann das Kleid glatt, kicherte und wandte sich an Tamara.

»Das soll ein Engländer sein, Tamara Prokovna? Ich kann es nicht glauben. Er ist so aufrichtig wie ein Franzose und so ernst wie ein Deutscher. Wie komisch!« Ihr Körper wurde von einem lautlosen Gelächter geschüttelt.

Leicht befremdet strich sich Kenton ein Butterbrot. Die dicke Frau sprach wieder mit Tamara, warf aber von Zeit zu Zeit anzügliche Blicke in seine Richtung, so daß er verlegen auf das Tablett starrte, das vor ihm lag. Er fühlte sich erleichtert, als Zaleshoff wieder ins Zimmer trat.

Unterdessen hatte er aber trotz der verwirrenden Anwesenheit von Madame Smedoff nachgedacht. Er realisierte, daß er unversehens zum Verbündeten Zaleshoffs und zum Gegner Saridzas geworden war. Daß Saridzas brutale Taktik die Sympathie für Zaleshoff erst geweckt hatte, war nebensächlich. Kenton verhehlte sich seine mißliche Lage nicht länger: Die österreichische Polizei suchte ihn wegen Mordes an Sachs. Sein Aufenthalt in der Tschechoslowakei war sowohl gefährlich als auch illegal. Er hatte in der letzten Zeit viel zu wenig geschlafen und sein Nervensystem war vermutlich stark angegriffen. Dieser Russe Zaleshoff konnte ihn vor der österreichischen Polizei retten. Fragte sich bloß, ob er auch wollte und wann. Kenton war faktisch ein Gefangener der Sowjetregierung und deren Vertreter völlig ausgeliefert. Ein unerträglicher Gedanke! Er mußte gegenüber Zaleshoff entschiedener auftreten – ihm ein Ultimatum stellen. Zaleshoff mußte diesen Ortega so schnell wie möglich der Polizei ausliefern, sonst würde Kenton – ja was würde denn Kenton? Sich selber der Polizei stellen? Das kam gar nicht in Frage. Heim nach England fliehen? Aber all diese Gedankengänge war er ja schon einmal gegangen. Er konnte überhaupt nichts tun, außer, wie er sich melancholisch eingestehen mußte, der *Times* schreiben. Er kaute düster an seinem Frühstück. Der Anblick Zaleshoffs, der rosarot und aufgeräumt aus dem Badezimmer kam, verstärkte seine Niedergeschlagenheit noch. Dieser Mensch verstand nicht einmal seinen Beruf. Der Bösewicht Saridza war drauf und dran, nach Bukarest zu entkommen, und was tat der Streiter für Freiheit, Recht und Demokratie? Er vertrödelte die Zeit, indem er ein Bad nahm und Kaffee trank mit einer lächerlichen, alten Vettel ...

»Nun, Andreas«, fragte er mit einer Spur von Bitterkeit in seiner Stimme, »was tun wir jetzt?«

»Genau das«, sagte Madame Smedoff auf englisch und drehte sich schnell im Sessel herum, «genau das wollte ich auch fragen. Was willst du jetzt tun, Andreas Prokovitsch?«

Zaleshoff zündete sich eine Zigarette an.

»Ich habe noch keinen Entschluß gefaßt.«

Die dicke Frau schnaubte verächtlich und wandte sich an Kenton.

»Sie, junger Mann, Sie kommen mir ganz vernünftig vor. Was halten Sie von der Sache?«

»Mir scheint, daß wir hier die Zeit versitzen. Saridza wird uns entkommen.«

»Der nächste Zug nach Bukarest geht heute nachmittag um 4 Uhr. Das nächste Flugzeug nach Bukarest fliegt erst morgen früh. Einer unserer Männer bewacht Saridzas Wagen, ein anderer sein Zimmer im zweiten Stock des Hotels Amerika.«

»Das habe ich nicht gewußt.«

»Haben Sie denn nicht gehört, was wir gesprochen haben?«

»Er versteht kein Russisch«, sagte Tamara.

Madame Smedoff stieß ein kreischendes Lachgeräusch aus.

»Dann weiß der arme Junge ja gar nicht, was ich für ein boshaftes altes Weib bin!« Ihr Riesenleib wand sich wie ein Kätzchen.

»Olga!« rief Zaleshoff empört.

Sie ließ sich nicht unterbrechen. Ihre schlauen Augen funkelten, und sie sagte zu Kenton:

»Unser Freund Zaleshoff ist auf seine Art ganz tüchtig, aber es fehlt ihm jeder Sinn für Strategie. Er ist ein großer Schwätzer, da übertrifft ihn keiner, aber von Strategie, nicht von Taktik, wohlverstanden, versteht er nichts. Ganz im Unterschied zu mir. Ich habe zum Beispiel sofort gewußt, was Sie dachten, als Sie hereinkamen und mich sahen. Sie sagten sich: Diese Frau ist zwar nicht mehr die Jüngste, aber sie hat Charme, ist attraktiv und hat Ausstrahlung und ist deshalb unerfahrenen Mädchen allemal vorzuziehen.«

»Huh!« rief Zaleshoff.

»Hab ich nicht recht?« insistierte die dicke Frau.

»Doch«, sagte Kenton.

Madame Smedoff wandte sich stolz an die anderen.

»Das ist Strategie. Ich habe ihn sogleich in eine ungünstige Lage manövriert. Ich habe ihn gezwungen zu lügen.« Nachdenklich fuhr sie fort: »Wenn ich diesen Vorteil hätte ausnützen wollen, wäre es für ihn übel ausgegangen.«

Kenton fühlte, wie er knallrot wurde.

Heiter fuhr sie fort: »Für gute Strategie gibt es keinen Ersatz. Dein Frontalangriff auf die Villa Bastaki war zum Scheitern verurteilt, mein lieber Andreas Prokovitsch.«

»Er scheiterte bloß, weil ich ein gottverdammtes Pech gehabt habe«, antwortete Zaleshoff gereizt.

»Zum Scheitern verurteilt«, wiederholte Madame Smedoff. »Kein Wunder bei dieser stümperhaften Strategie! Und jetzt bist du drauf und dran, denselben Fehler wieder zu machen. Das würde dir so passen: mit dem Revolver im Hotel Amerika herumzufuchteln, die Männer niederzuschlagen und zu fesseln, und dann nach den Fotografien zu suchen. Ich aber sage dir: selbst wenn du mit deiner gewaltsamen Methode Erfolg haben solltest, würdest du die Fotografien nicht auftreiben können.«

»Und warum nicht?«

Madame Smedoff spielte mit ihrem Schal.

»Weil sie nicht dort sind.«

»Lächerlich. Natürlich sind sie dort.«

»Nein. Sie sind nicht dort. Du hältst Saridza für einen Trottel. Das ist er aber nicht. Bis zu einem gewissen Grad stimmt deine Überlegung schon. Als er Bastaki im Kabelwerk traf, hatte er die Fotografien auf sich. So weit, so gut. Aber du vergißt, daß er dich in derselben Nacht gesehen hat. Er wußte, worauf du aus warst. Daher ist es nur logisch, daß er die Fotografien an einem sicheren Ort versteckt. Fragt sich nur wo. Das müssen wir herausfinden, und zwar schnell. Ich nehme an, daß Saridza heute morgen noch mit dem Wagen verreisen wird.«

»Warum?«

»Weil der 4-Uhr-Zug ungünstig ist. Man muß in Budapest umsteigen und lange warten. Und von dort bis Bukarest häufen sich die Stationen. Überhaupt fährt Saridza selten mit dem Zug.«

»Prag ist groß, und die Fotografien sind klein.«

»Wir müssen warten, bis Saridza abfährt, und ihm dann folgen. Zwischen hier und der ungarischen Grenze wird dir schon etwas einfallen.«

Zaleshoff reckte sein Kinn vor.

»Das tönt aber gar nicht verlockend.«

»Das ist es auch nicht«, sagte Madame Smedoff verbindlich. »Vielleicht hast du eine Inspiration, wo die Fotografien sein könnten. Es ist jetzt halb neun. Bastaki ist mit seiner Frau nach Hause zurückgekehrt. Saridza wird bald losfahren.«

»Das ist doch absurd, Olga, und du weißt es auch. Vielleicht hat er die Fotografien im Hotelsafe deponiert oder am Bahnhof in der Gepäckaufgabe. Oder sonstwo.«

»Darf ich einen Vorschlag machen?« fragte Kenton schüchtern.

»Bitteschön, junger Mann?«

»Wenn ich Saridza wäre und wüßte, daß man mir die Fotografien abjagen will, würde ich eine Kopie herstellen lassen und sie an einem sicheren Ort verwahren.«

Madame Smedoff stemmte sich aus ihrem Stuhl hoch, ging zu Kenton hinüber und tätschelte seinen Kopf.

»Was hab ich gesagt, Andreas? Ein vernünftiger junger Mann. Eine Kopie, natürlich. Wir hätten daran denken müssen.« Sie strahlte Kenton an. »Haben Sie auch noch einen Vorschlag, wie wir den Fotografen auftreiben könnten, den er aufgesucht hat?«

»Er wird nicht zu einem gewöhnlichen Fotografen gegangen sein. So einer könnte Verdacht schöpfen und vorsichtshalber eine weitere Kopie für sich machen. Ich weiß nicht, ob Sie diese Mobilmachungsbefehle gesehen haben, Andreas. Auf jedem Blatt ist das Siegel der Regierung aufgedrückt. Sieht sehr offiziell und authentisch aus.«

»Das ist ja der Fluch«, brummte Zaleshoff wütend.

»Wenn Saridza sicher gehen will, wird er einen Bekannten aufsuchen. Ich würde nun jede Wette eingehen, daß diese Fotografien samt Kopien in einer Zeitungsredaktion auf Saridza warten. Er wird natürlich einen Satz mitnehmen und den anderen in ein Safe legen. So einfach ist das.«

«Aber warum ausgerechnet in einer Zeitungsredaktion?«

»Weil sie dort ein Fotolabor haben. Es fällt nicht weiter

auf, denn Tag und Nacht herrscht Betrieb. Es ist der ideale Ort.«

»Die Fotografien sind also in einer Zeitungsredaktion«, bemerkte Zaleshoff ironisch. »Da Prag sicher nicht mehr als 50 Zeitungsredaktionen hat, werden wir wohl nicht lange suchen müssen.«

Madame Smedoff murrte verärgert.

»Sei nicht albern, Andreas. Saridza wird die Fotografien nicht einer x-beliebigen Redaktion anvertrauen. Ich habe so eine Ahnung.«

Sie warf Kenton einen Verschwörerblick zu und watschelte aus dem Zimmer.

Zaleshoff seufzte und machte eine Geste der Hilflosigkeit.

»Diese Alte gibt mir immer das Gefühl, der reine Nebbich zu sein.«

»Wie alt ist sie überhaupt?«

»Das weiß der Himmel. So um die 80, schätze ich. Sie war eine Freundin von Clara Zetkin und kannte Lenin, als er noch in London lebte. Einmal hat sie beiläufig erwähnt, daß sie Karl Marx gekannt habe und daß ihr Frau Marx leid getan hätte. Marx starb Anfang der 80er Jahre, also muß Olga weit über 70 sein. Sie vergißt nichts, kein Ereignis, kein Gesicht. Sie spricht neun Sprachen und hat den *Jobelin* von François Villon in modernen Pariser Argot übertragen. Es wurden nur 50 Exemplare gedruckt, und jedes ist heute 1000 Dollar wert.«

»Warum bemalt sie eigentlich ihr Gesicht auf diese schreckliche Weise?«

»Sie war zu ihrer Zeit eine Schönheit, aber als sie einmal irgendwo in Galizien einen Streik organisierte, geriet sie in einen Volksauflauf, und eine Frau schmiß ihr Vitriol ins Gesicht. Es war nicht lebensgefährlich, aber einige Narben sind ihr geblieben. Das erklärt die Schminke. Sie war früher berühmt für ihr Make-up. In den letzten Jahren aber hat sie sich etwas vernachlässigt.«

Madame Smedoff kam wieder ins Zimmer. Sie grinste triumphierend.

»Auf zum *Prager Morgenblatt*!«

»Wie kommst du darauf?«

»Ich bin die Liste der Aktionäre der deutschsprachigen Zeitungen durchgegangen. 25 % der Stammaktien des *Prager Morgenblattes* gehören Elsa Schirmer, das heißt Frau Bastaki. Sie wurde wahrscheinlich für ihren Bruder vorgeschoben. Auf jeden Fall hat sie in der Redaktion des *Morgenblattes* ein Wort mitzureden, und das dürfte Saridza nicht unbekannt sein.«

Zaleshoff stand auf.

»Komm, Tamara, fahren wir. Kenton kann mitkommen, wenn er will. Ich halte das alles natürlich für Zeitverlust. Sei so gut, Olga, und verständige uns sofort, wenn Saridza wegfährt.«

Als sie aus dem Zimmer eilten, drehte sich Kenton um.

Madame Smedoff war in ihren Sessel zurückgesunken. Das Haar leuchtete rot über der weißen Maske, die sich in ein breites Grinsen verwandelt hatte. Sie schaute Kenton an und kicherte. Und dann – ganz unmißverständlich – zwinkerte sie ihm zu.

19. Kapitel

Morgenblatt

Die Redaktion des *Prager Morgenblattes* befand sich am Ende eines Seitensträßchens, das parallel zu der von der Karlsbrücke herkommenden Hauptstraße verlief. Tamara parkte den Mercedes hinter einem Lastwagen, von dem Papier ausgeladen wurde. Aus den oberen Fenstern klapperten die Setzmaschinen. Zaleshoff und Kenton stiegen aus und gingen zum Haupteingang, einer kleinen Tür auf der Schmalseite des Gebäudes.

Kenton, der sich in Redaktionen besser auskannte als der Russe und daher vermutlich unverdächtiger aussah, ging voran. Er wandte sich an den Portier, der gleich beim Eingang in seinem Glashäuschen saß.

»Ich komme im Auftrag von Colonel Robinson, um ein Päckchen abzuholen.«

Der Portier schüttelte bedächtig den Kopf.

»Davon ist mir nichts bekannt. Sie sollen ein Päckchen abholen?«

»Jawohl. Der Colonel ist leider verhindert.«

»Davon ist mir nichts bekannt.«

»Gehen wir«, murmelte Zaleshoff, »wir verschwenden bloß unsere Zeit.«

»Das ist aber kurios«, insistierte Kenton. »Es war doch so abgemacht.«

Seine Hand vor dem runden Schalterfenster öffnete sich etwas, und eine Banknote knisterte.

»Wenn Sie mir sagen könnten, mit wem die Sache vereinbart wurde, mein Herr, werde ich nachsehen.«

Aufs Geratewohl sagte Kenton:

»Natürlich mit dem Chefredakteur.«

»Ach so. Einen Moment bitte, mein Herr.«

Der Portier nahm den Telefonhörer ab und drückte auf eine Taste.

»Entschuldigen Sie bitte die Störung, Herr Direktor, aber es sind zwei Herren hier. Sie sagen, sie kämen im Auftrag von Colonel Robinson, um ein Päckchen abzuholen. Es sei so abgemacht worden.« Eine Pause. »Ja, Herr Direktor.« Er hängte den Hörer ein und wandte sich wieder ihnen zu. »Bitte die Herren sich etwas zu gedulden. Das Päckchen wird gleich da sein.«

»Danke.« Kentons Hand öffnete sich, und der Geldschein flatterte auf den Tisch des Portiers.

»Danke schön, mein Herr.«

»Was sagen Sie nun?« fragte Kenton triumphierend. »Wenn der Chefredakteur an einem Sonntag schon um 9 Uhr früh in seinem Büro ist, so muß das seine Gründe haben.«

Der Russe erwiderte düster: »Die Sache gefällt mir nicht. Es geht mir zu leicht. Und wie steht's übrigens mit der Kopie? Haben Sie die vergessen?«

»Nein. Wir werden sagen, daß wir auch die Kopie mitbringen müssen. Vielleicht will Saridza sie an einem andern Ort deponieren. In diesem Fall kriegen wir sie sowieso. Übrigens glaube ich nicht, daß Saridza den Mann eingeweiht hat.«

»Vielleicht ist das ganze eine Falle?«

»Kaum. Die nehmen doch an, daß wir im Ofen verschmachten.«

»Ich kann mir nicht helfen, aber die Sache gefällt mir nicht.«

Nach etwa zehn Minuten summte das Telefon des Portiers. Er nahm den Hörer ab, und es fiel Kenton auf, daß sein Gesichtsausdruck sich beim Zuhören veränderte. Er warf ihnen einen mißtrauischen Blick zu, sagte: »Ja, Herr Direktor«, und hängte wieder ein.

»Der Herr Direktor läßt bitten. Das Päckchen liegt in seinem Büro bereit. Wenn die Herren mir bitte folgen wollen.«

Es war kein Lift im Haus, und die beiden stiegen hinter dem Portier eine enge steinerne Treppe hinauf in den 5. Stock, wo sie einen mit Glaswänden unterteilten Korridor entlang gingen. An seinem Ende war eine Tür, durch die sie in ein Vorzimmer kamen, in dem ein Schreibtisch stand. Auf der anderen Seite des Zimmers war eine prachtvolle Doppeltür aus Mahagoni. Der Portier klopfte und öffnete die Tür, worauf sie das Büro des Chefredakteurs betraten.

Es war ein großes Zimmer. Drei Wände waren mit Zedernholz getäfelt, die vierte Wand nahm fast ganz ein Fenster ein. Rechts war eine kleine Tür. Hinter einem massiven Schreibtisch saß ein hünenhafter, vierschrötiger junger Deutscher, mit dicken Brillengläsern bewaffnet, die seine blaßblauen Augen auf groteske Weise vergrößerten.

»Setzen Sie sich, meine Herren.«

Sie blieben stehen.

»Wir sind sehr in Eile«, sagte Zaleshoff. »Man hat uns gesagt, die Fotografien seien bereit. Ich muß noch hinzufügen, daß der Colonel uns befohlen hat, auch die Kopien mitzubringen.«

Die blauen Augen musterten nacheinander Zaleshoff und Kenton.

»Selbstverständlich. Man wird alles sogleich für Sie richten. Gedulden Sie sich bitte noch einen Augenblick.«

»Wir müssen natürlich die Fotografien prüfen, um sicher zu sein, daß keine Fehler unterlaufen sind. Könnten wir vielleicht in der Zwischenzeit die Originale sehen?«

»Bitte, haben Sie doch noch etwas Geduld. Ich habe Anweisungen gegeben, daß die Fotografien sogleich gebracht werden.«

»Nun gut, dann warten wir halt.«

Im Zimmer herrschte Schweigen. Der Chefredakteur saß regungslos hinter seinem Schreibtisch. Kenton trat zum Fenster und schaute auf die Straße hinunter. Er konnte den Mercedes hinter dem Lastwagen sehen. Plötzlich brauste eine Limousine um die Ecke und hielt mit quietschenden Bremsen vor dem Zeitungsgebäude. Die Türen wurden aufgestoßen, mehrere Uniformierte sprangen heraus und rannten zum Hauseingang. Kenton drehte sich erschreckt um.

»Zaleshoff!«

»Ja?«

»Schauen Sie, die Polizei!«

Der Russe rannte zum Fenster, warf einen Blick hinunter und fluchte. Hastig drehten sie sich um.

Der Deutsche hielt einen kleinen Revolver auf sie gerichtet.

»Hände hoch und keine Bewegung!«

Sie gehorchten. Die blaßblauen Augen glänzten.

Der Deutsche sagte langsam: »Ich habe vorsichtshalber Colonel Robinson angerufen, bevor ich Sie heraufbitten ließ. Er riet mir, die Polizei zu verständigen. Der Portier wird sie jeden Augenblick heraufführen. Ein Sonderbeauftragter ist bereits unterwegs mit diesen Beweisen sowjetischer Perfidie. Bald wird Rumänien und die gesamte Weltöffentlichkeit von der Wirklichkeit der jüdisch-bolschewistischen Bedrohung überzeugt sein.«

»Und wo sind die Kopien dieser Beweise?«

Der Deutsche zögerte, dann zuckte er die Achseln.

»Da Sie hiermit aus dieser Geschichte ausscheiden, kann ich es Ihnen ja ruhig verraten. Sie sind im Safe in der Wand hinter mir. Zur gegebenen Zeit werden sie dem deutschen Volke vorgelegt werden.«

Kenton schaute zu Zaleshoff. Der Russe stand etwas vor ihm, die Hände erhoben, ganz das Bild eines Mannes, der seine Niederlage einbekennt.

»Schauen Sie ihm schön in die Augen, Kenton«, murmelte er auf englisch.

»Ruhe!«

Durch das Vorzimmer hindurch drangen aus dem Korridor Stimmengewirr und Stiefelgetrappel.

»Stehen bleiben, Kenton!« schrie Zaleshoff warnend auf deutsch.

Die List glückte. Der Journalist sah, wie der Deutsche zusammenfuhr und die Waffe auf ihn richtete. Dann warf sich Zaleshoff auf den Deutschen.

Der Revolver ging los, der Schuß fuhr in die Decke, und Gips fiel auf die Kämpfenden.

»Die Türe schließen, schnell!« zischte Zaleshoff.

Kenton rannte zur Doppeltür. Der Schlüssel steckte außen im Schloß. Kenton öffnete einen Flügel und zog den Schlüssel ab. In diesem Moment kam der erste Polizist brüllend zur gegenüberliegenden Tür herein und rannte durchs Vorzimmer. Kenton vermochte gerade noch, ihm die Tür vor der Nase zuzuschlagen. Mit aller Kraft stemmte er sich dagegen und versuchte aufgeregt, den Schlüssel ins Loch zu kriegen. Kaum war ihm das gelungen, als die Falle hinunterging und die Tür sich einen Spalt breit öffnete. In ihm erschien eine Stiefelspitze. Kenton trat fest mit dem Absatz drauf. Ein Schmerzensschrei ertönte, und die Stiefelspitze verschwand wieder. Der Druck auf die Tür ließ kurz nach. Kenton warf sein Gewicht gegen die Türfüllung und drehte rasch den Schlüssel. Das Schloß schnappte ein. Wie er sich umwandte, sah er Zaleshoff mit dem Revolvergriff auf den Schädel des Deutschen einschlagen. Der Mann fiel aufs Gesicht. Im Vorzimmer herrschte jetzt ein Höllenspektakel. Die Tür erzitterte unter den Rammstößen. Befehle wurden gebrüllt.

»Weg von der Tür«, sagte Zaleshoff. »Gleich werden sie das Schloß kaputtschießen.«

Er redete noch, als die Stöße an der Tür aufhörten und eine Kugel beim Schloß durch das Holz fuhr. Rasch durchsuchte der Russe die Taschen des Deutschen, dann stand er auf, einen Schlüsselbund in der Hand, und ging zum kleinen Wandsafe, wo er Schlüssel um Schlüssel probierte. Als wieder ein Schuß knallte, wandte er sich zu Kenton um und sagte:

«Schauen Sie, wohin diese Türe da führt.«

Kenton sprang auf die kleine Tür zu und öffnete sie. Er blickte in einen kleinen Waschraum. Sein Herz sank. Da sah er über dem Waschbecken ein kleines Milchglasfenster. Er stieß es auf und schaute hinaus. Etwa zwei Meter unterhalb war ein flaches Blechdach, in das zwei viereckige Dachluken, die wie Treibhauskästen wirkten, eingelassen waren. Er rannte ins Zimmer zurück.

»Wir können durch ein Fenster aufs Dach hinaus.«

»Fein.«

Eine Salve traf das Schloß. Dann ertönten wieder die Schulterstöße. Die Tür zitterte, und man hörte das Geräusch von splitterndem Holz.

Unterdessen hatte Zaleshoff den Safe geöffnet und warf den Inhalt nach links und rechts. Kenton stand bei der kleinen Tür und verging fast vor Ungeduld.

»In Gottes Namen, machen Sie schon, Zaleshoff!«

»Immer mit der Ruhe. Gehen Sie einstweilen voran.«

Kenton zögerte. Dann hörte er durch die von der Straße heraufdringenden Geräusche den Triumphschrei des Russen und das Klirren von Glas. Als er sich umdrehte, sah er, wie Zaleshoff Negativplatten, die auf dem Teppich verstreut waren, mit den Füßen zerstampfte. In diesem Augenblick krachte es, und die Tür war offen.

»Achtung!«

Kentons Warnschrei war noch nicht verklungen, als der Russe schon bei ihm war und die kleine Tür hinter sich zugezogen und verriegelt hatte.

»Haben Sie die Abzüge?«

Zaleshoff hielt ein großes Kuvert in die Höhe, zerriß es in zwei Teile und stopfte sie in die Tasche.

»Nun aber nichts wie raus!«

Während die beiden durchs Fenster krochen, erzitterte die Tür zum Waschraum unter dem wilden Hämmern der Verfolger, und eine Kugel durchschlug das dünne Holz und blieb in der Wand gegenüber stecken. Kenton landete auf allen vieren auf dem Dach. Sekunden später lag Zaleshoff neben ihm. Der Journalist wollte zwischen den beiden Luken übers Dach krabbeln, aber Zaleshoff hielt ihn am Arm zurück.

»Immer schön an der Mauer entlang, sonst sehen sie uns von den Fenstern aus.«

Aber die Verfolger hatten den Fluchtweg offensichtlich schon erraten, denn die Stöße gegen die Tür hatten aufgehört.

»Irgendwie muß man doch von diesem verflixten Dach herunterkommen«, brummte Zaleshoff. »Probieren wir's mal hierlang.«

Vorsichtig schlichen sie der Backsteinmauer entlang. Das Dach hatte die Form eines dicken E und grenzte auf allen Seiten an die Wände des 5. Stockwerkes. Als sie in der Mitte des E um die Ecke bogen, standen sie vor einer in die Mauer eingelassenen Tür. Ein Schrei, der im gleichen Augenblick ertönte, verriet Kenton, daß man sie von den gegenüberliegenden Fenstern aus gesehen hatte. Sie sprangen in Deckung, und da knatterte auch schon eine Salve und spritzte neben ihnen in die Mauer. Zaleshoff versuchte die Türe zu öffnen. Sie war verschlossen.

»Sie gehen jetzt auf die andere Seite«, warnte Zaleshoff. »Von dort können sie uns bequem abknallen.«

Zaleshoff zog einen Revolver aus der Tasche und feuerte drei Schüsse auf das Schloß ab. Es gab nicht nach. Der Russe trat zurück und hieb mit der Fußsohle auf das Schloß ein. Die Tür flog auf, und sie rannten eine eiserne Treppe hinunter. Kurz vor ihrem Ende führte sie an einer Schwingtüre vorbei, aus der man das Klappern der Setzmaschinen hörte. Es stank nach Druckerschwärze und heißem Öl.

»Rein!« sagte Zaleshoff. »Ja nicht rennen. Bloß schnell gehen.«

Sie stießen die Schwingtüre auf und gingen hinein. Über ihren Köpfen befand sich eines der Dachfenster, aber der Lärm der Setzmaschinen hatte offensichtlich die Schüsse übertönt, denn die Männer arbeiteten, als sei nichts geschehen.

Der Raum war länglich und die Tür am andern Ende. Als sie glücklich die Hälfte zurückgelegt hatten, verließ ein Mann, der aussah wie ein Vorarbeiter, einen mit Druckfahnen übersäten Tisch und kam auf sie zu. Er betrachtete sie stirnrunzelnd und wollte sie anhalten, als Zaleshoff barsch fragte:

»Sind nicht eben zwei Männer hier durchgekommen?«

»Nein.« Der Mann musterte sie mißtrauisch.

»Polizei. Zwei Verbrecher sind entkommen und halten sich in diesem Gebäude versteckt. Sofort festnehmen, wenn sie auftauchen. Gibt's hier außer dem Haupteingang noch eine Türe, durch die sie fliehen könnten?«

»Jawohl, Herr Hauptmann. Den Notausgang.«

»Wo ist er?«

»Es hat eine Tür, bevor man zur Gravierabteilung kommt. Ich zeig's Ihnen.«

Er ging voran.

»Das ist nicht nötig«, schnauzte Zaleshoff. »Wir finden uns schon allein zurecht. Postieren Sie hier einen Mann und seien Sie wachsam. Sofort melden, wenn Sie die Verbrecher sehen.«

»Jawohl, Herr Hauptmann.«

Der Mann entfernte sich mit wichtiger Miene, um seine Untergebenen zu instruieren. In diesem Moment erschienen die Polizisten in der Schwingtür und brüllten etwas. Der Vorarbeiter schaute sich unsicher um.

»Jetzt heißt's rennen!« rief Zaleshoff.

Sie hetzten durch die Tür, die zum Notausgang führte. Links waren zwei Treppen, eine rauf, eine runter. Rechts eine Tür, der Notausgang. Eben als Zaleshoff ihn öffnete, trat aus der Tür zur Gravierabteilung ein Mann. Kenton erriet aus seinem erschreckten Gesichtsausdruck, daß der Mann die Polizisten hinter ihnen bemerkt hatte, und kam seinem Versuch, sich ihnen in den Weg zu stellen, zuvor. Er holte zu einem Faustschlag aus. Der Mann trat schnell zurück, um dem Schlag auszuweichen, rutschte aber auf dem glitschigen Boden aus und fiel hin. Das reichte. Im nächsten Augenblick ratterten die beiden die Feuerleiter hinunter. Über ihnen schlug eine Kugel in die Eisentreppe, aber beim zweiten Treppenabsatz waren sie auch schon in Deckung.

Die Feuerleiter endete im zementierten Hinterhof des *Prager Morgenblattes.* Wie Kenton sich umdrehte, sah er drei Polizisten etwa in der Mitte der Feuerleiter. Er rannte hinter Zaleshoff her auf die Straße, aus der in diesem Augenblick ein Polizist in den Hof einbog. Der Mann zögerte eine Schrekkenssekunde lang, bevor er zur Pistole griff, und da hatte Zaleshoff sich auch schon auf ihn gestürzt und ihm einen seitlichen Kopfhieb versetzt. Der Polizist stolperte rückwärts gegen die Mauer und hob die Waffe. Kenton packte seinen Arm, als der Schuß losging. Die Kugel traf den Zementboden und prallte ab. Bevor der Polizist wieder aufstehen konnte, entwand ihm Zaleshoff den Revolver.

»Zum Wagen!« brüllte er dann.

Kenton rannte.

Es waren nur wenige Meter bis zum Mercedes. Tamara, die sie kommen sah, wendete, um freie Bahn zu haben. Als sie den Wagen erreichten, war die Tür schon offen, und sie stürzten hinein. Eine Kugel durchschlug die hintere Sicherheitsscheibe und fuhr von da ins Polster des Vordersitzes.

»Ducken!« schrie Zaleshoff.

Der Mercedes schoß vorwärts, wurde herumgerissen, daß die Räder über den nassen Asphalt schlitterten, und bog in die Straße ein, die zur Karlsbrücke führte. Tamara wechselte in den zweiten Gang, trat das Gaspedal durch und schaltete den Kompressor zu. Der Auspuff brüllte, und der Mercedes flog wie aus der Kanone geschossen die Straße hinauf.

»Zum Hotel Amerika, schnell«, befahl Zaleshoff.

Schleudernd bog der Wagen in die Hauptstraße ein und raste heulend über die Moldau. Zaleshoff zog das entzweigerissene Kuvert aus der Tasche, riß die Kopien in kleine Fetzen und warf sie aus dem Fenster.

Kenton atmete wieder ruhig.

»Hab ich nicht schlecht erraten, was?« fragte er.

Zaleshoff ließ die restlichen Fetzchen zwischen seinen Fingern hindurchgleiten und sagte dann grimmig:

»Nein. Ihre Vermutung war nicht übel. Aber jetzt müssen wir unbedingt noch dic Originalfotografien kriegen. Sie haben doch gehört, was er gesagt hat?«

»Was wer gesagt hat?«

»Dieser Deutsche. Die Nazis wollen die Fotografien dazu mißbrauchen, wieder mal eine antisowjetische Hetzkampagne zu machen. Die Sache bleibt aber nicht auf Rumänien beschränkt. Die Fotografien sollen weltweit publik gemacht werden. Ich werde keine weiteren Risiken mehr eingehen. Wir müssen uns diese Fotografien beschaffen. Strategie hin – Strategie her, diesmal zerreiß ich diesen Saridza in der Luft!«

Kenton lachte. Er fühlte sich noch etwas durcheinander.

»Was gibt's da zu lachen?«

»Ich überlegte, was Saridza wohl sagen wird, wenn er uns sieht.«

»Das werden Sie ja bald hören.« Er beugte sich zu seiner Schwester. »Bieg in eine ruhige Straße ein und fahr während einer Minute langsam.«

»Was ist los?« fragte Kenton.

Zaleshoff gab keine Antwort, hob den Teppich und nahm eine Bodenplanke heraus. Der Mercedes fuhr jetzt ganz langsam. Kenton sah, wie der Russe an einem dreckverkrusteten Draht unter der Planke zerrte. Irgend etwas fiel scheppernd auf die Straße, und der Wagen fuhr wieder schneller.

»Was war denn das?«

Zaleshoff befestigte die Bodenplatte wieder.

»Guter alter Chicagoer Brauch! Ich habe das österreichische Nummernschild abgeworfen. Was man jetzt sieht, ist eine belgische Autonummer. Hast du die belgischen Ausweispapiere, Tamara?«

»Ja, Andreas.«

»Wenn wir anhalten, wirfst du die anderen in die Kanalisation. Hier, Kenton, nehmen Sie das. Sie brauchen es, wenn Sie hören wollen, was uns Saridza mitzuteilen hat.« Er zog einen jener blauen Revolver, wie er ihn selber trug, aus dem Türfach und gab ihn Kenton. »Vorsicht! Dieser *ist* geladen.«

Kenton nahm das Ding vorsichtig in die Hand.

Lächelnd fügte Zaleshoff hinzu: »Sie müssen natürlich nicht. Es ist nur für den Fall, daß Ihre professionellen Instinkte noch intakt sind.«

Kenton steckte den Revolver ein.

»Andreas Prokovitsch«, sagte er müde, »Sie sind einer der drei unangenehmsten Männer, die mir je begegnet sind.«

»Wer sind die beiden anderen?«

»Saridza und Captain Mailler.«

Zwei Minuten später fuhren sie bei der Garage des Hotels Amerika vor. Aus einem Durchgang gegenüber der Einfahrt kam ein Mann und trat zum Wagen. Nachdem Zaleshoff mit ihm einige Worte im Flüsterton gewechselt hatte, lehnte er sich mit grimmiger Miene in den Sitz zurück.

»Tamara, gib mir die Karte.«

Schweigend reichte ihm seine Schwester eine stark zusammengefaltete Karte.

»Was gibt's?« fragte Kenton.

»Vor fünf Minuten sind Saridza und Mailler in ihrem Wagen weggefahren. Mailler saß am Steuer. Tamara, nimm die Straße nach Brünn und fahr, so schnell du kannst.«

20. Kapitel

Nach Osten

Eine Viertelstunde später rasten sie auf der Brünner Straße durch die Außenquartiere Prags.

Zaleshoff saß mit ausdruckslosem Gesicht zusammengekrümmt in seiner Ecke. Kentons Fragen beantwortete er mit Grunzlauten. Nach einer Weile beugte er sich vor und bat seine Schwester, im nächsten Dorf anzuhalten.

»Warum halten wir hier an?« fragte Kenton.

Zaleshoff wandte leicht den Kopf. Er sprach so beiläufig, als hätte ihn Kenton nach seiner Meinung über das Wetter gefragt.

»Einer unserer Leute folgt auf einem Motorrad Saridzas Wagen, aber nur 20 Kilometer weit. Dann telefoniert er Smedoff. Ich will wissen, was er gemeldet hat, um sicher zu sein, daß wir die richtige Straße gewählt haben.«

»Ach so.«

Drei Minuten später hielten sie bei einem kleinen Postamt. Gemächlich ging der Russe hinein. Kurz darauf eilte er wieder heraus, stieg in den Wagen und knallte die Tür zu.

»Wir sind falsch gefahren«, verkündete er. »Der Telefonanruf aus der Morgenblattredaktion hat sie gewarnt. Sie wissen, daß wir ihnen auf den Fersen sind. Sie fahren jetzt geradeaus nach Osten, zur deutschen Grenze bei Nachod, weil sie so schnell wie möglich aus der Tschechoslowakei hinaus wollen. Und dann fahren sie via Krakau hinunter nach Bukarest.«

Er beugte sich ein Weilchen über die Karte und faltete sie dann zusammen.

»Nach Nimburg, Tamara. Smedoff hat dort einen Kontrollposten, Wir müssen sie unbedingt zwischen Nimburg und Nachod einholen. Reicht das Benzin?«

»Ja.«

»Na, dann los.«

Der Mercedes startete rasant. Nach einer Minute sah Kenton, daß der Geschwindigkeitsmesser schon mehr als 100 km/h anzeigte.

Nach einer halben Stunde bogen sie links ab und rasten in nordöstlicher Richtung weiter. Tamara fuhr so schnell und so gut wie ein Autorennfahrer und steuerte den Mercedes bergauf und bergab mit fast gleichbleibender Geschwindigkeit. Zaleshoff starrte aus dem Fenster und rauchte Kentons Zigaretten. Der Journalist versuchte zu schlafen, aber trotz seiner physischen Erschöpfung blieb er hellwach. Immer, wenn Tamara in einer Kurve das Tempo etwas drosselte, bewegte Kenton unwillkürlich seinen Fuß und trat auf ein imaginäres Gaspedal, damit der Wagen schneller fahre. Er wollte sich einreden, er sei einfach vom Jagdfieber ergriffen, aber er wußte, daß mehr dahintersteckte. Hier fuhren zwei Wagen, nur durch wenige Kilometer getrennt. Im vorderen waren 15 Stück chemisch behandelten Papiers, gefährlicher als jeder hochexplosive Sprengstoff, als das tödlichste Giftgas. 15 Stück Papier brachten Millionen von Bauern, die an einen gütigen und gerechten Gott glaubten und ihr Schicksal in seiner Hut wußten, eine Botschaft von Furcht, Mißtrauen und Haß. Wenn der vordere Wagen sein Ziel erreichte, würde diese Botschaft überbracht werden. Ihm stand nichts im Wege außer einem besorgten Russen, einer jungen Frau und einem übermüdeten Journalisten, der Kopfweh hatte und einen Revolver, mit dem er nicht umzugehen wußte. Er lächelte grimmig. ›Im Wege stehen‹ war keine sehr glückliche Beschreibung ihrer Lage. Es ist auch für einen Mercedes mit Kompressor keine leichte Sache, einen schnellen Wagen, der einen großen Vorsprung hat, zu überholen, selbst dann nicht, wenn eine Rennfahrerin am Steuer sitzt.

Das Nieseln des Vormittags hatte sich in strömenden Regen verwandelt, der gegen die Scheiben klatschte und die Sicht auf die Hügellandschaft, durch die sie rasten, verdeckte. Sie brauchten 40 Minuten bis Nimburg. Tamara mäßigte die Geschwindigkeit, als sie durch die Stadt fuhren, Zaleshoff lehnte sich nach vorn.

»Halte vor dem Theater an!«

Tamara fuhr noch zwei, drei Minuten weiter und hielt dann an. Zaleshoff stieg aus.

Kenton wischte den Beschlag vom Fenster und sah den Russen zu einem Mann hingehen, der unter einem Regenschirm am Straßenrand stand und ostentativ ein rotes Bändchen in seinem Knopfloch befingerte. Zaleshoff lüftete höflich den Hut, und der Mann mit dem Regenschirm murmelte etwas und zeigte in die Richtung, in der der Mercedes stand. Das Ganze sah aus, als frage ein Fremder einen Einheimischen nach dem Weg. Zaleshoff lüftete wieder seinen Hut und ging zurück zum Wagen.

»Los, Tamara«, sagte er beim Einsteigen. »Sie sind vor 8 Minuten hier vorbeigekommen. Das heißt, daß sie uns 12 Kilometer voraus sind. Von hier bis zur Grenze sind's nur noch zwei Stunden. Wir müssen uns beeilen, wenn wir diesen Vorsprung einholen wollen.«

Der Wagen brauste wieder los. Als sie aus der Stadt heraus waren, stieg der Kilometerzähler auf 140 und pendelte sich auf dieser Höhe ein. Kenton war noch nie in seinem Leben so schnell gefahren. Gottseidank war nur wenig Verkehr auf der Straße, denn Tamaras Sicherheitsgefühl schien sich nach Zentimetern zu bemessen. Zwar führte die Straße geradeaus und war in gutem Zustand, aber sie war auch eng, und der Regen hatte sie glitschig gemacht. Doch um dergleichen Bagatellen kümmerte sich die junge Frau nicht.

Nach einigen besonders waghalsigen Ausweich- und Überholmanövern fragte Kenton: »Wie viele Wagen hat eigentlich Ihre Schwester schon zu Schrott gefahren?«

»Sie hat noch niemals einen Unfall gehabt.«

Der Brustton der Überzeugung, mit dem der Satz gesprochen wurde, ließ Kenton an seiner Wahrheit zweifeln.

Zweimal wurden sie durch Bahnübergänge aufgehalten, und einmal, in der Nähe der kleinen Stadt Königgrätz, gerieten sie in eine Polizeikontrolle. Zaleshoff zog den Vorhang über das hintere Fenster mit dem Schußloch und wies die belgischen Papiere vor. Der Polizist prüfte sie, gab sie zurück, bedeutete Tamara, weiterzufahren und entschuldigte sich. Er habe den Befehl erhalten, alle ausländischen Fahrzeuge zu kontrollieren, da heute morgen eine internationale Diebesbande in eine Prager Redaktion eingebrochen sei. Sie fuhren weiter, nicht unberührt vom prekären Glück ihres Entwischens.

Nach einer Stunde, die Kenton wie eine Ewigkeit vorkam, starrte Zaleshoff aufmerksam durch das Segment, das der Scheibenwischer auf die Windschutzscheibe zeichnete.

Sie rasten immer noch durch eine Hügellandschaft, vorbei an kleinen Dörfern mit weißen Häusern, die sich um Kirchtürme gruppierten. Der Regen hatte nachgelassen, aber die Wolken hingen tief, und der feine, feuchte Nebel zwang Tamara, langsamer zu fahren. Doch plötzlich wurde es hell, und auf der hier schnurgerade verlaufenden Straße entdeckten sie in etwa 300 Meter Entfernung die schwarze Limousine.

Im nächsten Moment war sie wieder im Nebel verschwunden, aber ihr Anblick hatte genügt, um Kenton in höchste Erregung zu versetzen.

»Schneller«, befahl Zaleshoff, »bis du 50 Meter hinter ihnen bist. Runter mit Ihnen, Kenton. Wir dürfen nicht riskieren, daß sie uns erkennen.«

Die beiden kauerten sich auf den Boden. Etwa eine Minute später verlangsamte der Mercedes seine Fahrt, und Kenton hörte das leise Summen des andern Wagens.

»Sie fahren etwa 90 km in der Stunde«, sagte Tamara über die Schulter.

Zaleshoff streckte vorsichtig den Kopf empor, bis er über Tamara hinwegsehen konnte.

»Überhol sie«, hörte Kenton ihn murmeln, »aber erst nach der Kurve, und fahr dann in einem Abstand von etwa 100 Metern.«

Tamara trat aufs Pedal und hornte. Zaleshoff duckte sich. Kentons Herz klopfte gegen seine Rippen, und er lauschte auf das lauter werdende Summen des andern Wagens.

Plötzlich sagte Tamara:

»Sie fahren auch schneller.«

»Schneid ihnen in der nächsten Kurve den Weg ab!«

Kenton hörte den Kompressor aufheulen und spürte die sprunghafte Beschleunigung. Einige Sekunden später bog der Wagen scharf ab. Das Motorengeräusch des anderen Wagens schwoll an, dann gab's einen Knall, und der Mercedes schaukelte und schwang hin und her.

»Ich hab sie mit der Stoßstange erwischt«, rief Tamara.

»Stopp! Zurück zur Straße!«

Bremsen kreischten, und Kenton wurde gegen die Lehne des Fahrersitzes geworfen. Der Wagen geriet ins Schleudern. Dann knirschte das Getriebe, der Mercedes sprang rückwärts und hielt an. Einen Moment herrschte völlige Stille, dann hörte Kenton das Brüllen eines Auspuffs.

»Sie wenden«, schrie Tamara.

»Los, Kenton. raus!«

Zaleshoff krabbelte auf die Straße, Kenton, der seinen Revolver aus der Tasche fischte, hinterher. In einer Entfernung von 25 Metern sahen sie die Limousine, die drauf und dran war, ihnen davonzufahren. Aus einem der Seitenfenster blitzte ein Schuß auf, und die Kugel sauste knapp an Kentons Kopf vorbei und blieb im Mercedes stecken. Aus dem Augenwinkel sah er, wie Zaleshoff bedächtig den Revolver hob und abdrückte. Eine Stichflamme schoß aus dem Benzintank der Limousine.

»Schnell«, schrie der Russe, «runter von der Straße!«

Die Straße führte hier über einen niederen Damm, der auf beiden Seiten von Birken eingefaßt wurde. Sie sprangen die Böschung hinunter und rannten mit eingezogenen Köpfen der Wasserrinne entlang, in Richtung des brennenden Wagens. Flammen loderten meterhoch, und das brennende Benzin rann über die Straße wie flüssiges Feuer. Als Zaleshoff stehen blieb und vorsichtig auf die Straße blickte, knallte es aus den Flammen heraus, und eine Kugel schlug neben ihm in den Boden. Schnell duckte er sich wieder.

»Sie sind auf der andern Seite der Straße in Deckung gegangen. Wir müssen rasch handeln. Wenn jemand zufälligerweise vorbeikommt, sind wir geliefert. Gehen Sie zurück zum Wagen und verschanzen Sie sich dahinter. Von dort aus können Sie bequem auf sie schießen. Es macht nichts, wenn Sie nicht treffen – auf diese Distanz haben Sie sowieso keine Chance – Hauptsache, es hält sie in Atem, so daß ich von hier aus an sie rankommen kann.«

»Mach ich.«

Kenton rannte der Wasserrinne entlang zurück und ging hinter dem Mercedes in Stellung. Zwischen den Ersatzrädern und dem Wagen hindurch konnte er Mailler und Saridza sehen, die sich hinter einem Steinhaufen an der Böschung niederkauerten. Tamara verließ den Führersitz und trat zu ihm. Er stützte den Revolver auf das Ersatzrädergehäuse, schielte dem Lauf entlang und drückte ab. Es gab einen Rückstoß, und er sah, wie Mailler den Kopf einzog.

»Haben Sie schon einmal mit einem Revolver geschossen?« fragte Tamara.

»Nein. Warum?«

»Nun, Sie hätten ihn fast getroffen.«

Während ihm die Ohren noch vom Knall dröhnten, versuchte Kenton sein Glück nochmals. Aber der Rauch, der vom brennenden Wagen aufstieg, verdunkelte sein Ziel. Immerhin hatte er beim dritten Schuß die Genugtuung zu sehen, wie sich Mailler unsicher umblickte und nach dem Schützen spähte.

Plötzlich schrie Tamara auf.

»Was ist los?«

»Dort! Schauen Sie!«

Zaleshoff hatte seine Deckung verlassen und rannte gebückt über die Straße.

»Er ist verrückt! Man wird ihn abknallen!« sagte Kenton.

Er sah, wie der Russe zielte. Mündungsfeuer blitzte auf, und Mailler faßte sich mit beiden Händen an den Kopf. Im selben Augenblick drückte Saridza ab, und Zaleshoff fiel vornüber. Saridza drehte sich um und verschwand zwischen den Bäumen.

Kenton rannte die Straße entlang. Als er bei Zaleshoff angelangt war, rappelte dieser sich, eine Hand in die Seite gepreßt, mit schmerzverzerrtem Gesicht hoch. Kenton wollte ihm helfen, doch der Russe winkte ab.

»Saridza«, keuchte er, »er ist entkommen.«

»Noch nicht«, sagte Kenton und wandte sich zur kreidebleichen Tamara, die ihm gefolgt war. »Schnell, zum Wagen! Er könnte versuchen, mit ihm zu entkommen!«

»Tu, was er sagt. Tamara!«

Die junge Frau drehte sich um und rannte zum Mercedes zurück. Kenton sauste, den Revolver in der Hand, die Böschung hinunter und schlängelte sich durch die Bäume. Nach einigen Schritten blieb er stehen und lauschte. Regen tropfte von den Bäumen, sonst war nichts zu hören. Plötzlich hörte er, wie links vor ihm sich etwas bewegte. Leise und vorsichtig ging er in Richtung des Geräuschs. Da knackte ein Zweig unter seinem Tritt. Im selben Augenblick krachte ein Schuß, und die Kugel zischte durchs Unterholz. Kenton bückte sich und kroch vorwärts. Wieder ein Schuß. Jetzt blieb er stehen. Zwischen den Bäumen hindurch sah er Saridza, der äugte wie ein gejagtes Tier. Kenton hob seinen Revolver. In diesem Augenblick wurde er von Saridza entdeckt. Dessen Arm schnellte hoch, und der Revolver machte zweimal Klick, aber es krachte kein Schuß. Kenton sah, wie Saridza von panischer Angst ergriffen wurde. Er ließ den Revolver fallen und hob die Hände.

»Ich ergebe mich«, stieß er hervor.

Sein Finger zitterte am Abzug, als Kenton auf die Lichtung hinaustrat. Sein Blick begegnete dem Saridzas, und er wußte, daß er nicht schießen konnte.

Saridza leckte seine Lippen.

»Was werden Sie tun?«

»Ich weiß es noch nicht. Ich suche nach einem Grund, warum ich Sie nicht ebenso kaltblütig erschießen sollte, wie Sie mich vor einer Minute abgeknallt hätten, wenn Sie noch eine Kugel gehabt hätten.«

»Sie waren bewaffnet.«

»Wenn Sie jetzt an meiner Stelle stünden, würden Sie mir erklären, daß es eben zum Kriegsglück gehöre, wenn dem Feind die Munition ausgeht. Das heißt, wenn Sie sich überhaupt die Mühe einer Erklärung machten.«

Saridza schaute ihn abschätzend an.

»Ich weiß, Sie sind hinter den Fotografien her. Wenn Sie mich laufen lassen, können Sie sie haben. Das ist ein faires Angebot.«

»Sie sind nicht in der Lage, mir Angebote zu machen. Ich kann die Fotografien auch Ihrer Leiche abnehmen. Ich weiß, was Sie jetzt denken. Sie denken, je länger Sie mich mit Schwatzen hinhalten, desto mehr schrecke ich davor zurück, Sie kaltblütig umzulegen. Sie bedenken aber nicht, daß ich mir den Luxus, Sie am Leben zu lassen, gar nicht leisten kann. Vielleicht ist Mailler tot. Sie könnten zur Polizei gehen.«

Er hatte Widerspruch erwartet. Zu seiner Überraschung schaute ihn Saridza amüsiert an.

»Sie scheinen keine sehr hohe Meinung von Ihrem Freund Zaleshoff zu haben, wenn Sie glauben, daß der sich so leicht fangen läßt. Der hat eine Menge unverdächtiger Zeugen zur Hand, die jeden Eid schwören, daß Sie und er heute den ganzen Tag in Prag gewesen sind.«

Kenton hob den Revolver und zielte auf Saridzas Brust.

»Ich glaube, wir haben jetzt genug geredet.«

Der Ausdruck von Belustigung verschwand aus Saridzas Augen. Sein Gesicht war aschfahl geworden.

»Sie haben jetzt 30 Sekunden Zeit, um die Fotografien aus der Tasche zu nehmen und sie mir auf den Boden zu werfen. In welcher Tasche sind sie?«

»In der rechten inneren Manteltasche.«

»Nehmen Sie sie mit der Linken langsam heraus. Die Rechte bleibt schön oben. Hoffentlich haben Sie gute Nerven, denn wenn Ihre Hand auch nur ein bißchen zittert, schieße ich.«

Saridza tat wie befohlen. Ein Päckchen fiel vor Kentons Füße. Er bückte sich und hob es auf, ließ aber Saridza keinen Moment aus den Augen. Er nahm die Fotografien heraus und zählte sie.

»Das sind nur zehn. Wo sind die andern fünf?«

Saridza zögerte. Kenton spannte den Hahn.

»In der linken Tasche.«

Sekunden später lag ein weiteres Kuvert auf dem Boden. Kenton zählte die restlichen Fotografien sorgfältig nach und steckte sie zu den andern in die Tasche.

»Gut. Und jetzt vier Schritte zurück, marsch!«

Sardiza gehorchte, und Kenton trat vor, um den weggeworfenen Revolver aufzuheben. Die beiden Männer schauten einander an.

»Darf ich Sie etwas fragen, Mr. Kenton?«

»Wenn's sein muß.«

»Wer hat Sie aus dem Ofen befreit?«

»Niemand. Wir befreiten uns selber.«

»Mein Kompliment für Ihre Geschicklichkeit. Darf ich wissen, wie Ihnen das gelungen ist?«

»Ich habe jetzt keine Zeit zum Fachsimpeln. Drehen Sie sich um!«

Saridza gehorchte.

Kenton faßte den Revolver, den er aufgelesen hatte, wie eine Keule am Lauf. Dann trat er hinter Saridza.

»Einen Augenblick, Mr. Kenton.«

»Was wollen Sie?«

»Bevor Sie mich niederschlagen, möchte ich Sie an das Angebot erinnern, das ich Ihnen gestern nacht gemacht habe.«

»Und?«

»Das Angebot gilt immer noch, und ich würde, wenn Sie Ihre Meinung ändern und es akzeptieren, das Honorar verdoppeln. Schreiben Sie mir über Mr. Balterghen, Pan-Eurasische Oelgesellschaft, London. So werde ich den Brief bestimmt bekommen. Mehr habe ich nicht zu sagen.«

Kenton trat zurück.

»Drehen Sie sich um, Saridza!«

Saridza drehte sich um, und Kenton schaute ihn grimmig an.

»Der angelsächsische Sinn für Humor ist ein Laster, das den Menschen verweichlicht wie kaum ein anderes. Leider bin ich diesem Laster verfallen. Sie sind frei. Los, verschwinden Sie! Aber ich warne Sie. Wenn Sie mir in den nächsten 24 Stunden unter die Augen kommen, erschieße ich Sie umstandslos.«

Wortlos drehte sich Saridza um und verschwand, ohne einen Blick zurückzuwerfen, zwischen den Bäumen.

Kenton eilte zurück zur Straße.

Er sah Zaleshoff im Dreck am Straßenrand liegen. Der Russe versuchte, mit einem blutverschmierten Taschentuch die Wunde in seiner Seite zu stillen. Sein Gesicht war weiß und verzerrt, und seine Augen forschten ängstlich in Kentons Zügen, als dieser die Böschung hinaufkam.

»Pech gehabt?«

Kenton zog die beiden Kuverts aus der Tasche und verstreute den Inhalt neben dem Verwundeten auf den Boden. Zaleshoff prüfte die Fotografien fieberhaft. Dann schaute er auf.

»Ich hörte Schüsse. Haben Sie ihn getötet?«

Kenton schüttelte den Kopf. Der Russe schwieg eine Weile.

»Schade«, sagte er endlich. »Aber andererseits freut es mich. Später hätte Sie das das Gewissen geplagt.«

Kenton blickte zu Mailler, der am Fuß der Böschung lag. »Wie steht's mit ihm?«

»Er ist tot. Haben Sie ein Streichholz?«

Der Journalist kniete auf den Boden, knüllte die Fotografien zusammen und zündete sie an. Als sie verbrannt waren, zerstreute er die Asche mit dem Fuß.

Es war am späten Nachmittag, und es dämmerte schon, als Madame Smedoff in den Salon watschelte. Kenton, der auf dem Diwan gedöst hatte, setzte sich auf.

»Wie geht's ihm?«

Madame Smedoff rollte die Ärmel ihres schwarzseidenen Kleides hinunter und rückte ihren Schal zurecht.

»Er hat ein bißchen Fieber, aber die Wunde ist nicht gefährlich. Die Kugel traf ihn in die Seite, unterhalb der Rippen. In zwei Wochen ist er wieder auf dem Damm.«

»Sollten wir nicht einen Arzt rufen?«

Madame Smedoff klimperte mit den Wimpern und lächelte schelmisch.

»Ich bin selber Arzt, Mr. Kenton. Ich habe an der Sorbonne Medizin studiert.«

»Oh, Verzeihung, das hab ich nicht gewußt.«

»Lassen Sie den Unsinn, gehen Sie lieber hinein zu Andreas Prokovitsch. Er braucht zwar dringend Ruhe, aber er will Sie unbedingt sehen.« Sie schaute ihn feierlich an. »Er ist ganz verlegen. Er hat mich gebeten, Ihnen für das zu danken, was Sie heute für ihn getan haben. Er möchte nicht, daß Sie ihn für undankbar halten.« Sie tätschelte Kentons Arm.

Kenton lächelte und ging ins Schlafzimmer.

Tamara saß neben dem Bett. In ihren Augen war ein Glanz, den Kenton bisher noch nie gesehen hatte.

Zaleshoff begrüßte ihn mit schwacher Stimme.

»Schauen Sie Tamara an«, sagte er. »Sie ist glücklich. Ich habe sie seit Jahren nicht mehr so glücklich gesehen. Und das bloß, weil ich sagte, wir würden in Moskau Ferien machen. Es ist nicht zu glauben.«

Die Lider fielen ihm vor Erschöpfung zu.

Kenton sah Tränen in Tamaras Augen.

»Eine Weile kein Eile-mit-Weile mehr?«

Sie lächelte.

»Worüber redet ihr?« murmelte Zaleshoff. »Hat sie Ihnen erzählt, Kenton, daß Ortega heute morgen verhaftet wurde?«

»Ja. Wie haben Sie denn das bewirkt?«

»Man hat ihn neben einem Bahngeleise gefunden. Tot.«

»Tot?«

»Er starb am Tag, nach dem er Borovansky getötet hatte. Das Geständnis lag bei seiner Leiche, neben dem Revolver. Er hat Selbstmord begangen.«

»Bei einem kranken Mann nehme ich ja gern gewisse Rücksichten in Kauf, aber Sie werden doch nicht von mir erwarten wollen, Andreas, daß ich Ihnen das glaube?«

»Aber er hat tatsächlich Selbstmord begangen, nur hat er nicht selber geschossen. Kurz bevor wir Sie in die Kölner Straße zurückbrachten, hat er versucht, Raschenko zu entkommen. Das *ist* Selbstmord!«

»Wo war er denn die ganze Zeit über?«

»Im leeren Zimmer im untern Stock. Das habe ich Ihnen ja schon gesagt. Das Haus gehört Raschenko. Die Frau, die im ersten Stock wohnt, ist seine Kusine.«

»Soll das heißen, daß Sie mich die ganze Zeit von der Polizei jagen ließen, wo Sie die Sache gleich hätten in Ordnung bringen können?«

»Ich habe Ihnen doch gesagt, Sie sollten bei Raschenko bleiben. Als Sie in Prag auftauchten, bat ich um Instruktionen. Man befahl mir, Sie vorsichtshalber bei mir zu behalten, damit Sie sich nicht mit den Zeitungen oder den englischen Behörden in Verbindung setzen konnten. Das habe ich dann gemacht.«

Kenton schluckte ein paarmal leer.

»Mein lieber Zaleshoff«, sagte er endlich, »ich muß gestehen, daß ich Ihnen Unrecht getan habe. Ich hielt Sie für einen Schurken vom Schlage der Saridza und Mailler. Aber die können Ihnen nicht das Wasser reichen.«

Zaleshoff öffnete die Augen. Sein Blick glitt von Kenton zu Tamara. Dann schloß er die Augen wieder, und ein Lächeln überzog sein Gesicht.

»Weißt du, Tamara«, murmelte er schläfrig, »ich mag diesen Kenton. Er amüsiert mich.«

Zwei Tage später bestieg Kenton den Zug Prag–Berlin.

Viel Schlaf, zahlreiche Bäder und neue Kleider, die ihm ein unerbittlicher Zaleshoff aufgedrängt hatte, ließen ihn die Strapazen der letzten Tage vergessen. Eine Einladung – die Zaleshoff von Tamara schreiben und ihm über Madame Smedoff zustellen ließ –, in zwei Monaten Moskau zu besuchen, ergab einen erfreulichen Ausblick. Er fühlte sich wohl.

Der Zug war ziemlich voll. Er teilte ein Abteil mit drei Männern. Der eine schien Ungar zu sein, die beiden anderen waren Tschechen. Aus ihrem Gespräch schloß er, daß alle drei Handlungsreisende waren. Langsam fuhr der Zug aus dem Bahnhof. Kenton begann, eine Zeitung zu lesen. Als er sie niedergelegt hatte und in seinen Taschen nach Zigaretten suchte, begegnete sein Blick dem des Ungarn.

»Entschuldigen Sie, mein Herr«, sagte dieser, »wir sind dabei, ein Spielchen zu machen – Poker mit Würfeln. 1 Pfennig ist der Höchsteinsatz. Möchten Sie nicht mitspielen?«

Kenton zögerte kurz, dann lächelte er bedauernd und schüttelte den Kopf.

»Vielen Dank, mein Herr. Es ist nett von Ihnen, mich einzuladen, aber ich würfle nicht.«

Eric Ambler im Diogenes Verlag

Ambler by Ambler
Eric Ambler's Autobiographie. Aus dem Englischen von Matthias Fienbork. detebe 21589

Der dunkle Grenzbezirk
Roman. Deutsch von Walter Hertenstein und Ute Haffmans. detebe 20602

Ungewöhnliche Gefahr
Roman. Deutsch von Walter Hertenstein und Werner Morlang. detebe 20603

Nachruf auf einen Spion
Roman. Deutsch von Peter Fischer
detebe 20605

Anlaß zur Unruhe
Roman. Deutsch von Franz Cavigelli
detebe 20604

Die Maske des Dimitrios
Roman. Deutsch von Mary Brand und Walter Hertenstein. detebe 20137

Die Angst reist mit
Roman. Deutsch von Walter Hertenstein
detebe 20181

Der Fall Deltschev
Roman. Deutsch von Mary Brand und Walter Hertenstein. detebe 20178

Schirmers Erbschaft
Roman. Deutsch von Harry Reuß-Löwenstein, Th. A. Knust und Rudolf Barmettler.
detebe 20180

Besuch bei Nacht
Roman. Deutsch von Wulf Teichmann
detebe 20539

Waffenschmuggel
Roman. Deutsch von Tom Knoth
detebe 20364

Topkapi
Roman. Deutsch von Elsbeth Herlin
detebe 20536

Eine Art von Zorn
Roman. Deutsch von Susanne Feigl und Walter Hertenstein. detebe 20179

Schmutzige Geschichte
Roman. Deutsch von Günter Eichel
detebe 20537

Das Intercom-Komplott
Roman. Deutsch von Dietrich Stössel
detebe 20538

Der Levantiner
Roman. Deutsch von Tom Knoth
detebe 20223

Doktor Frigo
Roman. Deutsch von Tom Knoth und Judith Claassen
detebe 20606

Bitte keine Rosen mehr
Roman. Deutsch von Tom Knoth
detebe 20887

Mit der Zeit
Roman. Deutsch von Hans Hermann
detebe 21054

Die Begabung zu töten
Deutsch von Matthias Fienbork
detebe 21631

Als Ergänzungsband liegt vor:

Über Eric Ambler
Aufsätze von Alfred Hitchcock bis Helmut Heißenbüttel. Chronik und Bibliographie. Herausgegeben von Gerd Haffmans
detebe 20607

Magdalen Nabb im Diogenes Verlag

Tod im Frühling
Roman. Aus dem Englischen von Matthias Müller
detebe 21566

Tod im Herbst
Roman. Deutsch von Matthias Fienbork
detebe 21869

Tod eines Engländers
Roman. Deutsch von Matthias Fienbork
detebe 21999

Tod eines Holländers
Roman. Deutsch von Matthias Fienbork
detebe 22450

Tod in Florenz
Roman. Deutsch von Monika Elwenspoek
detebe 22550

Magdalen Nabb & Paolo Vagheggi
Terror
Roman. Deutsch von Bernd Samland
detebe 21604